$\frac{292}{92}$

500,000 DOLLARS DE RÉCOMPENSE

DEUXIÈME SÉC'E. — Grand in-8° jésus.

$\frac{40Y^2}{2000}$

OUVRAGES DU MÊME AUTEUR :

FERNAND-HUE

500,000 DOLLARS

DE

RÉCOMPENSE

ILLUSTRATIONS DE GIL BAER

PARIS

LECÈNE, OUDIN ET Cⁱᵉ, ÉDITEURS

17, RUE BONAPARTE, 17

1892

A MON FILS GUSTAVE

FERNAND-HUE

500,000 DOLLARS

DE RÉCOMPENSE

PROLOGUE

CHAPITRE PREMIER

ABANDONNÉS !

La nuit tombait sur l'Océan ; une nuit brillante, claire, constellée d'étoiles.

Dans l'air, pas un souffle de vent.

Sur la mer, pas une vague, mais de grandes ondulations lentes, calmes, sur lesquelles glissaient, comme sur un miroir, les rayons obliques de la lune se levant à l'horizon.

Dans cette immensité, un grand vapeur à demi submergé flottait, abandonné, drossé par le courant ainsi qu'une épave. Son avant plongeait sous l'eau jusqu'au pied du mât de misaine, son arrière se relevait au-dessus de la mer, laissant

voir l'étambot, la quille et le tableau sur lequel on lisait, gravé
en lettres d'or, ce nom :

ROANOKE

Des caisses, des balles de coton, des tonneaux gisaient,
pêle-mêle sur le pont au milieu de paquets de cordages, d'é-
clats de bois, de débris de toutes sortes. Le tambour de tribord, brisé, montrait le squelette rouge de la roue dont les palettes étaient arrachées. Depuis la dunette jusqu'à la coupée
les bastingages étaient défoncés ; les restes d'une chaloupe,
broyée par un coup de mer, pendaient aux bras d'un portemanteau, et la grand'voile à demi carguée, alourdie, trempée par
la pluie et les embruns, tombait inerte sur le gui.

Toutes ces choses s'agitaient, roulaient, s'entrechoquaient
quand le *Roanoke*, soulevé par une lame, montait pour redes-
cendre et remonter encore.

Le navire coulait !

La mer l'envahissait lentement par quelque invisible voie
d'eau ouverte dans sa muraille. D'instant en instant, l'avant
plongeait davantage, tandis que, insensiblement, l'arrière
s'élevait au-dessus des flots.

Et dans le grand silence, on entendait le clapotis des
petites vagues qui se brisaient sur le pont, et comme une marée
que rien ne saurait arrêter, montaient, montaient toujours.

Soudain, la porte donnant accès dans le carré des premières
s'ouvrit. Un homme aux traits tirés, à l'air défait, à peine vêtu,
s'arrêta sur le seuil. Il jetait autour de lui des regards fous,
effarés ; et, d'une voix angoissée, à peine distincte, il s'écria :

— Partis!... Ils m'ont abandonné !...

Il fit quelques pas et tomba, renversé par le gui de la grand'-
voile, qui se balançait au bout de son écoute.

Tout meurtri de sa chute, l'homme se souleva, se traîna sur
le pont jusqu'à un amas de balles de coton contre lesquelles il
s'adossa. La tête enfouie dans ses mains, les doigts crispés

dans sa chevelure, il laissait échapper des mots sans suite : tantôt murmurant une prière, tantôt proférant un blasphème.

Un enfant, arrivant par le même chemin, titubant, se cramponnant à tous les objets qui l'entouraient, s'approcha de l'homme et se précipita sur lui en pleurant.

— Papa !... papa !... J'ai peur ! gémit-il.

Cet appel arracha le père à sa douleur. Il se redressa, prit son fils dans ses bras, l'embrassa, et faisant sa voix douce et câline, il lui dit :

— Mon petit Henry !... Mon cher enfant !... Ne crains rien !...

Mais le petit pleurait toujours et cachait son visage sur l'épaule de son père, qui reprit, s'efforçant de sourire :

— Ne pleure pas... Vois : la tempête est finie... La mer est apaisée... Le vent ne souffle plus...

Le petit Henry releva doucement la tête, osa regarder autour de lui, et voyant le grand calme et le sourire de son père, il se sentit presque rassuré.

— Papa, interrogea-t-il au bout d'un instant, où sont les marins ?... Où est l'officier qui se promenait sur le petit pont ?

— Ils se reposent, mon ami. Hier, pendant que nous dormions, ils veillaient ; maintenant que l'orage est passé, ils dorment à leur tour.

— Mais je n'entends pas le bruit de la machine... Les roues ne tournent plus ; celle-ci est brisée, et le marin n'est pas au gouvernail. Qui donc nous conduit ?

Pendant quelque temps, le père demeura silencieux ; puis, levant les yeux au ciel, il murmura :

— Dieu !

Et tout bas il ajouta :

— Notre vie est entre ses mains !

Henry ne comprit pas, sans doute, car il demanda encore :

— Pourquoi donc l'avant du navire est-il dans l'eau, dis, papa ?

— Hier, les grandes lames ont brisé les bastingages et la mer passe sur le pont ; mais, n'aie pas peur : il n'y a pas de danger.

Et pour cacher l'émotion qui l'étreignait, pour que son fils ne devinât pas son pieux mensonge, le père détourna la tête.

Consolé, et maintenant sans crainte, le petit Henry songea qu'il n'avait pas mangé depuis longtemps.

— Papa, j'ai faim.

— Viens, mon enfant.

L'homme déposa son fils sur le pont, le prit par la main et l'emmena, en tâtonnant, dans la salle à manger. Là, il alluma une lampe de roulis suspendue au plafond et fit souper l'enfant des reliefs d'un repas qui gisaient, en désordre, presque intacts, sur la table.

Henry mangea de bon appétit et voulut que son père lui tint compagnie. Celui-ci refusa, d'abord — était-ce la peine de songer à se soutenir lorsque quelques heures seulement le séparaient d'une mort certaine? Mais l'enfant insista, et pour lui être agréable, l'homme prit un peu de nourriture. Quand Henry fut rassasié, son père lui dit :

— Maintenant, mon petit ami, tu vas être bien sage et te coucher.

— Mais je n'ai pas sommeil, papa.

— Il faut dormir, mon cher enfant ; il est tard, et demain...

Il n'acheva pas sa phrase. — Demain... où seraient-ils !

Le petit Henry obéit.

Son père le conduisit dans la cabine, l'installa dans sa couchette et resta près de lui, tenant une de ses mains dans les siennes. Bientôt, bercé par le balancement du navire, l'enfant ferma les yeux et s'assoupit.

Son père se leva doucement, prit un flacon d'éther placé dans une petite boîte, à la tête de son lit, le déboucha et le passa deux ou trois fois sous les narines de l'enfant en murmurant :

— Il faut que la mort le surprenne pendant son sommeil. Je ne veux pas qu'il la voie venir !

Certain, maintenant, que son fils ne se réveillerait pas de si tôt, l'homme acheva de s'habiller, suspendit la lampe à un crochet fixé au plafond de la cabine et sortit pour constater les progrès de l'eau.

L'œuvre de destruction s'accomplissait lentement, mais sans arrêt, sans rémission : la moitié du navire était submergée : la mer avait dépassé le mât de misaine, atteint la base de la cheminée, et remplissait la chaufferie et la chambre des machines ; elle devait même, d'après les calculs du pauvre abandonné, pénétrer déjà dans la cale ; mais là, elle était arrêtée momentanément par les balles de coton arrimées dans cette partie du steamer.

— A moins que les cloisons ne cèdent sous la pression, et que l'eau ne se précipite dans les compartiments de l'arrière, nous avons encore plusieurs heures devant nous, se dit le naufragé. Peut-être verrons-nous le jour, ce jour qui sera le dernier pour nous.

Et cette pensée qu'il assisterait au lever du soleil, qu'il verrait encore sa brillante lumière, qu'il sentirait sa douce chaleur, lui qui frissonnait dans l'atmosphère humide et froide de la nuit, lui rendit un peu de courage. Il s'approcha de la cheminée et voulut mesurer la vitesse de la crue à la clarté de la lune ; mais l'eau montait trop lentement pour qu'il pût suivre ses progrès. Il prit une corde, la tendit en travers sur le pont, à dix centimètres environ de l'endroit où se brisaient les petites vagues, et attendit, sa montre à la main.

Une demi-heure après, l'eau dépassait la corde.

Cette découverte le consterna. Il fut pris d'une grande désespérance, d'un immense accablement, d'une terreur folle de la mort, et se sentit incapable de lutter.

— Quand je verrai que le moment approche, pensa-t-il, j'irai rejoindre Henry, je me coucherai près de lui ; avec mon flacon d'éther, je m'endormirai, et tous deux nous irons reposer côte à côte au fond de l'Océan.

Cette idée qu'il allait mourir ainsi, être emporté en pleine vie, précipité dans le gouffre, sans pouvoir résister, sans pouvoir se défendre, l'affolait. Tout son être se révoltait. Mais, que faire?... Qu'imaginer pour arrêter l'envahissement de la mer?...

Quel moyen inventer pour fuir, pour s'éloigner de cette épave?...

La pensée lui vint de construire un radeau, de mettre à flot la baleinière suspendue au portemanteau de bâbord; mais cela lui parut trop long et presque inexécutable pour un homme aussi faible, aussi inexpérimenté que lui.

Exténué de fatigue, brisé par les émotions, affaibli par la fièvre, il s'allongea sur le pont et tomba bientôt dans une sorte d'engourdissement de tout son être, qui paralysait le corps, laissant à l'esprit toute sa lucidité.

Il se demanda comment, lorsqu'on avait abandonné le *Roanoke*, on l'avait laissé là; comment, au moment de quitter le navire, le commandant n'avait pas visité les cabines, et comment, lui-même, ne s'était point aperçu de la fuite des passagers et de l'équipage. Alors, il se souvint qu'au plus fort de la tempête il avait été pris d'un violent accès de fièvre, s   d'une prostration, d'un état comateux, qui l'avaient laissé, pendant un temps qu'il ne pouvait apprécier, privé de sentiment. Quand il était revenu à lui, une obscurité profonde régnait dans la cabine; le choc des grandes lames avait cessé; il n'entendait plus le ronflement de la machine ni le bruissement de l'eau glissant contre les flancs du *Roanoke*. Surpris et effrayé de ce grand silence, il s'était levé; sans même prendre le temps de se vêtir, il était monté sur le pont, et l'affreuse vérité s'était révélée à lui dans toute son horreur! Et, tout en songeant, il s'endormit.

Son sommeil dura longtemps. Il en fut arraché par une sensation intense de froid. Il se réveilla et vit que ses jambes trempaient dans l'eau. La mer avait monté.

Terrifié, il se dirigea vers sa cabine.

Comme il passait devant un panneau hermétiquement fermé, il lui sembla qu'on appelait. Il s'arrêta pour écouter. La voix venait d'en bas et paraissait sortir des profondeurs du navire.

Entrer dans sa cabine, prendre la lampe et s'engager dans la cursive fut pour lui l'affaire d'un instant. Au bout du corridor il descendit une sorte d'échelle de fer et s'arrêta devant une porte basse, solidement cadenassée.

Il frappa en criant :

— Qui appelle ?

Une voix répondit :

— C'est moi, maitre ; hâtez-vous, ou bien il sera trop tard.

— Ouvrez, cria le père d'Henry.

— Je ne peux pas.. Je suis enchainé.

— Attendez, reprit le naufragé.

Il remonta, s'arma d'une barre d'anspeck, et, redescendant il attaqua vigoureu-sement la porte, qui vola en éclats. Au même moment, un flot d'eau glacée envahit le sol.

— Vite , maitre, larguez l'amarre, ou je suis flambé !... Le bateau fait de l'eau comme un vieux panier !

L'homme qui s'ex-primait ainsi était un

Vite, maitre : larguez l'amarre.

eune marin. Assis sur le plancher, le dos appuyé contre la cloison, il avait les jambes allongées et tenues dans deux an-neaux de fer fixés à une barre courant dans toute la longueur de la chambre. L'eau inondait le compartiment et montait jus-qu'à la ceinture du prisonnier. Sans même regarder son inter-locuteur, le marin s'écria :

— Dépêchez-vous !

— Que faut-il faire ?

— Brisez le cadenas qui ferme le crochet et retient la barre !

L'homme passa l'extrémité du levier dans la barre de fer, fit une violente pesée et arracha le crochet.

— Maintenant, halez dessus, reprit le marin.

L'homme obéit, et le matelot, libre enfin, s'élança sur le pont,
suivi de son sauveur.

— Mais nous coulons ! s'écria le prisonnier.

— Hélas !

— Et les autres ?

— Partis !

— Mais vous ?

— Oublié !... Abandonné !... Les lâches !

— C'est pas le moment de geindre !... Faut se tirer de là, et
vivement, car je n'ai pas envie d'aller au fond, moi !

— Que faire ?

— Mettre un canot à la mer et nous embarquer, parbleu !...
Si le cœur vous en dit de rester, moi, je veux filer, aussi vrai
que je m'appelle Pierre Aubert et que je suis né natif de loin
d'ici... Et vous, camarade ?...

— Moi, je me nomme Paul Gérard, et je suis Français.

— Eh bien, topez là, pays, et à l'ouvrage !

Le marin s'approcha d'une grande chaloupe disposée sur le
pont, la quille en l'air; il enleva le prélart qui la recouvrait, et
avec l'aide de M. Gérard la retourna.

— Maintenant, il s'agit de la mettre à l'eau, dit Aubert.

Quand l'embarcation flotta, le marin y porta des avirons,
s'assura que le petit mât et sa voile étaient bien sous les bancs,
puis il reprit :

— Des vivres, et en route !

Aidé de son compagnon, il mit la cambuse au pillage, entassa
dans le canot des boîtes de conserves, des biscuits, du vin et
une barrique d'eau. Dans les chambres, il prit des couvertures,
et dans l'habitacle la boussole, qu'il installa de son mieux sur
un banc de l'embarcation.

— A présent, cria-t-il, nous sommes parés ! Embarquons !

— Et mon fils ?

— Quoi ! Il y a un mousse ?

M. Gérard courut à la cabine, rapporta dans ses bras l'enfant
mal éveillé et le déposa doucement au fond de la chaloupe,

sur les couvertures. Près de lui, il plaça une sacoche de cuir.

S'aidant d'une rame qu'il appuya contre les haubans, Aubert écarta l'embarcation du *Roanoke*, en criant :

— Pousse au large, et adieu vat !...

Et bordant les avirons, il nagea vigoureusement.

— Enfin ! nous sommes sauvés ! s'exclama M. Gérard en pressant son fils sur son cœur.

— Pas encore ! murmura le matelot.

Pousse au large, et adieu vat !

Puis, tout haut, il reprit :

— Quel malheur de voir couler un si beau bateau !

Au bout d'un instant, il cessa de ramer, et se retournant, il dit, en montrant le *Roanoke :*

— Il était temps !

En effet, la masse noire, un peu indécise du grand vapeur semblait s'agiter convulsivement ; son arrière grandissait démesurément — on eût dit qu'une force invincible le soulevait. Tout à coup, il oscilla ; une effroyable détonation déchira l'air ; le *Roanoke* plongea et disparut. Les eaux tourbillonnèrent ; il se forma de grands cercles et un remous qui agitèrent un instant le canot, puis la mer reprit sa surface unie, et tout rentra dans le calme et le silence.

CHAPITRE II

UN RETARDATAIRE.

Le 29 septembre 1865, trois jours avant les événements que nous venons de raconter, le steamer le *Roanoke* quittait le port de New-York pour s'engager dans le détroit qui sépare Long-Island de State-Island et forme l'entrée de la vaste baie au fond de laquelle s'étend la « Ville Empire ».

Le navire marchait sous petite vapeur : les larges palettes de ses roues battaient lentement les eaux calmes de la passe, encombrée de vaisseaux de guerre et de croiseurs. Car, à cette époque, on était au plus fort de la lutte entre les Etats du Nord et ceux du Sud, lutte qui devait durer cinq ans, et que l'on désigne sous le nom de : « Guerre de Sécession d'Amérique ».

Le *Roanoke* était un grand paquebot à aubes de douze cents tonneaux, sorti récemment des chantiers de Brooklyn; il passait pour un des plus rapides marcheurs de la marine des Etats-Unis. Ses constructeurs le destinaient au transport des passagers de New-York aux Antilles, mais, depuis la déclaration de la guerre, craignant les corsaires sudistes, ils l'employaient à des voyages d'Angleterre. Le *Roanoke* allait accomplir sa troisième traversée.

L'équipage du steamer se composait de vingt hommes, recrutés au moment du départ ; de cinq officiers — y compris le capitaine Longway — d'un mécanicien et d'un maître charpentier. Outre un chargement de balles de coton, le *Roanoke* emportait soixante-dix-sept passagers à destination de Liverpool.

Vêtu du traditionnel caban bleu à boutons dorés, coiffé de la casquette à large visière, le pilote, un vieux marin à la face cuivrée et parcheminée par le vent, se tenait sur la passerelle à côté du capitaine. D'un signe de la main, il indiquait au timonier la manœuvre du gouvernail et donnait ses ordres au mécanicien à l'aide d'un porte-voix placé devant lui et communiquant avec la chambre des machines.

— Beau temps, commandant, dit le pilote au capitaine.

— Oui; j'espère que la traversée sera bonne.

— Avec un navire comme le vôtre, on n'a pas peur d'un grain !

— Assurément, pilote; mais quand on a des passagers à bord, il faut souhaiter beau temps... Et puis, on connaît mal son équipage. Par le temps qui court, les bons matelots sont rares : on les prend tous pour le blocus. Sur les vingt hommes que j'ai à bord, il y en a dix, tout au plus, sur lesquels je peux compter ; les autres ne sont que des manœuvres, recrutés un peu partout, au hasard.

— C'est bien vrai, cela, capitaine. N'empêche qu'avec un bateau comme le *Roanoke*... Ah !... ces damnés Sudistes donneraient gros pour en avoir un pareil ; ils en feraient un fameux corsaire !

— Je le crois bien !... Mais, tant que je commanderai le *Roanoke*, pas un de ces « faillis chiens » ne mettra le pied sur ce pont ; c'est moi qui vous le dis.

— Il ne faut jurer de rien ! répondit le pilote sur un ton sentencieux.

Puis, se retournant, il reprit, désignant une voile à l'arrière du steamer :

— Mon sloop sort de la passe.

Il regarda sa montre.

— Quatre heures et demie, ajouta-t-il; nous sommes au large, vous n'avez plus besoin de moi, je vais vous quitter.

Et se penchant sur l'embouchure du porte-voix, il commanda: « Stop ! »

Aussitôt, les roues cessèrent de battre l'eau, le ronflement de la machine se tut ; le navire ralentit sa marche, fila quelques brasses encore sur son aire et s'arrêta, presque immobile, dérivant lentement sous l'action du courant.

Appuyé sur la balustrade de la passerelle, tournant le dos à l'avant du steamer, le pilote regardait son sloop qui, d'instant en instant, devenait plus visible ; la voilure grandissait à vue d'œil, et bientôt sa coque noire apparut au sommet des vagues.

— Par le diable ! s'écria tout à coup le pilote, c'est un canot que j'aperçois par tribord derrière ! On dirait qu'il se dirige vers nous.

Le capitaine Longway regarda dans la direction indiquée en étendant la main au-dessus de ses yeux.

— Oui, répondit-il ; c'est un grand canot monté par plusieurs hommes.

Puis se tournant :

— Timonier, ma longue-vue.

Le matelot interpellé tendit au commandant une lunette d'approche que celui-ci braqua sur l'embarcation.

— C'est une baleinière, dit-il au bout d'un moment; si je ne me trompe, il y a neuf hommes à bord.

— Peut-être un voyageur qui a manqué le départ, observa le pilote en souriant.

— Possible ! répondit laconiquement le capitaine, qui paraissait fort intrigué; nous allons voir.

Cependant, le canot approchait rapidement et semblait lutter de vitesse avec le sloop, qui arrivait vent arrière, sa grand'voile gonflée par la brise. Les passagers, rassemblés sur le pont pour voir une dernière fois la terre, s'intéressaient à cette course, et déjà les paris s'engageaient.

Un quart d'heure plus tard, et presque en même temps, les deux bateaux accostaient le *Roanoke*.

Pendant que le pilote, après avoir souhaité bon voyage au capitaine, s'affalait dans son you-you par la coupée de tribord, un des hommes de la baleinière, profitant d'un mouvement de roulis, saisit une tireveille à bâbord, sauta sur l'échelle, et en deux bonds fut sur le pont.

C'était un homme d'une trentaine d'années, à la physionomie rude et énergique ; il portait un élégant costume de
voyage.

L'étranger s'avança vers le capitaine, le salua fort courtoisement et lui dit :

— Je vous demande pardon, commandant, de m'introduire
ainsi à votre bord ; mais je n'ai pas le choix. J'ai manqué le départ de New-York et j'ai résolu de vous rattraper. Grâce aux
rameurs que j'ai loués,
j'y ai réussi, et j'espère,
capitaine, que vous ne
refuserez pas de m'em-
barquer.

Tout en parlant, l'é-
tranger tirait de sa po-
che un portefeuille res-
pectablement gonflé ; il
en sortit une liasse de
bank-notes et en ten-
dit quelques-uns au ca-
pitaine Longway. La
vue des billets de ban-

L'étranger s'avança vers le capitaine.

que sembla dissiper les derniers scrupules du brave marin, car
il répondit, tout en allongeant la main :

— Je serais désolé que vous eussiez fait cette course pour
rien, Monsieur. Restez à bord.

Puis il appela le commis d'administration, lui ordonna d'in-
scrire le nouveau voyageur sur le livre du bord et de lui faire dé-
signer une cabine.

Ni le capitaine ni les passagers ne remarquèrent que l'embarcation qui avait amené le retardataire s'était éloignée avant
même que le commandant du *Roanoke* eût consenti à recevoir
ce singulier voyageur.

— Bien sûr que ce particulier-là n'est pas un terrien ! grommela un vieux maître d'équipage. Rien qu'à voir la façon dont

il s'est affalé sur le pont, je gagerais ma ration de tafia contre une chique que c'est un « vieux salé » (1).

Cependant, sur un ordre du capitaine, le *Roanoke* reprit sa marche, en route vers l'ouest, doucement bercé par les grandes lames de l'Océan.

Le pont présentait maintenant une certaine animation : après avoir achevé de s'installer dans leurs cabines, un à un les passagers montaient pour prendre l'air avant le dîner, et surtout pour étudier les compagnons que le hasard allait leur donner pendant cette traversée. Chacun examinait son voisin avec un soin tout particulier, et tout le monde s'observait avec une méticuleuse circonspection.

A l'arrière du navire, dans la partie réservée aux voyageurs de première classe, deux personnes paraissaient tout à fait étrangères à ce qui se passait autour d'elles : un homme et un enfant. L'homme, jeune encore — il pouvait avoir quarante ans, — avait le visage pâle, les traits tirés, l'air fatigué d'un convalescent. Il s'entretenait avec l'enfant — son fils, sans doute, à en juger par leur ressemblance. Il lui expliquait, tant bien que mal, les manœuvres, lui nommait les différentes parties du navire et répondait de son mieux aux questions du bambin.

C'était M. Paul Gérard et son fils Henry.

Fort jeune, M. Gérard avait quitté la France et était venu aux États-Unis pour y chercher fortune. Il avait essayé un peu de tous les métiers jusqu'en 1857. A cette époque, un certain colonel Drack découvrit, dans la Pennsylvanie, les gisements de pétrole qui approvisionnent aujourd'hui la moitié du globe.

Aussitôt que cette nouvelle fut connue, il se produisit un mouvement à peu près semblable à celui qui suivit la découverte de l'or en Californie : des gens de toutes sortes, ouvriers sans travail, avocats sans causes, médecins sans malades, négociants faillis, débiteurs serrés de trop près par leurs créanciers, aventuriers de tous les mondes, se portèrent en masse vers cet

(1) Ce terme est synonyme de « vieux loup de mer ».

Eldorado d'un nouveau genre et creusèrent le sol pour en faire jaillir le pétrole.

Gérard fut des premiers à accourir. Le sort le favorisa : il se rendit acquéreur de terrains considérables, alors que la spéculation ne les avait point encore fait coter à des prix extravagants. Il se trouva que ces terrains recélaient de véritables trésors et que, en peu de temps, Gérard devint riche comme on ne le devient qu'en Amérique.

Certain désormais de l'avenir, Paul Gérard se maria. Il épousa une jeune Américaine aussi pauvre qu'il était riche, ce qui le fit regarder avec une espèce de pitié dédaigneuse par les bons Yankees, gens pratiques par excellence, qui trouvaient tout à fait ridicule qu'un homme qui « valait » un nombre très respectable de dollars prit une femme qui ne « valait » pas dix cents (1).

Un an après son mariage, Gérard eut un fils, mais, à peu de temps de là, il perdit sa femme. Il en éprouva un chagrin profond, et pour oublier sa douleur, se consacra au travail et aux affaires avec un tel acharnement que sa santé en fut très sérieusement ébranlée.

Sur ces entrefaites, la guerre de Sécession éclata. M. Gérard en profita pour mettre à exécution un projet qu'il caressait depuis longtemps : revoir la France. Il s'embarqua donc sur le *Roanoke*, décidé à passer à Paris tout le temps que durerait la guerre et à utiliser ce séjour dans sa patrie pour mettre son fils Henry au collège.

En partant, Gérard confia la direction de ses affaires à un cousin de sa femme, M. Atkins, jeune homme fort intelligent, très dévoué et parfaitement au courant des exploitations pétrolifères.

Cependant, la nuit venait rapidement. Les passagers abandonnaient le pont et descendaient dans le salon, en attendant l'heure du dîner.

(1) Centième partie du dollar, lequel vaut 5 fr. 20.

Le repas fut presque silencieux. Les passagers n'avaient pas eu le temps de lier connaissance ; plusieurs ressentaient les premières atteintes du mal de mer et quittaient précipitamment la table, livides et tremblants, pour n'y plus revenir.

Le voyageur retardataire paraissait au contraire parfaitement à son aise : il mangeait d'excellent appétit, tenait tête au capitaine, qui était grand buveur, causait et semblait tout à fait dans son élément.

Enchanté de trouver un aussi aimable convive, M. Longway lui faisait force politesses et le complimentait.

— J'ai beaucoup voyagé, répondit le retardataire, sur un ton insouciant, à une question du capitaine ; j'ai le pied marin et ne crains pas la mer.

A 8 heures, les tribordais prirent le quart, avec le premier lieutenant. Comme le temps, quoique un peu rude, était beau, les hommes s'établirent à leur guise, pour dormir, prêts à répondre au premier appel : les uns sous le gaillard d'avant, les autres sur des paquets de cordages, près de l'habitacle.

L'officier de quart se promenait sur la passerelle jetée en travers du navire, et qui relie les deux tambours. Le timonier, appuyé sur la roue du gouvernail, regardait de temps en temps la boussole, rectifiait d'un léger coup de barre la marche du navire et fredonnait une chanson nordiste, pour ne pas succomber au sommeil. Dans les cordages, le vent gémissait comme dans une harpe éolienne ; les palettes des roues battaient l'eau d'un mouvement régulier, et, de temps en temps, de grosses lames se brisaient contre les flancs du steamer en rendant un bruit sourd.

Vers 11 heures, fatigué de sa promenade, le lieutenant s'assit sur le banc de quart ; bercé par le roulis du navire et le chant monotone du vent, il s'assoupit ; le timonier cessa de fredonner, et, pendant un instant, tout sembla dormir à bord du *Roanoke*.

A ce moment, le voyageur retardataire sortit du carré des premières et vint prendre l'air sur le pont ; il était vêtu d'un long caban de couleur sombre et coiffé d'une casquette à large visière. Il s'arrêta un instant à l'entrée du capot, jeta un rapide coup d'œil autour de lui et se dirigea vers l'escalier de la passerelle, au pied duquel un groupe de matelots s'était réuni. En passant près d'eux, il se baissa, et très bas prononça quelques paroles. Presque aussitôt, comme obéissant à un mot d'ordre, les marins se levèrent et le retardataire monta sur la passerelle. Le sifflement du vent et le battement des aubes assourdissaient le bruit de ses pas ; il put s'approcher de l'officier de quart sans en être entendu.

Subitement, d'un mouvement brusque, le retardataire saisit à deux mains le cou du lieutenant et le serra vigoureusement. Au même instant, deux des marins de quart escaladèrent la passerelle, s'emparèrent de l'officier, le ligotèrent et le bâillonnèrent avant qu'il ait eu le temps de revenir de sa surprise.

— La barre à tribord, toute ! commanda le retardataire ; et le cap au sud !

Le timonier, parfaitement éveillé maintenant, exécuta la manœuvre, et le *Roanoke* évolua lentement sous la pression du gouvernail.

— Au mécanicien ! ordonna le nouveau commandant.

Il laissa l'officier de quart sous la garde d'un matelot et se dirigea, suivi de deux hommes, vers l'escalier conduisant à la chambre des machines. Comme il allait s'y engager, le mécanicien remontait.

— Que voulez-vous ?

— Vous faire prisonnier, répondit le retardataire.

Sans prononcer un mot, le mécanicien sortit un revolver de sa poche et coucha son interlocuteur en joue...

Avant qu'il ait eu le temps de presser la détente, il roula, abattu par un vigoureux coup de poing.

Deux matelots s'emparèrent du mécanicien, encore tout étourdi de sa chute, le mirent dans l'impossibilité de donner l'alarme et le déposèrent dans la chambre des machines.

— Et de deux !... murmura le retardataire. Au capitaine, maintenant !

Toujours suivi de deux matelots, le nouveau commandant se dirigea vers la cabine du capitaine Longway. Il heurta la porte et fit un signe à un marin.

— Qu'y a-t-il? demanda le capitaine réveillé en sursaut.

— Le lieutenant m'envoie vous prévenir qu'on signale un feu par tribord derrière; il semble nous donner la chasse, répondit le matelot.

— J'y vais... faites forcer de vapeur.

Presque aussitôt, la porte de la cabine s'ouvrit, et M. Longway se montra dans le plus simple appareil. Il fut aussitôt saisi, bâillonné et jeté sur son cadre.

— Capitaine, vous êtes mon prisonnier, dit le retardataire en s'approchant du lit. Je suis le lieutenant Parr, de la marine confédérée... Votre navire est en mon pouvoir; il est donc inutile d'essayer de résister, car je me verrais, à mon grand regret, obligé de vous faire mettre aux fers, ou même de vous casser la tête!

Sur cette menace, qu'il semblait très capable d'exécuter, le lieutenant Parr se rendit à la cabine des autres officiers, dont il s'empara de la même façon; puis il revint sur le pont, monta sur la passerelle, fit réunir les hommes de quart et leur dit:

— Le *Roanoke* est à nous, garçons; grâce à votre obéissance, tout a bien marché. Il ne nous reste plus, maintenant, qu'à nous assurer des bâbordais... Tout le monde à son poste!...

Le hardi coup de main que venait d'accomplir l'officier sudiste était préparé depuis longtemps (1). Connaissant les qualités nautiques du *Roanoke*, les Confédérés avaient résolu de s'en emparer. Très au courant du voyage qu'allait entreprendre le navire, sachant la difficulté qu'éprouvaient les capitaines à recruter leurs équipages, ils arrêtèrent le plan suivant: Sept marins sudistes, un enseigne, un aspirant et un mécanicien se rendirent séparément à New-York; ils se présentèrent isolé-

(1) Quoi qu'elle puisse paraître invraisemblable, cette aventure est absolument vraie; je n'ai même pas changé le nom de l'officier.   (*Note de l'auteur.*)

ment au capitaine du *Roanoke*, qui les embarqua, trop heureux, pendant cette disette d'hommes, de s'assurer le concours de gens qui avaient l'air de vrais matelots. Craignant d'être reconnu par ses camarades d'école ou par quelque officier avec lequel il eût navigué, le lieutenant Parr, qui avait la conduite de l'expédition, s'abstint de venir à New-York ; il resta en observation près de la côte, surveilla la sortie du steamer et se rendit à bord dans un canot détaché de la frégate à laquelle il appartenait.

Chacun des marins sudistes embarqués à bord du *Roanoke* avait son rôle tracé d'avance ; rien, dans cette entreprise, n'était laissé au hasard. Les nouveaux engagés devaient d'abord s'arranger pour être tous placés dans la première bordée. Au moment de l'action, chaque homme savait ce qu'il avait à faire. Ainsi combiné, le complot devait réussir, et il réussit au delà de toute espérance.

A minuit, le lieutenant Parr fit appeler les bâbordais au quart ; quand ceux-ci montèrent sur le pont, ne soupçonnant rien de ce qui venait de se passer, ils furent immédiatement entourés par les tribordais. Le nouveau commandant s'approcha d'eux et leur dit :

— C'est moi qui commande à bord, garçons ; votre capitaine et vos officiers sont prisonniers ; le *Roanoke* est désormais un navire sudiste. Si vous marchez droit, double ration ; le premier qui bronche, je lui brûle la cervelle. C'est compris ?... Chacun à son poste et tout le monde sur le pont.

Subjugués par les paroles et l'air déterminé du lieutenant, les hommes s'éloignèrent sans répliquer. Un seul, un jeune matelot, osa murmurer :

— Si l'on voulait, pourtant...

— Aux fers, le raisonneur ! ordonna le nouveau capitaine.

Le jeune marin fut immédiatement saisi par quatre hommes, enlevé, descendu dans la cale et enchaîné.

— Je disais bien que ce particulier-là n'était pas un terrien, grommela le vieux maître d'équipage.

— Qu'est-ce que tu marmottes, vieux marsouin ? demanda
un matelot.

— Je dis que, Nordiste ou Sudiste, c'est plaisir de servir sous
les ordres d'un officier comme celui-là. Il n'en dit pas long ;
mais, ça y est !

Le reste de la nuit se passa sans incident. Le lendemain du
départ, quand les passagers montèrent sur le pont pour prendre
l'air, aucun d'eux ne se doutait des événements qui s'étaient
accomplis pendant la nuit.

Le lieutenant Parr résolut de les prévenir. Il profita du premier repas qui réunissait tous les voyageurs. Lorsque chacun
eut pris place autour de la table, le nouveau commandant vint
occuper le siège réservé, la veille encore, au capitaine Longway.
Avant de s'asseoir, il jeta autour de lui un regard curieux,
comme pour jouir de l'étonnement des passagers ; puis, après
avoir salué les convives, il leur dit :

— Depuis hier soir, il s'est passé, à bord de ce navire, certains faits que je crois devoir vous expliquer...

Il y eut un instant de silence, pendant lequel chacun regarda
son voisin, intrigué. Après un moment, le lieutenant reprit :

— Je ne suis pas, comme vous avez pu le croire, un simple
voyageur... Je suis le lieutenant Parr, de la marine confédérée. Je me suis embarqué à bord de ce navire, non pour accomplir la traversée de l'Atlantique, mais pour m'emparer du bâtiment. Grâce à Dieu et à l'obéissance de mes hommes, j'y ai réussi
sans effusion de sang. Maintenant, le *Roanoke* est à moi !... Il
ne vous sera fait aucun mal ; vous serez traités avec les
mêmes égards que si le capitaine Longway était encore ici ;
cependant, je dois vous prévenir qu'il n'entre pas dans mon
plan de vous conduire en Angleterre ; depuis cette nuit,
nous faisons route vers le Sud. Ceci dérangera, je le sais, les
projets de beaucoup d'entre vous ; je le regrette ; c'est la loi de
la guerre. Du reste, ce ne sera qu'un léger retard : je vous
transborderai sur le premier navire que nous rencontrerons faisant voile vers l'Europe.

Un silence profond accueillit ces paroles de l'officier ; puis, quelques voix s'élevèrent pour protester.

— Vous ne m'obligerez pas à vous rappeler, Messieurs, que je suis maître à bord après Dieu, et que je compte sur votre obéissance la plus absolue, dit le lieutenant.

S'asseyant, il fit signe au steward de servir.

A partir de ce moment, M. Parr fut d'une grâce parfaite : poli avec les hommes, prévenant, empressé, galant même, avec les dames, dont il eut bientôt conquis toutes les sympathies. Les excentriques misses raffolèrent immédiatement de ce hardi corsaire, dont elles eurent vite fait un héros. S'il eût voulu se marier, l'officier sudiste n'aurait eu que l'embarras du choix. Les hommes montraient moins d'engouement : la plupart allaient en Europe pour affaires; la perspective d'un retard, qui pouvait être long, ne laissait pas que de les effrayer. M. Gérard, surtout, semblait particulièrement affecté de l'aventure, en raison de sa santé d'abord, et ensuite à cause de son fils dont il ne pouvait guère s'occuper et pour lequel il redoutait la longueur de la traversée.

CHAPITRE III

TEMPÊTE.

Depuis deux jours le *Roanoke* faisait voile vers le Sud. Bien qu'il n'y eût rien de changé dans l'existence des passagers et qu'ils fussent traités avec les mêmes égards que par le capitaine Longway, on sentait qu'une vague inquiétude régnait à bord. Le pont était souvent désert. Les dames, revenues de leur premier enthousiasme, y montaient rarement; beaucoup, atteintes du mal de mer, restaient dans leurs cabines; les autres se réunissaient au salon. Les hommes, quand ils se hasardaient sur la dunette, s'entretenaient à voix basse, toujours du même sujet : quand rencontrerait-on un navire?... Du regard, ils fouillaient l'horizon, cherchant au loin une voile, un panache de fumée, annonçant la présence d'un bâtiment; mais, quoique l'on fût dans les parages fréquentés d'ordinaire par les paquebots, pas un n'apparaissait au large.

Au reste, le temps devenait mauvais : la mer était très houleuse; un vent violent, soufflant par rafales du sud-ouest, balayait la crête blanche des vagues, chassant les embruns qui tombaient sur le pont et l'inondaient comme une pluie fine. De gros nuages gris couraient au ciel, rapides et bas; des bandes de mouettes et de pétrels, précurseurs des tempêtes, tournoyaient autour du navire en poussant des cris aigus.

Contrarié dans sa marche par le vent et la mer, le *Roanoke* faisait peu de chemin. Battu par les lames qui venaient se briser contre son étrave, le navire roulait et tanguait d'une façon effrayante. Parfois, il donnait de la bande avec tant de violence qu'une de ses roues tournait dans le vide, tandis que l'autre, trop engagée sous l'eau, demeurait immobile. Cela imprimait au bâtiment une trépidation fatigante et des plus désagréables.

Avec la nuit, la tempête augmenta de violence. Des lames monstrueuses battaient les flancs du *Roanoke*, l'arrêtant, faisant craquer sa coque jusque dans ses membrures, rejaillissant sur le pont qu'elles balayaient sans cesse.

Vers minuit, comme le baromètre baissait toujours et que l'ouragan semblait redoubler de force, le lieutenant Parr, qui depuis la veille n'avait pas quitté la passerelle, jugeant que, sous peine d'avaries graves, le *Roanoke* ne pouvait lutter plus longtemps contre les attaques de la mer, se décida à fuir devant le temps, c'est-à-dire à virer de bord et à s'éloigner à toute vapeur dans la direction suivie par le vent. Cette manœuvre répugnait au commandant : elle l'éloignait du but de son voyage, le golfe du Mexique, où il devait rejoindre la flotte sudiste, et le forçait à remonter dans le Nord-Ouest, où il pouvait rencontrer des vaisseaux de guerre nordistes. Néanmoins, il s'y résigna.

Après avoir accompli son virage, le *Roanoke* s'élança rapide sur les flots, poursuivi par les grandes lames qui semblaient lutter de vitesse avec lui et lui donner la chasse.

Parfois, l'une d'elles, courant plus vite que les autres, paraissait prête à l'atteindre; mais elle se brisait soudain contre son arrière, et d'un choc violent, le lançait en avant. D'autres fois, c'est une vague gigantesque qui s'élevait au-dessus du navire, le surplombant, menaçant de s'abattre sur lui, de le briser, de l'engloutir; mais, tout à coup, elle s'écroulait, disparaissait, passait sous sa quille, le soulevait à une hauteur vertigineuse pour le laisser retomber lourdement, piquant de son avant dans le gouffre qui s'ouvrait, béant, devant lui.

Cramponné à la balustrade de la passerelle, le lieutenant Parr suivait d'un œil anxieux cette course, dont le salut du navire et la vie de son équipage et des passagers étaient le prix. Haletants, ruisselants sous la pluie qui tombait à torrents, les matelots s'accrochaient aux haubans et aux manœuvres dormantes pour ne pas être brisés dans les mouvements dés-ordonnés du steamer ou entraînés par les énormes paquets de mer qui passaient sur le pont sans interruption.

A l'intérieur du bâtiment, les passagers ne se doutaient pas du danger qui les menaçait ; horriblement secoués, ils restaient couchés dans leurs cadres. Ils n'auraient pu, du reste, se tenir debout.

Terrassé par un accès de fièvre d'une violence inusitée, M. Gé-rard gisait dans sa couchette, inanimé, insensible à tout ce qui se passait autour de lui. Au début de la tempête, le petit Henry avait pris un certain plaisir à regarder par le hublot les vagues qui venaient se briser contre les flancs du *Roanoke*; mais la force du vent augmentant, il avait dû quitter son poste d'observation, et son père, pour le protéger contre les chocs, l'avait pris avec lui dans son cadre. Rassuré, l'enfant n'avait pas tardé à s'endormir.

Quand le jour se leva sur l'Océan démonté, l'ouragan sé-vissait avec la même furie ; le vent soufflait avec la même rage, et, plus que jamais, la mer menaçait d'engloutir le *Roanoke*.

— Avec la vitesse à laquelle nous marchons, nous ne devons pas être très loin de la terre, dit le lieutenant Parr à son se-cond qui l'avait rejoint sur la passerelle.

— Et dans un mauvais voisinage, répondit l'enseigne.

— Les croiseurs nordistes ne sont guère à craindre par le temps qu'il fait ; j'ai bien plus peur de m'échouer, si nous conti-nuons à courir vers la terre, que de rencontrer un vaisseau fédéré.

— Il me semble, Monsieur, que ces grosses lames qui nous donnent la chasse sont plus dangereuses que tout le reste.

— Je vais faire forcer de vapeur, dit M. Parr en se penchant sur le porte-voix communiquant avec la chambre des machines.

Au moment où il allait transmettre ses ordres au mécanicien, une vague, plus forte et plus rapide que les autres, s'abattit sur l'arrière du *Roanoke*, arrachant les pavois, ruisselant sur le pont.

En se retirant, la masse d'eau défonça les bastingages et entraîna cinq matelots, parmi lesquels le timonier qui tenait la barre. Les malheureux apparurent un instant au sommet d'une lame, roulèrent dans le gouffre et disparurent.

Heurté par le remous, le gouvernail, que personne ne maintenait plus, tourna, et sous la pression, le *Roanoke* évolua dans une effrayante embardée, présentant le flanc à la lame.

Le second, devinant le danger, sauta sur le pont et courut à la roue pour la redresser ; mais il était trop tard : une vague venait de briser le tambour de tribord, les palettes de la roue et une embarcation suspendue aux portemanteaux du même côté.

Aidé d'un matelot, le second parvint à ramener le navire dans sa position première ; mais il était désormais incapable de continuer à fuir devant la tempête.

Outre sa machine, le *Roanoke* portait un gréement de brick-goëlette. Le lieutenant fit établir un hunier au bas ris, et un foc, puis il mit en cap. Dans cette position, le navire dérivait lentement, présentant le flanc à la lame qui venait se briser dans le remous formé par la marche de côté du steamer. Mais le vapeur fatiguait horriblement ; il donnait de la bande d'une façon inquiétante.

— Mieux vaut reprendre la route, dit le lieutenant.

Cette détermination devait être fatale au *Roanoke*.

Pendant un coup de mer, la haussière de l'ancre de bâbord se brise. Libre et horriblement secoué, le lourd morceau de fer se mit à battre à coups redoublés la muraille du navire.

Dès que l'on s'aperçut de cet accident, des hommes essayèrent de gagner le bossoir, de lancer une amarre et de fixer l'ancre ; mais la mer qui déferlait sur l'avant les en empêcha. Alors, ils attaquèrent le câble à coups de hache, dans l'espoir de le couper au ras de l'écubier. Avant qu'ils eussent achevé, la muraille du *Roanoke* céda sous les attaques réitérées de l'ancre, et une large brèche s'ouvrit dans le bordage, au-dessus de la ligne de flottaison, assez bas, cependant, pour que l'eau entrât dans la cale.

Bientôt, le poste de l'équipage fut envahi; le *Roanoke*, alourdi, ne put plus se relever à la lame et refusa d'obéir au gouvernail. Mettre les pompes en mouvement était impossible; quant à tenter d'aveugler la voie d'eau, il n'y fallait même pas songer.

— Dans deux heures, nous coulerons à pic, dit le lieutenant en revenant de constater le dommage. A moins d'un miracle, nous sommes perdus!

— Peut être pourrons-nous mettre les embarcations à la mer, hasarda le second.

— J'en doute; enfin, nous verrons.

Puis, montant sur la passerelle, le commandant fit reprendre le cap, et, pour remplacer le gouvernail désormais inutile, il fit mettre en mouvement la roue restée intacte.

— Dans cette position, dit-il, nous embarquerons moins d'eau.

— Si l'on allégeait le navire? demanda l'enseigne.

— Faites; déchargez surtout du côté de l'avant.

On ouvrit le grand panneau pour jeter par-dessus bord une partie de la cargaison; mais il fallut bientôt renoncer à ce projet: l'eau qui balayait le pont entrait dans la cale.

Cependant, le vent diminuait de violence; quoique l'Océan fût toujours démonté, le temps devenait plus maniable, et sans la voie d'eau, il eût été possible de sauver le *Roanoke*. Mais l'avant s'enfonçait et la mer atteignait la lisse. Maintenant la position était absolument désespérée et l'engloutissement du steamer n'était plus qu'une affaire de temps.

— Même à cette heure, il ne faut rien négliger, murmura le lieutenant. Nous sommes sur la route des paquebots; il peut se faire que l'un d'eux passe en vue, quoique je n'espère plus.

Et il envoya un homme dans le grand mât pour explorer l'horizon.

Ce que le lieutenant Parr regardait comme improbable devait pourtant se réaliser: le matelot était depuis une demi-heure à peine en vigie, qu'il signalait un vapeur à un mille sous le vent. Il se dirigeait de façon à couper la route du *Roanoke*.

Bientôt, en effet, du pont du steamer on put apercevoir un grand paquebot que la hauteur des vagues avait jusqu'alors dérobé aux regards. C'était un navire anglais, l'*Albatros*; il faisait route vers l'Amérique du Sud.

Le *Roanoke* fit des signaux de détresse et l'*Albatros* s'approcha autant que sa sécurité le lui permit. Du reste, la mer se calmait rapidement et il fut possible, avec les embarcations, de transborder tous les passagers, l'équipage et les anciens officiers du *Roanoke* sur le vapeur anglais. Cela dura longtemps, et le lieutenant Parr dut déployer une énergie extraordinaire pour empêcher les hommes et les femmes, affolés par la terreur, de se noyer dans leur empressement à passer à bord de l'*Albatros*.

Pendant qu'il surveillait cette opération, le lieutenant chargea son second de visiter le *Roanoke* pour s'assurer que personne ne restait à bord, puis, quand celui-ci lui eut affirmé que tout le monde avait quitté le navire, M. Parr, le dernier, descendit dans la chaloupe.

Quelques instants après, l'*Albatros* s'éloignait, laissant le *Roanoke* ballotté, sans guide, au gré des flots, emportant, oubliés dans ses flancs, M. Gérard, son fils et le matelot puni.

CHAPITRE IV

SAUVÉS !

Quand le soleil se leva sur l'Océan, le canot qui portait les abandonnés du *Roanoke* était déjà loin. Profitant de la brise, Aubert avait hissé la petite voile, et l'embarcation filait rapidement sur les eaux, qui se faisaient de plus en plus calmes.

En proie à un violent accès de fièvre, M. Gérard reposait au fond du canot, roulé dans les couvertures. Henry, tout en grignotant un morceau de biscuit, causait avec Pierre Aubert et lui faisait mille questions dont le brave garçon s'amusait et auxquelles il répondait dans un mauvais anglais émaillé de mots français et de termes de marine. Vers le milieu du jour, se sentant un peu mieux, M. Gérard consentit à partager avec ses compagnons un repas composé de viande conservée, d'un biscuit et d'un verre de vin; puis il s'informa de la direction que suivait le canot.

— Nous courons droit dans l'Ouest, répondit Aubert, car c'est de ce côté que nous trouverons la terre, et c'est en nous en rapprochant que nous avons le plus de chance de rencontrer des navires.

— Où sommes-nous ?

— Il m'est impossible de le savoir, Monsieur; pendant la tempête, qui sait quelle direction le navire a suivie et le chemin qu'il a fait ? Peut-être sommes-nous au milieu de l'Océan; peut-être à quelques milles seulement de la côte.

— Dieu veuille que cette traversée ne dure pas longtemps, car je n'aurais pas la force de la supporter.

— Si le vent ne fraîchit pas et se maintient comme il est, nous sommes bons, et, tenez, Monsieur, j'ai dans l'idée qu'avant peu nous nous tirerons de là ; mais, faut pas vous chagriner ; faut penser au petit.

— Si vous nous sauvez, mon ami, vous pouvez compter sur ma reconnaissance éternelle ; je suis riche, très riche, et je vous récompenserai royalement.

— Suffit... suffit, Monsieur, nous parlerons de cela plus tard.

La fin de la journée se passa sans incident. Quand vint la nuit, il fut décidé que M. Gérard et Aubert veilleraient à tour de rôle. Malheureusement, vers le matin, le vent fraîchit et sauta subitement à l'Ouest. Il fallut remonter un peu vers le Nord et louvoyer, ce qui retarda singulièrement la marche. Pour ne pas effrayer M. Gérard, le marin se garda de lui faire part de ce contre-temps. D'ailleurs, le malheureux homme était repris de la fièvre et grelottait au fond du canot. Quoi qu'il fit pour rassurer M. Gérard, le matelot ne laissait pas que d'être fort inquiet ; le voyage pouvait se prolonger plusieurs jours encore, et que de choses pouvaient survenir !... Mais il était écrit que les abandonnés du *Roanoke* verraient bientôt la fin de leurs souffrances.

Ce matin même, pendant qu'Aubert, pour distraire le petit Henry, lui contait une histoire comme en savent les marins, l'enfant monta sur le banc en se tenant au mât. Aubert, pour le faire descendre, se leva et le prit dans ses bras. A ce moment, ses regards se portèrent vers l'horizon, et il crut apercevoir une voile. Craignant de se tromper, il ne fit part à personne de ses soupçons ; mais il resta longtemps, la main étendue sur ses yeux pour les protéger du soleil, regardant ce point blanc qui, peut-être, était le salut. Enfin, convaincu qu'il ne s'abusait pas, il mit le cap sur la voile. Alors seulement il prévint M. Gérard.

— Monsieur, dit-il en le secouant, levez-vous, nous sommes sauvés! Un navire se dirige vers nous ; dans une heure nous serons à bord.

A ces mots, M. Gérard se souleva, et quand il eut vu le bâtiment, cédant à l'émotion, il prit son fils dans ses bras et le couvrit de baisers en s'écriant :

— Sauvés !... Henry !... mon enfant, nous sommes sauvés !...

Puis, il retomba, inerte, sur ses couvertures.

Le navire qui venait sur les naufragés était un grand trois-mâts norwégien. Il avait sans doute aperçu l'embarcation, car il masqua ses vergues et mit en panne. Aubert accosta le trois-mâts. En quelques mots, il mit le capitaine au courant de la situation. Celui-ci répondit qu'il allait aux Indes et proposa aux naufragés de les recueillir. On hissa M. Gérard sur le pont, car il était incapable de se soutenir ; Henry et Pierre Aubert l'y rejoignirent, puis le vaisseau orienta ses voiles et reprit sa route vers le Sud, emportant les trois abandonnés du *Roanoke.*

FIN DU PROLOGUE.

CHAPITRE PREMIER

UNE ANNONCE ALLÉCHANTE.

Au sud de Long-Island, à l'extrémité d'une vaste baie parsemée de nombreux ilots, protégée contre les vents du large par une longue bande de terre, qui forme comme une digue naturelle, s'étend le joli village de Canorsie.

Les maisons, presque toutes de coquettes villas ou de riants cottages, s'étagent sur le flanc de la colline, qui descend jusqu'à la grève et les abrite contre les froides bises du Nord. De grands arbres, derniers vestiges de l'immense forêt qui, jadis, couvrait l'ile, se dressent, çà et là, dans l'unique rue du hameau, autour des maisons, dans les jardins, formant comme des bosquets dont l'épais feuillage défend contre les ardeurs du soleil du midi. Des caboteurs, des yachts : clippers, schooners, goëlettes aux formes fines et allongées, se balancent entre les ilots, sur les eaux toujours calmes de la baie, tandis que des chaloupes de pêche la sillonnent en tous sens.

Un matin des premiers jours du mois de mai 1859, un matelot raccommodait un filet, sur la plage, à quelques pas d'une des dernières maisons du village. C'était un type réussi de vieux marins.

Ses jambes courtes, légèrement arquées, supportaient un buste trapu, solide, mal dégrossi, aux épaules larges, au dos un peu voûté, doué d'un mouvement de va-et-vient continuel, d'une sorte de balancement lent et régulier, comme si, même sur la terre ferme, son propriétaire avait à lutter contre le roulis. Un collier de barbe, jadis blonde, qui prenait des tons jaunâtres en blanchissant, encadrait une figure ridée et rougeaude

sous le hâle. Une large cicatrice, partant du milieu du front,
coupait l'œil, la pommette et la joue gauches, et venait se perdre dans la barbe, près de la commissure des lèvres. L'œil
droit, le seul qui restât au marin, était petit, rond, percé en
trou de vrille, vif et toujours en mouvement ; on eût dit qu'il
voulait remplacer l'absent et voir pour deux. Des anneaux d'or
pendaient à ses oreilles et deux petites boucles, comme des

Un matelot raccommodait un filet.

tire-bouchons, formées par deux mèches de cheveux, sortaient
de son bonnet de laine.

De temps en temps, le matelot supendait son travail,
retirait sa pipe de sa bouche et échangeait quelques mots avec
un jeune homme couché sur le sable, qui parcourait distraite-
ment un journal : le *New-York Herald.*

Tout à coup, le compagnon du marin poussa une exclamation de surprise.

— Qu'est-ce qui vous prend, M. Georges ? demanda le matelot.
— Regarde. Pierre.

Il se leva et tendit le journal au marin en lui désignant du
doigt une annonce imprimée en gros caractères. Pierre prit le

papier, le tenant maladroitement dans ses grosses mains calleuses, velues, piquetées de taches de rousseur, fixant son œil unique sur l'endroit que lui montrait Georges.

— C'est que... je vais vous dire: je n'y vois plus très bien ; c'est si fin, toutes ces écritures !

— Allons donc! Les lettres sont hautes d'un pouce !... Tiens, là ..

— Hé!... Je les vois, les lettres; en voilà cinq, on dirait des bagues de draille.

Pierre aimait fort les comparaisons et les cherchait toujours dans ce qu'il connaissait le mieux: les termes de marine. A ce moment, il montrait cinq zéros.

— Et puis, reprit-il, il y a aussi... que je ne sais pas lire.

— Il fallait donc le dire plus tôt... Ecoute, alors.

Le jeune homme reprit le journal des mains de Pierre et lut, à haute voix :

500,000 DOLLARS DE RÉCOMPENSE

SONT OFFERTS A QUI POURRA FOURNIR DES RENSEIGNEMENTS SUR
M. PAUL GÉRARD ET SON FILS HENRY, EMBARQUÉS
LE 29 SEPTEMBRE 1865, A BORD DU « ROANOKE »,
ET DISPARUS DANS LE NAUFRAGE DE CE NAVIRE.

Communiquer les renseignements à M. ATKINS, A OIL CITY, *Pennsylvanie.* U. S. A.

— Hein!... Qu'en dis tu?... 500,000 dollars !

Le marin n'écoutait plus ; il répétait à demi-voix :

— Le *Roanoke!*... Paul Gérard !...

— Qu'est-ce que tu marmottes?

— Je connais ces noms-là, moi!

— Comment, tu connais ?

— Oui; j'étais à bord du *Roanoke* quand il a fait naufrage

— Tiens!... Tu ne m'avais jamais dit cela !

— C'est moi qui ai sauvé Paul Gérard et son fils... un gamin qui avait le diable au corps!

— Pourquoi ne m'as-tu pas raconté cette histoire?

— Pourquoi?... Je l'avais oubliée.

— Oublié que tu as sauvé!...

— S'il fallait se souvenir de tous les gens qu'on a tirés du pétrin...

— A commencer par mon oncle, le commandant Parr; sans toi...

— Suffit, M. Georges; suffit... ne parlons pas de ça!

— Soit; mais des autres; de ce Gérard...

—- Vous disiez donc qu'on offrait...

— 500,000 dollars!... Est-ce que tu veux les gagner?

— Au fait, pourquoi pas?... J'en sais long, moi, là-dessus.

— Conte-moi cela.

— Non! non, M. Georges, faut d'abord que j'en parle au commandant.

— Ça n'empêche pas.

— Non.

— Vieil entêté, va!

— Possible!... C'est comme ça!

— Allons, mon bon Pierre, fais-moi tes confidences, reprit le jeune homme d'une voix câline.

— Non, M. Georges.

— C'est la première fois que tu me refuses quelque chose; pourquoi?

— Parce que... parce que je ne puis rien vous dire.

— Vraiment?

— Oui; c'est entre le commandant et moi.

— C'est bon, garde ton secret! répliqua Georges sur un ton de mauvaise humeur.

— Vous êtes fâché?... demanda Pierre peiné d'être désagréable au jeune homme... Faut pas vous chavirer la tête pour ça... Je vais voir le commandant...

— Que lui veux-tu, au commandant ? dit une voix derrière le marin.

Georges et Pierre se retournèrent, surpris, un peu interloqués de l'apparition inopinée de ce troisième personnage.

Celui qui venait de troubler le colloque de Pierre et de Georges, et que l'on appelait commandant, était un homme d'environ cinquante ans. De taille moyenne, très mince, il avait la démarche souple, l'allure aisée de la jeunesse. Ses traits accentués, son regard énergique, sévère, un peu dur même, joints à sa voix brève et au ton de commandement sur lequel il s'exprimait, imposaient une sorte de crainte à tous ceux qui l'approchaient. Cependant, de temps à autre, un sourire très bon détendait les muscles de son visage austère, et l'on sentait que, sous cette apparente rudesse, cet homme cachait un cœur généreux capable d'une grande affection.

Le commandant Parr était ce même officier qui, alors qu'il n'était que lieutenant, s'était emparé du *Roanoke*. Sauvé, ainsi que son équipage et ses passagers, par l'*Albatros*, il se fit débarquer à Cuba, où le navire anglais faisait escale, et à travers mille dangers, rejoignit la flotte sudiste. Peu de temps après, malgré l'insuccès de sa tentative, le gouvernement confédéré lui confia le commandement d'un corsaire, et dès lors le capitaine Parr devint l'un des plus redoutables ennemis de la marine nordiste, à laquelle il infligea des pertes incalculables. Quand, vaincus, les Etats du Sud signèrent la paix avec ceux du Nord, le capitaine Parr refusa le grade que lui offrait l'Amirauté : il quitta le service. Cet homme rigide ne voulait rien devoir au gouvernement qu'il avait combattu. C'est par conviction qu'il avait pris parti pour le Sud ; il avait vaillamment lutté pour une cause qu'il croyait juste ; la victoire le trahissait, il se retirait.

Bientôt, il eut des regrets : habitué dès sa jeunesse à la vie active et pleine d'imprévu des marins, il souffrait de son inaction forcée ; l'ennui de la mer — ce mal que connaissent seuls les marins — s'empara de lui, et il résolut de reprendre la navigation. Trop fier pour demander à son gouvernement un emploi

qu'il avait refusé jadis, il entra au service d'une grande compagnie comme commandant d'un transatlantique et fit de nombreux voyages. Mais un jour, las de cette vie, fatigué de la
monotonie de ce va-et-vient continuel, il résolut d'abandonner
tout à fait le service. Il s'installa dans le petit village de Canorsic,
se fit construire une goëlette et partagea son temps entre des
voyages de plaisance et la lecture de tous les livres et de toutes
les revues spéciales traitant de la navigation.

Vers cette même époque, c'est-à-dire cinq ans avant le jour
où nous retrouvons le commandant, M. Parr perdit sa sœur, la
seule parente qui lui restât. Veuve depuis deux ans à peine,
M⁻ Morton mourait du chagrin que lui causait la perte de son
mari; elle avait deux enfants : une fille, appelée Mabel, alors
âgée de 14 ans, et un fils, Georges, qui venait d'accomplir sa
douzième année. En présence de ce malheur et de la position
plus que modeste des deux enfants, le commandant, qui était
riche, les adopta. Il plaça Georges dans un collège, emmena
Mabel à Canorsic et la confia aux soins d'une institutrice.

Maintenant, Georges avait 17 ans; il venait de terminer ses
études et prenait quelques semaines de vacances avant d'aller
sur le continent européen visiter l'Exposition. Mabel, qui approchait de sa dix-neuvième année, était depuis deux ans déjà
chargée de la direction de la maison de son oncle. C'était
une jolie brune, de ce type tout à fait remarquable, qui possède à la fois la beauté des races méridionales, la grâce, la frai-
cheur et la délicatesse des races du Nord.

Le marin dont M. Parr venait d'interrompre la conversation
avec Georges se nommait Pierre Aubert; il était Français. Pendant toute la durée de la guerre de Sécession, il avait servi sur
le corsaire que commandait le lieutenant Parr, et, depuis, ne
l'avait plus quitté.

Quand la *Reine Mab* — ainsi se nommait la goëlette du commandant — était à l'ancre dans la baie, Pierre Aubert pêchait;
quand la *Reine Mab* sortait, le marin remplissait à bord les
fonctions de maître d'équipage.

Comme Pierre n'avait pas répondu à la question de M. Parr, celui-ci l'interpella de nouveau :

— Que me veux-tu?

— Il a des confidences à vous faire à propos de cette annonce, mon oncle, dit Georges en tendant le journal au commandant.

Celui-ci parcourut rapidement les lignes que lui montrait son neveu, puis s'écria :

— Disparus pendant le naufrage du *Roanoke !...* Que signifie cette histoire?.... A part cinq hommes enlevés par un coup de mer, personne n'a disparu dans le naufrage du *Roanoke !...*

— Faites excuses, commandant, interrompit Pierre.

— Qu'en sais-tu?

— J'y étais.

— Toi ?

— Oui, commandant.

— Tu ne me l'as jamais dit.

— Non.

— Pourquoi ?

— Par rapport au... à la...

— Allons! Explique-toi, interrompit brusquement le commandant.

Le marin tourna son œil unique du côté de Georges.

— C'est que, commandant...

— Je comprends; viens avec moi; et toi, Georges, continue ici la lecture de tes journaux.

Le jeune homme eut un geste de dépit. Il espérait que, pressé par son oncle, le marin allait parler et dire son secret devant lui.

Suivi de Pierre, le commandant se dirigea vers sa maison — un joli cottage, moitié chalet, moitié villa, situé sur la plage en dehors du groupe d'habitations formant le village — franchit une petite cour plantée de tamaris, gravit les quatre marches du perron, traversa le vestibule et pénétra dans son cabinet de travail, une pièce assez vaste, disposée comme la chambre du capitaine d'un grand navire.

Le commandant prit place dans un fauteuil à bascule, près d'une vaste baie donnant sur la mer, et fit signe à son matelot de s'asseoir sur un escabeau; mais Pierre se garda bien d'obéir: il resta debout, roulant son bonnet de laine entre ses doigts, poussant de temps en temps un « hum » vigoureux, comme pour s'éclaircir la voix, sans parvenir à prononcer un mot.

— Je t'écoute, dit M. Parr.

— C'est que, commandant, je ne sais pas trop par où commencer.

— Diable!... Eh bien, explique-moi comment tu te trouvais à bord du *Roanoke*.

— Ça, c'est facile : donc, faut vous dire, commandant, que j'étais venu à New-York à bord de la *Marie-Louise*, un trois-mâts barque du Havre. En route, j'avais eu des raisons avec le capitaine, parce que faut vous dire que, dans ce temps-là, j'avais mauvaise tête; donc, en arrivant je plante là le bateau et je me mets en bordée dans la ville. Au bout de quelques jours, n'ayant plus le sou en poche, je viens rôder sur le port. Là j'apprends que le *Roanoke*, en partance pour Liverpool, cherche à compléter son équipage; je me présente et, comme de juste, le capitaine m'accepte. Ça faisait rudement mon affaire de retourner en Europe sur un vapeur, au lieu de trainer des jours et des jours à courir la bouline sur un voilier.

Le lendemain nous appareillons, les passagers embarquent, et en route pour le vieux pays! Mais faut croire qu'il était écrit que nous n'arriverions jamais, comme disait défunt mon père, car voilà que vous ligotez le capitaine et que vous vous emparez du bateau...... Ça, c'était bien!... Je riais tout seul en pensant au nez que devait faire le père Longway, et ça me faisait plaisir. Quant à être Sudiste ou Nordiste, vous pensez bien, commandant, que ça m'était égal. Dans ce temps-là, je ne savais même pas la différence... Mais voilà que vous nous annoncez qu'on met le cap au Sud ! Dame, vous sentez, commandant, que ça ne faisait plus mon affaire !... Alors, j'ai dit, tout haut, aux camarades : « Si on voulait, pourtant. » Et cela, histoire de rire, de faire la mauvaise tête ; mais vous m'entendez, et vous m'envoyez aux fers !

— C'était toi ? interrompit M. Parr.

— Moi-même, en personne, commandant.

— Ah ! mon pauvre Pierre !... Je ne croyais pas t'avoir jamais puni !... Nous avons vieilli, depuis ce temps-là !

— On a navigué aussi, commandant ; mais, Dieu merci, la coque est encore bonne.

Et pour donner plus de poids à ses paroles, le vieux marin frappa deux ou trois fois sa large poitrine de son gros poing.

— Cela ne m'explique pas...

— Minute, commandant.

— Allons, continue.

— Donc, me voilà aux fers. Le premier jour, ça va bien. Le plancher était dur ; ça me gênait de ne pouvoir remuer les jambes ; mais c'était du repos. Le lendemain, je commençai à trouver le temps long : on n'y voyait goutte, dans ce maudit trou ; pas moyen de savoir si c'était le jour ou la nuit ; on entendait trottiner les rats qui vous passaient sur les jambes sans se gêner, et le navire roulait tellement que j'avais beau me cramponner, j'étais bourlingué comme une barrique mal arrimée dans la cale. Et ça craquait dans les membrures à croire que tout allait se disloquer. « Il fait gros temps, que je me disais pour me consoler ; on turbine, là-haut, et moi, je suis au sec ! » Tout de même, j'aurais mieux aimé attraper des paquets de mer sur le pont que de rester là-dedans. Et puis, faut vous dire, commandant, que ça commençait à me tirailler dans l'estomac : on ne m'apportait pas à manger ! J'appelais ; mais les autres ne m'entendaient pas, faut croire, car personne ne venait.

— Pauvre vieux ! murmura le commandant.

— Je ne sais pas depuis combien de temps j'étais là, reprit Pierre, quand, tout à coup, je sens comme une fraîcheur à l'endroit..., sauf votre respect, commandant, à l'endroit sur quoi j'étais assis ; et ça montait, ça montait... C'était de l'eau !... Ah ! dame, commandant, ce coup-là, vrai, j'ai eu peur...

— Il y avait de quoi.

— Je me mets à crier comme un sourd en pensant : « Pierre, mon garçon, tu perds ton temps; là-haut on ne t'entend pas !... » Mais tout à coup on enfonce la porte à coups de barre d'anspeck et on me délivre... Il était temps !... Sans même regarder celui qui venait de me tirer de là, je monte sur le pont. Le navire était abandonné !... Il coulait !... Les passagers, l'équipage, le capitaine, tout le monde était parti, laissant à bord un homme malade, un enfant...

— On avait abandonné un homme et un enfant! s'écria M. Parr.

— Oui, commandant, et moi avec.

— C'est épouvantable !... Mais dis-moi vite comment vous vous êtes sauvés.

— Oh! bien simplement : j'ai mis un canot à la mer, je m'y suis embarqué avec M. Gérard et son fils...

— Ceux que l'on cherche ?

— Oui.

— Et tu ne m'as jamais rien dit de tout cela !... Pourquoi ?

— C'est justement là où je commence à m'embrouiller, répondit Pierre en se grattant la tête.

— Tu ne te souviens plus...

— Si fait, commandant ; ces choses-là, ça ne s'oublie pas ; mais... c'est pas commode à larguer.

Les hésitations du marin impatientaient M. Parr.

— Voyons !... Achève, dit-il, ou laisse-moi tranquille avec ton histoire.

— Aussi bien, faut tout de même que je vous le dise... donc, quand j'ai vu comment vous nous aviez abandonnés, j'ai juré que si j'en réchappais et si vous me tombiez jamais sous la main, vous passeriez un mauvais quart d'heure... Oui, commandant...

— C'est pour cela que tu m'as sauvé la vie, répondit en souriant M. Parr.

— Je ne l'ai pas fait exprès !... Si j'avais su que c'était vous...

— Je ne vois pas en quoi cela t'empêchait de me parler du *Roanoke*.

— Ah! voilà... Sitôt que j'ai su que c'était vous que j'avais sauvé, ma colère contre vous est tombée... Est-ce que je pouvais en vouloir à l'homme pour lequel je venais de me faire fendre la tête? Je me suis mis à vous aimer comme si je vous devais la vie. Alors, je n'ai pas osé vous parler de tout cela, de peur de vous faire de la peine; car j'ai bien vu tout de suite que vous étiez bon, et j'ai pensé qu'une affaire comme celle-là, si vous l'appreniez, vous chavirerait la tête !

Le commandant se leva, et, prenant la main de Pierre, il la serra vigoureusement.

— Merci, garçon, dit-il.

— Je ne vous en aurais jamais rien dit, commandant, sans cette chose du journal.

— Tu as eu tort, Pierre; j'apprécie le sentiment auquel tu as obéi; mais tu aurais dû parler plus tôt... J'ai été coupable de négligence; j'aurais dû visiter moi-même le *Roanoke* avant de l'abandonner, au lieu de m'en rapporter à mon second... Mais continue ton histoire.

— Le lendemain du jour où nous avons quitté le navire, un trois-mâts norwégien nous a recueillis. Il faisait route vers l'Inde. Dans le voisinage du cap de Bonne-Espérance, nous eûmes du gros temps. M. Gérard, qui était déjà très malade, le devint tellement que le capitaine fut obligé de le mettre à terre à Port-Natal avec son fils. Moi, qui comptais trouver facilement dans cette ville un navire qui me ramènerait en Europe, je débarquai avec eux. M. Gérard se fit conduire à l'hôtel. Le pauvre homme, qui m'appelait son sauveur, voulut que je le suivisse. Me voilà donc installé dans une belle chambre — je n'en avais jamais vue de pareille — comme un amiral, et nourri comme un capitaine de vaisseau!... Mais c'était trop beau ; ça ne pouvait pas durer. Un jour, M. Gérard se trouva si bas que je vis bien qu'il avait filé tout son câble et qu'il était au bout. Le soir, il m'appela près de son lit et me montrant un petit sac de cuir qu'il tenait caché sous son traversin, il me dit :

« Tenez, mon ami, il y a 5,000 dollars dans ce sac, mes papiers et ceux d'Henry. Quand je serai mort, vous reconduirez mon fils à New-York ; l'argent sera pour vous et vous remettrez les papiers à monsieur... »

M. Gérard me dit un nom que je n'entendis pas, me serra la main, renversa la tête sur son oreiller et tomba dans un sommeil profond dont il ne se réveilla plus.

— Pauvre homme! murmura M. Parr... Et son fils?

— Minute, commandant. Le petit pleurait que ça faisait mal à voir. Le lendemain, pour le distraire, je l'emmène faire un tour. Quand je rentre, on me dit qu'il faut aller chez le consul américain pour faire ma déclaration. J'y vais. Le consul n'était pas là. Je suis reçu par une manière de commis qui ne me revenait qu'à moitié. Je lui conte mon affaire, et, tout bête, je lui parle de la sacoche et des papiers.

« Il faut me montrer cela, » me dit-il.

Je retourne à l'hôtel, je rapporte la sacoche, mais, comme de juste, je retire l'argent de dedans et je le mets dans ma poche.

Le commis lit les papiers, les plie et les serre dans son tiroir, puis il me dit :

— Où est l'argent?

— Quel argent ?

— Celui qui était dans ce sac.

Faut croire que c'était écrit sur les papiers qu'il y avait de l'argent.

— Ça, c'est pas votre affaire, mon garçon, que je lui réponds ; M. Gérard me l'a donné et je le garde.

— Vous l'avez volé ! s'écrie le commis.

Ah! dame, commandant, sur ce mot-là, je ne fais ni une ni deux, je lui administre un maître coup de poing qui l'envoie rouler au milieu de la chambre... Il se met à crier au voleur, à l'assassin. Cinq ou six gaillards arrivent, me renversent, me fouillent, me prennent l'argent et me mènent en prison. J'y reste deux jours, puis on me relâche en me disant qu'on s'est trompé. Je cours au consulat pour dire deux mots au commis ; mais j'apprends qu'il est parti, emportant l'argent et les papiers, qu'on a mis la police à ses trousses, et qu'il est probable qu'on ne le pincera pas, parce qu'il s'est dirigé dans l'intérieur.

Vivement je me rends à l'hôtel, pour voir le petit Henry, car j'étais inquiet de cet enfant, et c'est ce qui me tourmentait le plus en prison. A l'hôtel, on me dit qu'on ne l'a pas vu ; il est sorti avec moi et n'est pas rentré. Je cherche dans toute la ville, je m'informe, personne ne peut rien me dire ; enfin, après quatre jours, j'apprends qu'un convoi de missionnaires protestants est parti pour aller fonder des missions dans l'intérieur et que l'on pense que l'un d'eux, voyant errer l'enfant par les rues, l'a emmené.

J'aurais bien voulu me mettre à sa poursuite; mais je ne savais même pas quelle direction l'expédition avait suivie, et puis, pour voyager, il faut de l'argent, et je n'avais pas un cent.

— Ensuite, qu'es-tu devenu ?

— Je me suis embarqué sur un navire en partance pour Boston, et je serais rentré tout droit à New-York si nous n'avions été capturés par un corsaire sudiste.

— Oui : le *Georgia*.

— Qui nous a transbordés sur le *Rover*.

— Qui croisait en compagnie de la frégate que je commandais, avec laquelle nous avons attaqué le *Tonnerre*.

— On s'est bûché rudement dur, ce jour-là... Hein, commandant?

— Si dur que sans toi j'étais tué sur le pont du *Tonnerre* que nous tentions de prendre à l'abordage.

— Sans compter que le coquin de Nordiste qui vous menaçait de sa hache vous eût fendu la tête...

— Si la tienne ne se fût trouvée là pour recevoir le coup.

— Suffit, commandant ; ne parlons pas de cela... Tout de même, ça m'a fait un drôle d'effet quand on m'a enlevé mon bandage et que vous êtes venu près de mon cadre me serrer la main... J'ai cru que je rêvais... J'avais sauvé l'homme à qui je m'étais juré... suffit, commandant...

— Voyons; revenons à notre affaire : on offre donc 500,000 dollars à qui donnera des renseignements sur ce M. Gérard ; il me semble que, mieux que personne, tu es en mesure de satisfaire le monsieur qui promet cette belle récompense ; il se nomme...

Le commandant relisait l'annonce.

— Atkins... il demeure à Oil City, dans la Pennsylvanie... Mais quel intérêt ce monsieur a-t-il à payer aussi généreusement ?... Peut-être cet article va-t-il nous l'apprendre.

Et le commandant lut tout haut la note qui accompagnait l'annonce :

« M. Atkins, cousin et seul héritier de M. Gérard, disparu avec son fils dans le naufrage du *Roanoke*, a demandé aux tribunaux d'être mis en possession de l'héritage, qui se monte à près de vingt millions de dollars.

« Le tribunal a refusé de faire droit à la demande de M. Atkins, déclarant que la mort de M. Gérard, non plus que celle de son fils, n'étant prouvée, M. Atkins ne peut être considéré comme leur héritier et reste dépositaire de leur fortune. »

— Je comprends, dit M. Parr, quand il eut terminé la lecture ; ce M. Atkins cherche la preuve de la mort de ses parents, pour hériter, ou ses parents eux-mêmes, pour leur rendre leur bien. Mais une chose me surprend dans ton récit, Pierre : tu m'as dit que l'homme qui t'a volé ton argent t'avait pris aussi les papiers.

— Oui, commandant.

— Je ne m'explique pas comment il n'en a jamais fait usage.

— Ça, commandant, je ne pourrais pas vous dire.

— Il y a quelque chose là, qui ne me parait pas clair.

M. Parr se leva, fit quelques pas dans son cabinet, puis, s'arrêtant devant le marin :

— Ainsi, tu veux essayer de gagner la récompense ?

— Dame, commandant...

— Bien, mon garçon ; du reste, je vais t'y aider... Oui. C'est un peu moi qui suis cause de tout ce qui arrive ; si je ne suis pas absolument coupable de la mort du père, c'est ma faute si son fils n'est pas en possession de sa fortune, et si cela était en

mon pouvoir, j'aurais le devoir de réparer le mal que j'ai causé.
Mais, ce que je puis faire, c'est de te donner les moyens d'aller
trouver ce M. Atkins, afin que tu lui communiques les renseignements qui lui permettront de rechercher son cousin... Oui,
Pierre, il faut voir ce M. Atkins.

— A vos ordres, commandant.

— Je t'accompagnerai, mon garçon ; nous partirons demain.

— A vos ordres, commandant.

— Maintenant, retourne à tes filets, mon garçon, et laisse-
moi réfléchir à tout cela. Mais ne raconte ton histoire à personne ; tu m'entends, Pierre, à personne !

— Compris, commandant.

En sortant du cabinet de M. Parr, le marin se rendit sur la
plage. Georges l'attendait avec impatience.

— Eh bien? demanda-t-il dès qu'il aperçut Pierre : concours-
tu pour le prix de 500,000 dollars ?

— Je crois que oui, M. Georges.

— Mes compliments et mes souhaits pour la réussite de tes
projets.

— Merci, M. Georges.

— Vous avez causé longtemps, mon oncle et toi.

— Mais oui, M. Georges, nous avons parlé du vieux temps,
du temps où lui et moi nous étions jeunes. Je pense qu'il vous
dira l'histoire que je lui ai racontée.

— Je vois que c'est sérieux, Pierre, et je n'insiste pas. Du
reste, voici ma sœur qui me fait signe de venir.

Georges s'éloigna, laissant le marin à son travail et à ses
réflexions.

CHAPITRE II

HONNÊTE PARENT.

Lorsque M. Parr rejoignit sa nièce et son neveu pour le repas, sa détermination était prise.

— Mes chers enfants, dit-il, je vais faire un petit voyage.

— Vous allez en mer, mon oncle ? demanda Mabel.

— Non, ma chère petite ; je vais à Oil City, un affreux trou, tout au fond de la Pennsylvanie.

— Vous emmenez Pierre ? questionna Georges.

— Oui, mon ami ; j'emmène Pierre.

— Sans doute pour cette affaire de l'annonce ?

— Oui.

— Et vous partez ?

— Demain matin de bonne heure : nous prendrons le premier train à Brooklyn.

— Serez-vous longtemps absent ? demanda Mabel.

— Je ne pense pas : trois jours, quatre au plus.

Le lendemain, le commandant et Pierre prirent un train qui les conduisit à New-York, où ils s'embarquèrent sur le *Philadelphia and Erie railroad*.

Ils voyagèrent toute la journée, et la nuit était fort avancée quand ils arrivèrent à Oil City. Tout le long du chemin, ils avaient croisé de longs trains de wagons-cuves, noirs et graisseux, remplis de pétrole. Aux environs d'Oil Creek, le petit ruisseau qui coule dans la vallée où s'élève Oil City, ils traversèrent une forêt éclairée par le gaz qui, dans le voisinage des gisements de pétrole, sort de terre, et que l'on utilise pour l'éclairage des routes.

Lorsqu'ils quittèrent le train, ils éprouvèrent une sensation désagréable, due à l'odeur nauséabonde du pétrole dont l'atmos-

phère est saturée. Les rues de la ville étaient sales et boueuses ;
les maisons, les arbres et jusqu'au visage des habitants, noircis
par la fumée des raffineries.

Le lendemain, aussitôt qu'il crut pouvoir se présenter sans in-
discrétion, M. Parc se fit indiquer la demeure de M. Atkins ; elle
était située en dehors de la ville. Pour s'y rendre, il fallait faire
un assez long trajet et traverser une partie des exploitations.

Partout sur les flancs déboisés de la montagne, s'élevaient
de hauts *derricks*, sorte d'échafaudages qui marquent l'entrée des
puits. Les routes, véritables fondrières de boue noirâtre et
gluante, étaient à peine carrossables. Par instants, sur le bord
du chemin, on entendait sortir du fourré un bruit aigu, strident,
cadencé, assez semblable à celui que produit le coup de piston
d'une locomotive. C'était le glissement du pétrole chassé par
les pompes foulantes dans de gros conduits de fonte, des *pipes
lines*, comme on les nomme en Amérique. De distance en distance, d'immenses cylindres, pareils à des gazomètres, dressaient leur masse noire ; c'était des *tanks*, gigantesques réser-
voirs dans lesquels on emmagasine le pétrole à la sortie du
puits. Au milieu de ces derricks, de ces tanks, de ces conduits,
circulaient des hommes couverts de vêtements imprégnés d'huile,
chaussés de grandes bottes, coiffés de chapeaux graisseux aux
formes indescriptibles.

La maison de M. Atkins était de superbe apparence, très
grande et de construction récente. Les bureaux du pétrolier occupaient tout le rez-de-chaussée ; au premier et au second étage
étaient les appartements privés de M. Atkins et de sa famille.

Le commandant fit passer sa carte et fut immédiatement introduit dans le cabinet du riche industriel.

M. Atkins était un homme de cinquante ans, gros, bedon-
nant, presque obèse, au cou apoplectique ; son nez, très accentué,
malgré la proéminence des joues, légèrement busqué, avait une
certaine ressemblance avec le bec d'un oiseau de proie ; ses yeux
petits, gris verdâtre, presque voilés par des paupières tom-
bantes, boursouflées, alourdies par la graisse, semblaient fuir

le regard. Ses joues flasques, blafardes, entièrement rasées, pendaient sur un col d'une hauteur exagérée ; son menton, empâté, graisseux, disparaissait sous une touffe de poil roux.

Quand le commandant entra, suivi de Pierre, M. Atkins, sans quitter son siège et levant à peine la tête, demanda :

— Que voulez-vous ?

— Monsieur, répondit le commandant, j'ai lu dans le *New-York Herald* une annonce...

A ces mots, M. Atkins quitta précipitamment son fauteuil, offrit deux chaises aux visiteurs et reprit sa place, faisant son visage aussi aimable que possible.

— Vous pouvez me fournir des renseignements sur mes malheureux parents ? demanda-t-il.

— Oui, Monsieur ; à la suite de circonstances qu'il serait trop long de vous raconter ; je commandais le *Roanoke* au moment du naufrage.

— Et vous venez, sans doute, m'annoncer que mes deux cousins ont péri...

— Non, Monsieur...

— Comment ! interrompit vivement M. Atkins, qui ne put réprimer un geste de dépit.

— Je viens, au contraire, vous présenter ce brave garçon — le commandant montrait Pierre — qui les a sauvés.

— Sauvés !...

— Oui, Monsieur.

— Ils ont échappé au naufrage ?

— Certainement.

Cette nouvelle semblait désespérer M. Atkins ; il était atterré. Le commandant, surpris de l'attitude du pétrolier, lui dit :

— Je comprends votre émotion, Monsieur ; remettez-vous.

M. Atkins regarda l'officier, fit un violent effort sur lui-même et répondit :

— C'est la joie de les savoir vivants ; moi qui les croyais morts et qui les ai pleurés si longtemps.

Il y eut un silence.

— Oh! oh! pensait le commandant, me serais-je trompé ?...
Ce monsieur ne serait-il qu'un vulgaire coquin ?... Nous allons
bien voir...

Puis, tout haut, il reprit :

— Ce trouble vous honore, Monsieur; mais, ne vous hâtez
pas trop de vous réjouir.

— Ils sont morts ?...

— Ai-je dit cela ?

— Voyons, Monsieur,
expliquez-vous.

— Ce marin va le faire
pour moi.

Sur un signe du com-
mandant, Pierre Aubert
se leva et raconta briè-
vement comment il avait
sauvé Paul Gérard et
son fils Henry.

Quand il eut dit la
mort de M. Gérard, le
commandant l'arrêta et
reprit :

M. Atkins.

— J'avais bien raison, vous le voyez, Monsieur, de vous conseiller de ne pas trop vous réjouir : votre malheureux cousin
n'est plus.

— Et son fils?

— Ceci est une autre affaire.

— Il vit?

M. Parr hésita un instant avant de répondre, fixant son
regard clair et loyal sur le visage de son interlocuteur.

— Oui, Monsieur, dit-il enfin.

A ce moment, M. Atkins, de pâle qu'il était, devint très rouge;
il s'affaissa sur son fauteuil et resta pendant quelques secondes
comme abasourdi.

— Calmez-vous, reprit le commandant; la joie vous étouffe!...

— Il vit!... répétait le pétrolier, presque inconsciemment.

— Certes ; et j'ai tout lieu de croire qu'à l'heure actuelle il se porte comme vous et moi.

Une idée subite traversa l'esprit de M. Atkins.

— Et les papiers ? demanda-t-il tout à coup ; les papiers, est-ce vous qui les avez ?

— Est-il besoin de papiers pour établir l'identité d'Henry Gérard ? Refuserez-vous de le reconnaître quand il viendra vous trouver ?...

— Il faut les papiers ! répéta M. Atkins, qui s'attachait à cette idée comme à une dernière planche de salut.

— Je crois, Monsieur, qu'ils seront inutiles. Le témoignage de ceux qui ont recueilli votre cousin, qui l'ont élevé, qui en ont fait un homme, suffira. Joignez à cela les souvenirs, car il n'est pas possible qu'un enfant ait assisté à des scènes aussi effroyables que l'engloutissement du *Roanoke*, la mort de son père, son enlèvement ; il n'est pas possible, dis-je, qu'un enfant ait vu tout cela sans que sa mémoire en ait gardé une trace profonde, ineffaçable... Croyez-moi, Monsieur, devant un tribunal ces preuves suffiront pour établir que cet homme est bien le fils de Paul Gérard, votre parent, qui vous a confié sa fortune que vous avez fait fructifier et que vous devez remettre tout entière aux mains d'Henry !... Soyez sans inquiétude à cet égard...

M. Atkins écoutait le commandant d'un air stupide, comme s'il ne comprenait pas bien ce qu'il disait. Néanmoins, il répéta :

— Il faut les papiers !... Il les faut !...

— Réclameriez-vous des papiers si moi et ce marin nous venions vous affirmer, sous la foi du serment, que votre petit cousin est mort, comme nous vous affirmons que M. Gérard n'est plus ?...

Ces paroles de M. Parr semblèrent frapper singulièrement le pétrolier : il comprit qu'il avait fait fausse route, qu'emporté par la colère et le dépit, il s'était laissé deviner. Il changea de tactique :

— Vous avez raison, Monsieur. Veuillez donc me dire où est Henry Gérard, afin que je le fasse chercher et que je lui rende ce qui lui appartient.

Le commandant ne tomba point dans le piège grossier que lui tendait M. Atkins ; il résolut de continuer à le tromper, afin de le démasquer complètement.

— Pas encore, Monsieur, plus tard.

— Pourquoi cela ?

— J'ai mes raisons.

— Alors, Monsieur, vous ne pourez prétendre à la récompense que j'ai promise.

— Qui vous dit, Monsieur, que je songe à vous réclamer quoi que ce soit ?

— Vous ne demandez rien ?

— Non, Monsieur.

— Cependant, votre présence, les renseignements, fort incomplets, il est vrai, que vous me donnez, tout, jusqu'à vos réticences, me fait supposer...

— Vous vous trompez, Monsieur, et je vais vous dire pourquoi je suis venu. J'ai déjà eu l'honneur de vous dire que je commandais à bord du *Roanoke* au moment du naufrage ; à tort ou à raison — c'est affaire entre ma conscience et moi — je me considère comme moralement responsable de l'abandon de vos parents et des malheurs qui en sont la conséquence. En venant vers vous, en vous mettant à même de réaliser ce que je crois être le plus cher de vos désirs : rendre à Henry la fortune qui lui appartient, je considère que j'accomplis une réparation, un devoir, et rien de plus ; or, je ne sache pas, Monsieur, qu'on se fasse payer l'accomplissement d'un devoir !... Quant à votre... récompense, jamais il ne m'est venu à la pensée de la réclamer.

Atkins était stupéfait d'entendre un tel langage.

— Je n'ai jamais suspecté vos intentions et je ne songe pas à mettre en doute votre désintéressement tout à fait... honorable ; mais ce que vous refusez pour vous, vous me permettrez bien de l'offrir à ce brave garçon.

— A quel prix ?

— En échange de renseignements exacts sur l'endroit où je pourrai retrouver Henry Gérard.

Mis en demeure d'avouer son mensonge, le commandant hésita ; puis il répondit :

— Plus tard, Monsieur.

— Pourquoi ?

— Parce qu'il ne me convient pas de vous donner maintenant le renseignement que vous me demandez.

— Alors, pourquoi êtes-vous venu ?

— Je vous l'ai dit, Monsieur : pour remplir un devoir ; mais...

Le commandant se leva.

— Permettez, Monsieur, que je me retire ; cette après-midi, j'aurai l'honneur de me présenter ici.

— À votre aise, Monsieur ; mais je m'étonne vraiment...

— Monsieur, je vous salue.

Le commandant se dirigea vers la porte, suivi de Pierre.

Au moment où celui-ci allait sortir, le pétrolier lui toucha légèrement l'épaule et lui dit, presque à voix basse :

— Revenez tout à l'heure, j'ai à vous parler.

Pierre allait répondre ; M. Atkins lui fit signe de se taire, il accompagna M. Parr quelques pas encore, salua et rentra dans son cabinet. Il fit deux ou trois tours dans la pièce, s'approcha d'une fenêtre, souleva le rideau et murmura en haussant les épaules :

— Imbécile !

Puis il reprit sa promenade en songeant à la visite qu'il venait de recevoir.

— En somme, pensait-il, ce commandant n'est peut-être pas aussi fin qu'il en a l'air, et je l'ai deviné : il veut savoir si la promesse est sérieuse et ne me livrer les derniers renseignements que contre espèces, car je ne crois pas le moins du monde à son désintéressement... Allons donc ! est-ce qu'il existe sur terre un homme capable de résister à l'offre de 500,000 dollars ?... Mais, halte-là !... Je ne me laisse pas berner ainsi :

il me faut des informations complètes, et la preuve qu'elles sont exactes... 500,000 dollars !... je saurai tout, et pour moins que cela. Son marin, cette espèce de borgne à la figure tailladée, m'a tout l'air d'une brute à qui je ferai dire tout ce que je voudrai avec quelques dollars et deux ou trois verres de sherry...

M. Atkins sourit de son idée et appuya le doigt sur le bouton d'une sonnerie électrique. Aussitôt un domestique parut.

— Une bouteille de sherry et deux verres, ordonna le pétrolier.

Le domestique sortit et revint quelques instants après, portant un plateau qu'il déposa sur une table. Quand M. Atkins fut seul, il ouvrit un grand coffre-fort scellé dans le mur, en tira une liasse de bank-notes qu'il compta et glissa dans sa poche.

— Avec cela, dit-il à demi-voix, je saurai tout ce qu'il m'importe de savoir.

En quittant la maison de M. Atkins, le commandant et Pierre reprirent le chemin d'Oil City. M. Parr marchait en avant, réfléchissant à la conversation qu'il venait d'avoir avec le pétrolier. Il était tellement révolté de l'attitude de cet homme qu'il se refusait à croire qu'il eût les intentions qu'il lui prêtait ; il se demandait s'il ne s'était pas trompé, et, dans son honnêteté un peu naïve, regrettait presque le jugement qu'il avait porté sur le parent de M. Gérard.

Peu à peu, Pierre, qui marchait à distance respectueuse de son chef, vint se placer à côté du commandant, le regardant comme s'il voulait l'interpeller.

— Que veux-tu, Pierre? demanda M. Parr.

— C'est par rapport à ce M. Atkins, commandant.

— Eh bien, qu'est-ce qu'il y a ?

— Il y a que sa figure de vent debout ne me revient pas.

— Ah!

— Non, pas du tout. Et puis...

— Quoi ?

— Faut que je vous conte ce qu'il m'a coulé en douceur dans l'écubier.

— Qu'est-ce que c'est ?

— Il m'a dit : « Lâche ton commandant, garçon, et viens me trouver. »

— Tiens, tiens... Eh bien, Pierre, il faut y aller.

— Jamais !

— Il faut y aller. Mais, surtout, sois prudent ; laisse croire à ce monsieur que nous savons où est son cousin et accepte tout ce qu'il t'offrira et te proposera.

— Tout?

— Oui, tout.

— A vos ordres, commandant.

— Allons, va ; je t'attends ici.

Pierre rebroussa chemin, à contre-cœur, et rentra dans la maison de M. Atkins qui, prévenu, le reçut aussitôt.

— Vous avez pu quitter le commandant ? dit Atkins joyeux de l'empressement du marin.

— Comme vous voyez, Monsieur.

— Asseyez-vous là, et buvons ensemble un verre de sherry.

— A vos ordres, répondit Pierre.

Et, tout bas, il se dit :

— C'est pour obéir au commandant qui m'a dit d'accepter tout ce que ce particulier m'offrirait.

Le pétrolier remplit les verres, en offrit un au marin et prit l'autre.

— A votre santé, Monsieur, dit Pierre.

D'un trait, il vida son verre. M. Atkins trempa seulement les lèvres dans le sien et remplit encore celui du marin.

— Si tu crois me faire jaser avec ton vin, tu te trompes, mon bonhomme, pensait Pierre; il en faudrait beaucoup comme cela pour me faire perdre le Nord.

Et tout haut :

— Ah çà, Monsieur, est-ce pour avoir le plaisir de trinquer avec moi que vous m'avez fait venir ?

— Allons, mon ami, encore un verre, dit M. Atkins, sans répondre à la question de Pierre.

— Avec plaisir, Monsieur.

— Voyons, mon ami, causons un peu, reprit le pétrolier après avoir rempli une troisième fois le verre du marin ; mais d'abord, laissez-moi vous offrir...

M. Atkins fouilla dans la poche de sa redingote et en retira la liasse de bank-notes qu'il tendit à Pierre.

— Le commandant m'a dit de tout accepter, murmura le matelot en allongeant la main.

— C'est une petite indemnité pour votre voyage.

— C'était pas la peine, Monsieur ; le commandant a payé tous les frais, répondit Aubert en empochant l'argent.

— Alors, ce sera pour vous remercier des renseignements que vous m'avez donnés... Encore un verre.

— Avec plaisir, Monsieur.

— Voyons, mon ami, vous en savez aussi long que le commandant sur cette affaire ?

— Je ne dis pas non.

— Il faut que vous m'aidiez à retrouver Henry Gérard.

— Pourquoi pas ?

— Vous pourriez même vous charger tout seul de cette besogne.

— On pourrait toujours essayer.

— Et je suis certain que vous réussiriez.

— Peut-être bien, répondit Pierre d'un air capable en clignant son petit œil.

— Et, si vous réussissiez, vous auriez les 500,000 dollars !... Encore un verre !

— Merci bien, Monsieur.

— Allons !

— Non, j'en ai ma suffisance.

— Vous n'avez pas peur d'un verre de sherry ?

— Non ; mais je vous dis que j'en ai ma suffisance.

— Si vous vouliez vous charger de cette mission, dit M. Atkins en reposant la bouteille, je vous avancerais les frais du voyage.

— Faudrait voir.

— Et si, au retour, vous m'apportiez la preuve que ce jeune homme est mort, je vous donnerais... 10,000 dollars de plus... Allons, ne vous faites pas prier : encore un verre.

— Je vous ai déjà dit que non... Et si je le trouvais vivant ?

— Si vous le trouviez vivant ?... Cela vous regarde, mon ami... 10,000 dollars de plus...

— Je ne comprends pas très bien.

— Allons donc ! vous êtes trop intelligent pour ne pas savoir qu'en voyage, surtout dans les pays lointains, les accidents mortels sont fréquents... Voyons, vous ne pouvez me refuser un dernier verre.

— Ah ! s'exclama Pierre en se levant, ne me faites pas boire davantage, Monsieur, parce que, quand j'ai bu, je deviens méchant et je cogne.

En parlant ainsi, le marin allongea ses deux énormes poings d'une façon si peu rassurante que M. Atkins recula de quelques pas.

— Soit, mon ami ; soit, ne buvez plus, mais répondez-moi : voulez-vous vous mettre à la recherche du fils de Paul Gérard et me rapporter la preuve de sa mort ?

Aubert sembla réfléchir un instant, puis il répondit :

— Je ne dis pas non, faudra voir.

— Bien entendu, pas un mot à votre commandant.

— Comme de juste... Bien le bonjour, Monsieur.

— Quoi ! Vous partez comme cela, sans être convenu de rien ?

— Bien le bonjour, Monsieur.

— Eh bien, vous refusez ?... Alors, rendez-moi...

— L'argent ?...

— Puisque vous refusez.

— Je n'ai pas dit cela ; et puis, c'est pour être venu ici que vous me l'avez donné.

— Dans ce cas, dites-moi où est Henry Gérard.

— Je n'en sais rien, Monsieur, il n'y a que le commandant... Bien le bonjour, Monsieur.

Sans attendre davantage, Pierre sortit et s'éloigna rapidement.

Le commandant attendait le marin avec impatience.

— Enfin, te voilà, dit-il.

— Oui, commandant; à vos ordres.

— Raconte-moi ce que t'a dit cet homme.

En quelques mots le marin mit M. Parr au courant de sa conversation avec M. Atkins.

— Allons, dit le commandant, tu n'as pas été trop maladroit.

— Je ne dis pas non, commandant; mais ne me faites plus faire de commissions comme celle-là, parce que je n'aurais pas toujours la force de me contenir... Peu s'en est fallu que je ne lui casse les reins !

— Tu devrais pourtant te rappeler ce qu'il en coûte de faire usage de ses poings.

— C'est vrai; c'est ce maudit coup de poing qui a tout gâté, à Port-Natal, il y a vingt-cinq ans.

Après un instant de silence, il reprit :

— Et l'argent, commandant, est-ce que je le garde ?

— Oui, pour le moment; nous verrons plus tard.

Longtemps après le départ de Pierre, M. Atkins se promena dans son cabinet, réfléchissant au peu de succès de sa tentative auprès du marin.

— Qui pouvait supposer, aussi, que j'aurais affaire à deux gaillards de cette trempe, et que les deux seuls hommes capables de me renseigner seraient justement des honnêtes gens : un commandant que je prends pour un sot, et qui me roule de la belle façon, et cette brute de marin qui refuse de l'argent... La peste soit de l'honnêteté et de ceux qui la pratiquent !... Que faire, maintenant ?... Je n'aurais pas dû suivre le conseil de Dickson, et faire cette annonce; il m'a donné là un mauvais avis; il m'a mis dans une déplorable situation et il faut qu'il m'en retire !...

Le soir même, M. Atkins, n'ayant pas reçu la visite du commandant, partit pour New-York. Le lendemain, il se présenta dans les bureaux de M. Dickson.

Ce monsieur, qui avait toute la confiance de M. Atkins,
dirigeait à New-York une de ces agences interlopes qui four-
millent aux États-Unis, et dans lesquelles on trafique de tout,
on entreprend toutes les basses besognes, depuis les divorces
à forfait, jusqu'à la poursuite des criminels et la recherche des
héritiers.

— Eh bien, cher Monsieur, dit M. Dickson quand le pétrolier
entra dans son cabinet, avez-vous du nouveau ?... Votre
annonce vous a-t-elle amené beaucoup de visiteurs?

— Deux seulement ; je pourrais même dire un, car ils étaient
ensemble ; deux sots ou deux honnêtes gens, comme vous voudrez, car c'est tout un.

— Il y en a donc encore ?

— Au moins deux, et c'est justement sur eux que je tombe.

— Contez-moi cela.

M. Atkins fit un récit fidèle de son entrevue avec le commandant Parr et avec Pierre, puis il ajouta :

— Vous voyez le résultat de l'annonce !

— Certes, et je m'en félicite... Comment! vous apprenez,
presque sans bourse délier, que votre cousin est mort ; que
son fils est vivant ; vous savez de plus que deux hommes connaissent l'endroit où il est, et vous n'êtes pas content ?... Vous
êtes difficile, mon cher Monsieur!... Rien que ce renseignement
vaut dix mille dollars, et il est loin de vous les avoir coûtés !

— Vous croyez ?

— Parbleu !... Il est clair que ce M. Parr va courir le chercher, votre cousin ; ce que vous prenez chez cet homme pour de
l'honnêteté n'est que de l'habileté : il ira trouver le jeune Henry
Gérard, lui fera signer l'abandon de la moitié de sa fortune et
vous l'amènera !...

— Hé! C'est bien là ce que je crains.

— Mais nous y veillerons. Qui est ce commandant Parr?...
Où demeure-t-il?

— Voici sa carte, répondit M. Atkins en tendant un petit
carré de carton à M. Dickson qui le lut et le déposa devant lui.

— Ceci me suffit... Que comptez-vous faire?

— Vous me le demandez?... Si je le savais, serais-je venu vous trouver?... J'ai besoin de vos conseils.

— Je voulais vous le faire dire.

— Pourquoi?

— Parce que cela vous coûtera plus cher.

— Vous allez me tirer d'embarras, mon cher Dickson, ajouta Atkins, comme s'il n'avait pas entendu la réflexion de l'agent.

— Que me donnerez-vous si je réussis?

— Dix mille dollars!

— Dix mille dollars!... Vous n'y pensez pas, mon cher!... Je veux les 500,000 dollars que vous offrez dans votre annonce.

— Tout!

— Et c'est peu si je vous fais entrer en possession d'une fortune de plus de vingt millions de dollars!

— Il y a beaucoup d'exagération dans ce chiffre.

— C'est bon; je sais à quoi m'en tenir... Du reste, c'est à prendre ou à laisser.

— Soit. Qu'allez-vous faire?

— Signons d'abord un petit papier, si vous le voulez bien, cher Monsieur; une promesse verbale peut quelquefois s'oublier; la mémoire des hommes est chose si fragile!...

M. Dickson rédigea rapidement un contrat qu'il fit signer à son client, puis il lui dit:

— Maintenant, cher M. Atkins, revenez me trouver dans trois jours; d'ici là, j'aurai pris mes renseignements et dressé un plan.

Le pétrolier sortit, assez désappointé, mais confiant, néanmoins, dans la promesse de son homme d'affaires, car il avait foi dans son habileté... Aussi fut-il exact au rendez-vous. Il resta longtemps en conférence avec Dickson, et lorsqu'il quitta son cabinet, il était certain du succès.

CHAPITRE III

CONSEIL DE FAMILLE.

Après les confidences de Pierre, le commandant Parr ne crut pas devoir retourner chez M. Atkins, comme il l'avait promis ; il quitta Oil City le jour même, traversa New-York sans s'y arrêter et regagna Canorsie où Georges et Mabel l'attendaient avec impatience.

A la grande surprise des deux jeunes gens, le commandant fit à peine allusion à son voyage, se contentant de répondre à son neveu et à sa nièce, qui le questionnaient, qu'il se portait bien, n'éprouvait pas la moindre fatigue et se tenait pour satisfait du résultat de ses démarches. Georges et Mabel se gardèrent bien d'insister.

Le lendemain, sans dire où il allait, M. Parr se rendit à New-York, où il resta toute la journée, fit une longue visite à ses banquiers et rentra le soir pour dîner. Pendant l'absence du commandant, craignant sans doute les questions des deux jeunes gens, Pierre resta à bord de la *Reine-Mab*, sous prétexte de nettoyage et de travaux urgents. Il ne revint que le soir, après le retour de M. Parr.

Chaque jour, après le souper, le commandant demeurait quelques instants dans le *parloir* avec son neveu et sa nièce, puis il se retirait dans son cabinet pour lire et pour fumer.

Ce soir-là, lorsqu'il se leva, Georges et Mabel s'approchèrent pour souhaiter le bonsoir à leur oncle. Mais celui-ci, les arrêtant du geste, leur dit:

— Venez, mes enfants, j'ai à vous parler.

Tous deux échangèrent un signe d'intelligence, qui signi-
fiait : « Nous allons donc enfin savoir ».

Le commandant prit place dans son grand fauteuil, fit signe
aux deux jeunes gens de s'asseoir, et après un moment de
silence, leur dit :

— Il est temps, mes amis, que je vous mette au courant d'un
projet que j'ai formé et que je veux exécuter sans plus tarder.
Mais, d'abord, il faut que vous sachiez ce que je suis allé faire
à Oil City et pourquoi j'y suis allé.

Le commandant prit un sifflet d'argent posé sur sa table et en
tira deux ou trois sons aigus, modulés sur des tons différents.

Un moment après, Pierre Aubert ouvrit la porte du cabinet
et, s'avançant à deux pas de son ancien chef, lui dit, en retirant
son bonnet de laine :

— A vos ordres, commandant.

— Assieds-toi là, et écoute.

Alors, M. Parr fit à Georges et à Mabel le récit des événements qui avaient accompagné et suivi la perte du *Roanoke* ;
il raconta sa visite chez M. Atkins et les propositions que
celui-ci avait osé faire à Pierre. Puis il ajouta :

— Maintenant que vous êtes au courant de ce qui s'est passé,
mes enfants, je vais vous dire ce que j'ai décidé. En allant chez
M. Atkins, je croyais accomplir strictement mon devoir et faire
assez pour réparer, dans la mesure de mes moyens, le mal dont
je suis la cause involontaire. Après les offres que ce misérable
a faites à Pierre, j'ai pensé qu'un autre devoir m'incombait :
rechercher Henry Gérard ; s'il est vivant encore, et si je le
retrouve, le ramener ici, le protéger contre les tentatives cri-
minelles dont peut-être il serait l'objet.... J'ai commis la faute ;
je suis cause du mal, il faut que je le répare, dussé-je y dépenser jusqu'à mon dernier cent, y employer jusqu'à mon dernier jour !

Le commandant avait prononcé ces paroles sur un ton si
grave, si solennel, que tout le monde comprit que sa résolution était irrévocable.

Cependant, Mabel, qui avait son franc parler dans la maison, crut devoir hasarder quelques objections :

— Avez-vous bien réfléchi, mon oncle, aux difficultés qu'il vous faudra surmonter, aux fatigues que vous aurez à endurer, aux dangers que vous devrez affronter ?

— J'ai tout pesé, ma chère petite, avant de prendre cette détermination, et je suis décidé, quand même ma vie serait en jeu ; il est des devoirs auxquels un honnête homme, un homme de cœur, ne saurait se soustraire.

— Ne vous exagérez-vous pas un peu la part de responsabilité qui vous incombe dans ce malheur?... Etes-vous coupable même de négligence?

— Oui, mon enfant. Un officier qui a l'honneur de commander un navire ne doit quitter son bord que lorsqu'il s'est assuré que tous les êtres confiés à sa garde sont sauvés, et, plutôt que d'abandonner un homme sur le bâtiment prêt à sombrer, il doit se laisser engloutir avec lui. Or, moi, pressé de faire embarquer les passagers, de sauver l'équipage, obligé de lutter contre tous ces gens affolés pour empêcher un malheur, je m'en suis remis à mon second du soin de visiter le *Roanoke*.

— Vous dites vous-même, mon oncle, interrompit Georges, que vous veilliez sur les passagers.

— Oui, mais après ?

—Soit, mon oncle, reprit Mabel ; supposons que vous soyez coupable, très coupable même ; est-ce une raison pour entreprendre de retrouver cet Henry Gérard, quand vous n'avez, pour vous guider dans vos recherches, que des indices très vagues ? Où allez-vous vous adresser pour retrouver un enfant disparu ou enlevé il y a vingt-cinq ans ? Qui vous dit que ceux qui l'ont recueilli sont encore en Afrique ?... Peut-être l'ont-ils emmené en Angleterre, en France, que sais-je, moi ?

— Ils seraient venus réclamer sa fortune.

— Vous me permettrez, mon bon oncle, de ne pas répondre à cet argument, et de vous dire simplement : et s'il est mort.

comment le saurez-vous ? Comment en ferez-vous la preuve ?
Et si vous arrivez à acquérir cette conviction, irez-vous trouver
ce M. Atkins pour lui dire : « Cher Monsieur, votre cousin est
mort ; vous pouvez maintenant, grâce à moi, jouir en paix de
la fortune de votre parent ? »

— Dans ce cas, objecta Georges, mon oncle aurait droit à la
récompense.

— Ma chère Mabel, tout ce que tu pourras me dire, je me le
suis dit ; toutes les objections que tu soulèveras, je les ai sou-
levées : je considère que j'accomplis un devoir ; quel que doive
être le résultat de mon entreprise, j'irai jusqu'au bout.

— En tout cas, mon oncle je pense que vous ne partirez pas
seul ? demanda Georges.

— Non, mon ami, j'emmène Pierre.

— Comment ferez-vous ce voyage ? questionna Mabel.

— A bord de la *Reine Mab*, jusqu'à Port-Natal.

— A bord de la *Reine Mab*... répéta la jeune fille.

— Et pourquoi pas?... Ce navire, dont j'ai surveillé moi-
même la construction, peut parfaitement entreprendre la traversée de l'Atlantique. Nous sommes, d'ailleurs, à l'époque
où la mousson se fait sentir ; j'irai gagner la région des vents
alizés...

— Mon oncle, s'écria Georges, je pars avec vous.

— C'est impossible, mon ami... Qui veillerait sur ta sœur ?

— Qui veillera sur moi ? je pense bien, mon bon oncle, que
vous n'avez jamais songé à me laisser ici ?

— Si, ma chère enfant ; ni toi ni ton frère ne pouvez me suivre.
Je n'ai pas le droit de vous entraîner dans cette aventure et j'ai
pris mes mesures en conséquence : le jour de mon départ, vous
entrerez tous deux en possession de la portion de ma fortune
que je vous réserve...

— Et vous vous imaginez, mon bon oncle, interrompit Mabel,
que nous allons accepter comme cela votre décision et nous
soumettre! Non, mon oncle ; si vous partez, nous vous suivrons!

— Tu n'y penses pas, Mabel. C'est impossible.

— Pourquoi cela ?

— Je ne puis t'exposer aux fatigues, aux dangers dont tu parlais tout à l'heure.

— Ne me croyez-vous pas capable de les supporter?

— S'il n'y avait que la traversée; mais il peut se faire que nous soyons obligés de nous aventurer dans l'intérieur, d'entreprendre une expédition peut-être lointaine.

— Et quand cela serait !... Suis-je donc la première femme qui entreprend un semblable voyage ?... Comment font les femmes des missionnaires protestants qui vont s'établir au centre de l'Afrique et qui suivent leurs maris dans toutes leurs pérégrinations ?... Ce que ces femmes font pour leurs époux, ne me croyez-vous pas capable de le faire pour vous?

— Je te sais capable de tous les dévouements, ma chère Mabel; mais encore une fois...

— Alors, s'écria la jeune fille en frappant le plancher de son petit pied, vous pensez que je vais rester seule ici, sans nouvelles de vous, ne sachant ce que vous faites, ce que vous devenez?... Non, non, mon oncle; je ne vivrais pas, je mourrais d'inquiétude.

Et, sans doute pour donner plus de force à ses arguments, elle se jeta au cou de M. Parr et l'embrassa plusieurs fois.

Sentant la cause de sa sœur gagnée, Georges pensa qu'il était temps d'intervenir pour son propre compte et de mettre à profit l'émotion du commandant.

— Et comme vous emmenez Mabel, mon oncle, il faut bien que vous m'autorisiez à vous accompagner aussi.

— Nous verrons, répondit M. Parr en se détournant pour cacher une larme.

— Ce n'est pas une réponse, cela; c'est un oui bien net qu'il nous faut, dirent en même temps les deux jeunes gens.

— Tu vois, Pierre, ces deux enfants me font faire ce qu'ils veulent. dit le commandant au marin.

— Faut pas s'en plaindre, commandant.

Cette importante question tranchée, on arrêta immédiatement les dispositions à prendre. Il fut convenu que, dès le lendemain, le commandant passerait une visite minutieuse de la *Reine-Mab* et ferait le nécessaire pour la mettre à même d'accomplir son voyage. Pendant ce temps, Georges se rendrait à Brooklyn, muni des instructions de M. Parr, et se procurerait des vivres indispensables pour une longue traversée. Pierre irait à New-York recruter huit hommes d'équipage, un second et un mécanicien. A Mabel incombait le soin de l'aménagement intérieur de la goëlette et de ces mille riens qui sont la spécialité des femmes.

Quoique rien ne fit supposer au commandant que ses projets fussent soupçonnés, il voulut néanmoins que l'on ignorât à Canorsie qu'il partait pour un long voyage. Il fut donc décidé que la goëlette quitterait son mouillage comme pour une promenade de quelques jours, ainsi que cela lui arrivait souvent, et qu'elle prendrait à Brooklyn vivres et matelots et partirait de là pour le cap de Bonne-Espérance.

Le lendemain, chacun, selon ses attributions, se mit à l'ouvrage et déploya tant d'activité dans l'accomplissement de sa tâche, que, cinq jours après, la *Reine-Mab* appareillait et, sortant de la baie, contournait Long-Island pour aller jeter l'ancre à Brooklyn. On était au 14 mai, et c'est le 15 que devaient embarquer les hommes recrutés par Pierre.

Bien qu'ils eussent reçu un mois de solde d'avance, tous furent exacts au rendez-vous. Le jour même, on arrimait les vivres dans la cale et les soutes se remplissaient de charbon.

Le 17 au soir, M. Flogger, le second du bord, vint aviser le commandant que tout était paré.

— C'est bien, Monsieur, répondit M. Parr; faites donner double ration à l'équipage, et demain, à 8 heures, nous partirons.

— Faudra-t-il prendre un pilote? demanda le second.

— C'est inutile; je connais le détroit.

Le lendemain, un peu avant l'heure convenue, le mécanicien vint prévenir le second que l'on était sous pression. M. Flogger en avisa le commandant, qui monta sur la passerelle, jeta un coup d'œil sur le pont pour s'assurer que tout était en ordre et commanda :

— Larguez les amarres !

Les matelots obéirent.

Alors, se penchant sur l'embouchure du porte-voix, M. Parr ordonna :

— Machine en avant !

Un jet de vapeur pénétra en sifflant dans les pistons, l'hélice se mit en mouvement, faisant jaillir l'eau à l'arrière du navire, et la *Reine-Mab* s'élança rapide vers la haute mer, en route pour le cap de Bonne-Espérance.

CHAPITRE IV

Ce soir-là, la grande véranda de *Royal-Hôtel*, l'établissement le plus correct, le plus confortable et le mieux fréquenté de Prétoria — capitale de Transvaal — était pleine de voyageurs et d'habitués : beaucoup d'Anglais, quelques Américains, deux ou trois Portugais, autant d'Allemands, une quinzaine d'officiers du 80ᵉ régiment et de gros fermiers Boërs, en costumes pittoresques, venus à la ville pour vendre leurs bestiaux et leurs récoltes. Les uns causaient de leurs affaires, d'autres de leurs plaisirs ; tous fumaient et buvaient, servis par de noirs garçons vêtus de blanc, et jouissaient de la fraîcheur relative du soir, après une journée exceptionnellement chaude.

Dans un coin, un peu à l'écart, un jeune homme et une jeune fille s'entretenaient à voix basse, tandis que, près d'eux, un homme, à l'air grave et absorbé, fumait en silence.

— Eh bien, mon oncle, demanda la jeune fille au fumeur, vous êtes donc toujours inquiet, toujours préoccupé ?

— Oui, ma chère Mabel.

— Pourquoi?... Il me semble que vous devriez, au contraire, être enchanté : tout marche à souhait ; votre entreprise réussit au delà de vos espérances.

— Que veux-tu!

— Voyons, mon cher oncle, récapitulons : il y a six semaines nous quittions Brooklyn sur votre goëlette la *Reine-Mab* ; nous traversons l'Atlantique sans le moindre incident, favorisés par un temps tel, que vous-même reconnaissez n'en avoir jamais eu de pareil.

— C'est vrai.

— Nous abordons à Port-Natal; vous commencez vos démarches pour retrouver Henry Gérard, et, du premier coup, grâce à l'obligeance de notre consul, vous obtenez un renseignement précieux.

— C'est encore vrai.

— Vous apprenez de la bouche même d'un missionnaire, établi depuis longtemps dans le pays, qu'il a vu, il y a une vingtaine d'années, chez un de ses collègues à Soul's-Port, au pied du mont Mural, un enfant recueilli par celui-ci dans les rues de Port-Natal, à l'époque de la disparition de M. Gérard.

— Absolument exact.

— En outre, une lettre de ce missionnaire, qui se nomme, je crois, M. Price, vous confirme ce fait et vous dit que cet enfant, qui est un homme maintenant, est toujours près de lui.

— De plus en plus exact.

— Nous nous mettons en route pour Prétoria; nous voyageons tantôt en chemin de fer, tantôt en voiture, sans la moindre fatigue, sans l'ombre d'un danger, tout comme si nous étions aux Etats-Unis.

— Certainement.

— Et malgré cela vous êtes sombre et morose, rien ne parvient à vous dérider... Avouez, mon cher oncle, que vous êtes difficile à contenter. Vous ne pouviez souhaiter mieux, cependant, et les choses marchent aussi bien que possible.

— Trop bien, même, ma chère Mabel.

— Voilà du nouveau !...

— Hé, oui! Quand je considère les difficultés de la tâche que j'ai entreprise — difficultés que tu te plaisais jadis à m'énumérer — et que je vois que, du premier coup, je vais toucher au but, j'ai peur, peur d'une déception.

— La lettre de ce M. Price est cependant claire et précise, objecta Georges.

— Je ne songe pas à le nier... Et puis j'ai une autre inquiétude.

— Laquelle?.

— Le voyage.

— N'est-ce que cela?... Quinze ou vingt journées de route ne sont pas une affaire, surtout en wagon.

— S'il ne s'agissait que de Georges et de moi, mais une jeune fille!... Ah! pourquoi me suis-je laissé fléchir par tes supplications?... Pourquoi t'ai-je permis de m'accompagner, ma chère Mabel!...

— Parce que vous ne savez rien refuser à ceux que vous aimez, mon bon oncle, et que vous n'auriez pas voulu me faire le chagrin de me laisser seule.

— Oh! je sais bien que tu ne resteras pas à court d'excellentes raisons!... N'importe, ma chère enfant; si c'était à refaire...

— Vous le feriez encore, mon oncle.

Pendant cette conversation, un jeune homme, à l'aspect très anglais, à la mise correcte, l'air ennuyé, quitta la place qu'il occupait à l'extrémité opposée de la véranda et vint s'asseoir à une table voisine de celle de Georges et de Mabel.

Nonchalamment installé dans un rocking-chair de bambou, il dégustait, avec de longs chalumeaux de paille, une boisson glacée et s'absorbait dans la lecture du *Times*; mais, de temps en temps, discrètement, il levait les yeux de sur son journal et tournait vers la jeune fille des regards admirateurs.

— Enfin, reprit le commandant Parr, après un instant de silence, il est trop tard pour récriminer ou reculer. Aussitôt que je me serai procuré un guide sûr et un véhicule convenable, nous partirons.

— Ce qui ne saurait tarder, puisque l'on vous a promis de vous envoyer aujourd'hui un homme qui pourra nous conduire et nous procurer un wagon, dit Georges.

— Oui; je suis même surpris que ce guide ne soit pas encore arrivé. S'il allait ne pas venir?

— Mais pourquoi vous tourmenter ainsi à l'avance, mon cher oncle? demanda Mabel.

— Que veux-tu, mon enfant; je suis comme cela.

Pour tuer le temps et calmer son impatience, le commandant ouvrit un journal, tandis que Georges et Mabel reprenaient à voix basse leur conversation.

Au bout d'une demi-heure environ, Pierre Aubert vint prévenir M. Parr qu'un homme le demandait.

— Conduis-le chez moi, ordonna le commandant; j'y vais.

Quelques instants après, il se leva, avertit son neveu et sa nièce qu'il s'absentait, et sortit.

Lorsque le commandant pénétra dans le petit salon qui précédait son appartement, il se trouva en présence d'un homme d'une quarantaine d'années, vêtu du costume des Boërs, qui est aussi celui des settlers et des chasseurs : chemise de laine de couleur, pantalon de toile grossière tombant dans des bottes à fortes tiges. Il portait en sautoir une grande cartouchière et sur son épaule une lourde carabine à deux coups. A sa ceinture pendaient un revolver et un solide couteau de chasse.

A la vue du commandant, l'homme retira le grand chapeau de feutre gris, à bords cambrés, qui lui servait de coiffure.

M. Parr considéra un instant le Boër et fut séduit par l'air décidé, franc et loyal qui se dégageait de toute sa personne. Sa figure, ornée d'une superbe barbe blonde, était éclairée par deux grands yeux bleus, très clairs, très profonds, qui regardaient bien en face.

Le commandant fit quelques pas vers le Boër et lui dit :

— Mes banquiers m'ont parlé de vous, Monsieur; ils m'ont dit que vous retourniez dans l'intérieur et que, peut-être, vous consentiriez à me servir de guide.

— Où allez-vous? demanda l'homme en mauvais anglais prononcé avec un fort accent étranger.

— Dans une mission nommée Soul's-Port, située au pied des monts Mural.

— C'est mon chemin.

— Voulez-vous m'y conduire?

— Une question, d'abord : êtes-vous Anglais ?

— Non ; je suis citoyen des Etats-Unis de l'Amérique du Nord.

— Dans ce cas, vous pouvez compter sur moi.

— Et si j'étais Anglais ?

— Je refuserais de vous servir de guide, d'avoir rien de commun avec vous.

Le commandant fut frappé de l'expression étrange que prit la physionomie du Boër en prononçant ces mots.

— Nous nous entendrons, Monsieur, reprit-il ; comment vous nommez-vous ?

— Mon nom vous importe peu ; du reste, il serait trop long et trop difficile à prononcer pour vous. Vous m'appellerez Frantz, tout court.

— Et quelle est d'ordinaire votre profession ?

— Je suis chasseur d'éléphants.

— Eh bien, M. Frantz, réglons les conditions.

Le commandant et son guide se mirent d'accord sur le prix ; puis le Boër s'engagea à procurer, pour le surlendemain, un bon wagon attelé de vingt-quatre bœufs et deux conducteurs.

— Vous ne comptez pas aller plus loin que le mont Mural ? demanda-t-il.

— Non, pourquoi ?

— Parce que, pour faire ce voyage, des animaux ordinaires suffiront ; si vous étiez allé du côté du désert, il vous eût fallu des « bœufs salés ».

— Qu'appelez-vous des bœufs salés ?

— Ce sont des bœufs zoulous de petite taille, mais très vigoureux et très résistants, qui ont déjà voyagé et ne craignent pas certaines eaux fatales aux autres bestiaux. De plus, ils sont inoculés, et, par cela même, à l'abri de la pneumonie, commune dans ce pays.

— Inoculés ?... Comment se pratique cette opération ?

— On prend un peu de poumon d'un animal mort de pneumonie ; on l'introduit dans une incision pratiquée à la queue de l'animal à inoculer. Aussitôt, le bœuf ressent une légère atteinte du mal, sa queue tombe, mais il est désormais à l'abri de la contagion.

— C'est une sorte de vaccine... Ces animaux doivent souffrir de la privation de leur queue, dans un pays où les mouches sont, dit-on, féroces et tourmentantes.

— Oui, mais il vaut mieux sacrifier la queue que le bœuf!

Le commandant et Frantz s'occupèrent ensuite de la question des approvisionnements ; bien que le voyage ne dût pas être long, on décida de faire une ample provision. M. Parr ouvrit à son guide un large crédit.

Quand Frantz s'éloigna, muni de ses instructions, le commandant retourna sous la véranda. Georges et Mabel l'attendaient et le monsieur au type anglais était toujours dans son rocking-chair et toujours plongé dans la lecture du *Times*.

— Nous partons après-demain, mes enfants, dit M. Parr en s'approchant de son neveu et de sa nièce.

— Quel bonheur! s'écria Georges ; je commençais à m'ennuyer dans cette ville; ce n'est pas pour rester à l'hôtel que nous sommes venus en Afrique. Et toi, Mabel?

— Moi, mais je suis enchantée de l'expédition que nous allons entreprendre.

Toute la journée suivante fut employée à terminer les préparatifs, et, le surlendemain matin, exacts au rendez-vous, les voyageurs rejoignirent le wagon qui les attendait à la porte de la ville.

Frantz vint au-devant d'eux et leur fit visiter ce qui allait leur tenir lieu d'habitation pendant quinze ou dix-huit jours.

C'était une sorte de grand fourgon, solidement bâti, long de sept mètres et large de deux, supporté par quatre roues pleines et massives. Au-dessus du wagon, sur toute la longueur, régnait une tente destinée à protéger l'intérieur, divisé en trois compartiments: en avant, les bagages, au milieu desquels on avait ménagé un passage pour accéder à la chambre du milieu, réservée à Mabel ; à l'arrière, la partie occupée par le commandant, par Georges et par Pierre : le guide Frantz avait refusé la place que lui offrait M. Parr.

— Ne vous inquiétez pas de moi, Monsieur, dit-il au commandant ; je suis habitué à dormir en plein air.

Les deux Zoulous couchaient à l'avant. Pendant la route, l'un des deux marchait à pied, surveillant les bœufs ; l'autre, debout sur le devant du wagon, manœuvrait avec une adresse remarquable un fouet gigantesque.

— Drôle d'embarcation, dit Pierre en examinant la voiture, c'est la première fois que je navigue dans une boîte comme celle-là.

Tout étant prêt pour le départ, Frantz monta sur son cheval, puis il donna le signal.

Le Zoulou fit claquer son fouet, et, lentement, le pesant équipage s'ébranla, suivi des voyageurs qui voulurent faire les premiers milles à pied, dans la belle campagne qui s'étend autour de Prétoria.

CHAPITRE V

EST-CE HENRY GÉRARD?

Le voyage du commandant et de sa famille s'accomplit sans incidents notables.

Parfois, la nuit, le sommeil des habitants du wagon était troublé par les rugissements du lion et le voisinage des fauves ; mais la petite caravane ne fut pas sérieusement inquiétée, et, malgré le désir de Georges, M. Parr s'opposa à toute tentative de chasse de ce genre.

On s'arrêta dans plusieurs villages de Boërs, où Frantz était accueilli presque avec déférence par les hommes, surtout par ceux d'un certain âge ; mais, en somme, le carnet de route que Georges et Mabel tenaient très scrupuleusement au jour le jour, ne contenait que des noms de pays, de collines, de rivières, ou des remarques intéressantes sur les Boërs.

Assez tard dans l'après-midi du dix-septième jour après le départ, le wagon s'arrêta pour camper devant les ruines d'une maison, à quelques cents mètres de la mission de Soul's-Port, au pied du mont Mural.

Le commandant, s'il n'eût écouté que son impatience, se fût immédiatement rendu chez M. Price, le missionnaire ; mais il jugea l'heure un peu tardive, et résolut d'attendre au lendemain matin.

Pendant que les Zoulous dételaient les bœufs, aidés du guide, et que Pierre, promu au rang de cuisinier, s'occupait des préparatifs du repas, Georges et Mabel dirigèrent leur promenade du côté de la mission.

Chemin faisant, ils croisèrent une dame à l'air très bon, très

doux, mais dont la coiffure et le costume, en retard de vingt-
cinq ans, faillirent provoquer les rires des deux jeunes gens.
Derrière elle marchait une négresse jeune et d'un très beau
type.

La dame aborda les deux promeneurs et, s'adressant à
Mabel :

— C'est votre wagon que j'aperçois là-bas, près des ruines ?
demanda-t-elle.

Ils croisèrent une dame suivie d'une négresse.

— Oui, Madame.

— Peut-être êtes-vous la fille du commandant Parr, auquel
mon mari, M. Price, a écrit relativement à un enfant que nous
avons recueilli ?

— Oui, Madame.

— Je m'en doutais. Je viens vous chercher, Mademoiselle ;
nous ne permettrons pas que vous campiez ici ; vous et monsieur votre père voudrez bien venir à la mission.

Puis, désignant Georges :

— Votre frère, sans doute ?

— Oui, Madame ; mais je ne sais vraiment si nous devons accepter votre gracieuse invitation...

— J'y compte bien. Venez me présenter à monsieur votre père.

— Le commandant n'est pas mon père, Madame ; il est notre oncle.

De loin, M. Parr avait vu le colloque de Georges et de Mabel avec la femme du missionnaire ; il ne douta pas un instant que cette dame ne fût M⁰ Price, et il ne crut pas devoir attendre qu'elle vint le trouver ; il se dirigea de son côté. Après de longues salutations, la femme du missionnaire renouvela son invitation d'une façon si aimable et si pressante que le commandant accepta. Au fond, il était enchanté : Georges et Mabel allaient pouvoir goûter un véritable repos, après ces dix-sept journées de fatigue, et puis, il pourrait immédiatement s'occuper de l'affaire qui l'amenait et lui tenait si fort à cœur.

Conduits par M⁰ Price, ils se dirigèrent donc vers la mission qui s'élevait sur les premières pentes de la colline, dans un emplacement admirablement choisi et découvert, au milieu d'un immense jardin entouré d'un mur de terre battue, flanqué aux quatre angles de petites tours carrées ; extérieurement régnait un large fossé rempli d'eau, alimenté par une petite rivière venant de la montagne, et dont on avait détourné le cours.

Devant la porte donnant accès dans le jardin, sur un petit pont jeté sur le fossé, se tenait M. Price, prêt à recevoir ses hôtes.

C'était un homme de cinquante ans tout au plus, à la figure fine et intelligente ; des cheveux abondants, presque blancs, couvraient le col de sa longue redingote, et une barbe grisonnante tombait sur sa poitrine.

Après les présentations d'usage et un échange de vigoureux shake-hands, le missionnaire offrit au commandant et à Georges de leur faire visiter son domaine, tandis que M⁰ Price emmenait Mabel.

Devant la maison s'étendait un immense parterre rempli de

fleurs que le missionnaire cultivait lui-même; derrière était le potager où M. Price récoltait les fruits et les légumes d'Europe, acclimatés à grand'peine sous ce ciel toujours trop chaud.

Pendant cette promenade, le commandant aurait bien voulu interroger le missionnaire; mais celui-ci ne lui en laissa pas le temps : avec une loquacité extraordinaire, due sans doute au peu d'occasions qu'il avait de parler en dehors du petit cercle de sa famille et de ses ouailles, le Révérend Price expliquait toutes choses, lentement, entrant dans tous les détails, même les plus oiseux.

Après la visite du jardin, ce fut le tour d'une petite métairie située non loin de là, puis d'une sorte de comptoir où le missionnaire, que le cumul n'effrayait pas, faisait un petit commerce qui devait être fort productif.

Le Révérend Price.

— Pour obliger les indigènes, dit-il au commandant, et leur éviter de longs voyages dans les villes, je leur prends des défenses d'éléphants, des peaux, de la poudre d'or, en échange d'étoffes, de quincaillerie et de poudre de chasse; puis, afin d'empêcher les noirs convertis, qui habitent le village, de s'adonner à la boisson et de dépenser follement, en achats d'oripeaux, le peu qu'ils possèdent, je leur fournis tous les objets dont ils peuvent avoir besoin... dans un but de pure philanthropie.

En Américain, fils d'une race très pratique, M. Parr ne s'étonnait pas outre mesure de ce petit trafic entrepris sous l'égide de la religion et de l'amour de ses semblables; il savait de reste à quoi s'en tenir sur ce point et connaissait de longue date la manière de faire des missionnaires protestants anglais.

La jolie négresse qui accompagnait M⁻ᵉ Price vint mettre

fin à cette promenade en annonçant que le souper était prêt.

Le Révérend et ses hôtes se dirigèrent vers la maison, une jolie construction de briques, haute de deux étages, couverte de tuiles rouges et surmontée d'un belvédère carré, sorte de *mirador*, d'où la vue embrassait au loin la plaine et jusqu'aux hautes futaies qui bordent le cours du Limpopo ou fleuve des Crocodiles.

Devant la maison s'étendait une véranda donnant accès dans un grand vestibule sur lequel s'ouvraient deux portes : l'une donnant dans la salle à manger, l'autre dans un *parloir* ou salon, au fond duquel était le cabinet de travail du Révérend.

M⁂ Price, accompagnée de Mabel, attendait ses invités; dès qu'ils arrivèrent, on se mit à table, et le repas commença, servi à l'anglaise par la négresse. Le commandant crut devoir féliciter le missionnaire sur son installation, puis il ajouta :

— Vue du dehors, votre maison a tout à fait l'air d'une forteresse; grâce aux fossés qui l'entourent, aux murs et aux bastions qui la défendent, vous y pourriez presque soutenir un siège.

— C'est bien dans ce but qu'elle est ainsi aménagée. Autrefois, nous habitions dans la plaine; les ruines auprès desquelles vous avez établi votre campement sont celles de notre maison. Mais la situation était mauvaise; aussi dûmes-nous l'abandonner, car, à cette époque, les attaques des indigènes étaient à redouter, notamment celles de certaines tribus des Matébélés, qui franchissaient le Limpopo et venaient faire des incursions jusqu'ici.

— Vous n'avez plus cela à craindre, aujourd'hui?

— Non. Depuis que le gouvernement anglais a étendu son influence jusque vers les rives du Zambèze, tout est tranquille. Il n'en est pas de même sur les bords de ce fleuve : les Portugais s'agitent pour imposer leur domination sur les territoires voisins du Chiré; notre gouvernement les convoite aussi; chacune des deux puissances avive les inimitiés qui règnent entre les chefs des différentes tribus des Makokolos, qui forment une

foule de petits royaumes séparés depuis la mort de leur roi
Sékélétou. C'est une manière dissimulée de se faire la guerre,
et le pays n'est plus aussi sûr qu'autrefois, surtout depuis l'arrivée dans cette région du colonel Serpa Pinto.

— Celui qui fit, il y a dix ans, la traversée de l'Afrique?

— Oui; il passa ici et dina à cette même table qui nous réu-
nit tous à cette heure.

Puis, la conversation devint générale; le missionnaire et sa
femme questionnèrent le commandant sur les événements qui
se passaient dans le monde civilisé, dont ils étaient séparés
depuis si longtemps. Enfin, M. Parr dut raconter son voyage,
et ce n'est que vers la fin du repas, lorsque M. Price eut épuisé
tous les sujets qui l'intéressaient, qu'il voulut bien se souvenir
du but du voyage entrepris par le commandant.

— A propos, dit le missionnaire, j'oubliais tout à fait l'enfant..

— Que je cherche...

— Et qui nous a procuré le plaisir de vous recevoir, interrompit aimablement la femme du Révérend.

— Vous le verrez demain, reprit M. Price.

— J'espérais que peut-être, dès ce soir... hasarda le commandant... Soyez donc assez bon, Monsieur, pour me dire dans
quelle circonstance vous l'avez recueilli.

— C'est une histoire bien banale. Je faisais partie, en 1864,
d'une société de missionnaires dont le but était d'échelonner
des établissements de Port-Natal au Zambèze, sur la route suivie par Livingstone. Au commencement de l'année 1864...

— De l'année 1864? interrompit M. Parr.

— Oui, Monsieur; au commencement de 1864, nous quit-
tâmes l'Angleterre sur un navire spécialement frété pour nous;
après une assez heureuse traversée, nous atteignîmes Port-
Natal, dans les premiers jours de février.

Puis, se tournant vers sa femme :

— N'est-ce pas, Dolly, c'est bien dans les premiers jours de
février que nous arrivâmes?

— Oui, mon ami, répondit Mme Price, je pourrais même vous
dire la date : c'était le 8 février.

— Cinq jours après, reprit le Révérend, nous nous mîmes en
route. Comme nous allions quitter la ville pour rejoindre nos
wagons, — car à cette époque il n'y avait ni chemin de fer ni
voitures faisant le service de Port-Natal à Prétoria — nous
rencontrâmes une pauvre petite créature pleurant et sanglotant
sur le bord du chemin. Mme Price, qui a toujours eu un cœur

très sensible, s'ap-
procha de l'enfant et
le questionna. Celui-
ci répondit dans un
langage que nous ne
comprîmes pas, mais
que nous connais-
sons bien mainte-
nant : en hollandais.

A mesure que le
missionnaire par-

Une pauvre petite créature pleurant et sanglotant.

lait, le commandant devenait inquiet ; il voulut interrompre le
narrateur qui, tout à son récit, continua :

— Quoique nous ne comprissions pas ce que nous disait
l'enfant, nous devinâmes cependant qu'il était abandonné.

« Recueillons-le, me dit Mme Price ; nous en ferons un bon
chrétien d'abord, et plus tard un excellent domestique. »

Je cédai aux sollicitations de ma femme et j'emmenai l'enfant,
qui est devenu, grâce à nos soins, un homme juste et un servi-
teur dévoué...

— Et nous l'avons marié selon son cœur, interrompit la
femme du missionnaire, encore toute émue à la pensée de la
bonne action qu'elle avait accomplie.

— Avec cette jeune noire, que nous avons recueillie aussi
autrefois, ajouta M. Price en désignant la jolie négresse qui
servait à table.

— Pardon, dit à son tour le commandant ; ne vous trompez-

vous pas d'année ?... Est-ce bien en 1861 que vous avez trouvé
cet enfant ?

— Certainement ; n'est-ce pas, M⁰⁰ Price ?

— Oui, mon ami ; c'était bien en 1861, l'année qui suivit celle
de notre mariage.

— Et puis, reprit M. Parr, vous avez dit que l'enfant parlait
le hollandais ; or, celui que je cherche ne devait savoir que
l'anglais et peut-être un peu de français.

— Dans ce cas, cher Monsieur, il y a erreur.

— Hélas ! Je m'en doutais !... J'en avais comme le pressen-
timent !

— Je suis désolé, cher Monsieur ; oui, véritablement désolé,
répétait le missionnaire sur un ton de bienveillante compassion.

Bien qu'il se fût montré sceptique et peu disposé à croire à
une réussite aussi prompte, le commandant éprouvait une
cruelle déception.

Dans une louable intention, mais assez maladroitement,
M⁰⁰ Price voulut consoler M. Parr. Elle insinua que, peut-être, il
se trompait d'année, qu'il était mal renseigné. Ces tentatives
n'eurent d'autre résultat que d'énerver le commandant, qui
répondit un peu rudement :

— Il est impossible que je me trompe, Madame ! la disparition de l'enfant que je cherche est intimement liée à un épisode
trop grave de ma vie pour que j'en oublie jamais la date : c'était
au mois d'octobre 1865... Mais ne parlons plus de cela. Je ne
regrette pas mon voyage, puisqu'il m'a valu l'honneur de vous
être présenté, Madame, et le plaisir de visiter votre intéressante installation.

— J'espère, crut devoir ajouter le Révérend Price, que des
relations aussi agréablement commencées ne s'arrêteront pas
là, et que vous passerez quelques jours avec nous.

La fin du repas fut, on le comprend, un peu froide. Aussi, de
bonne heure, prétextant la fatigue, M. Parr demanda-t-il la permission de se retirer et de regagner son wagon.

M. et M⁰⁰ Price insistèrent pour que le commandant et sa
famille restassent à la mission.

M. Parr accepta pour son neveu et sa nièce, tandis que lui,
qui éprouvait le besoin de prendre l'air et d'être seul pour
réfléchir, déclara qu'il retournerait au campement.

Lorsque le commandant arriva au wagon, tout était tranquille ; un des Zoulous dormait tandis que l'autre surveillait
les bœufs qui paissaient, entravés, près de la voiture. A quel-

Pierre Aubert et Frantz fumaient devant un feu de bois sec.

qués pas de là, au pied d'un pan de muraille, dont le sommet
tombait en ruines, Pierre Aubert et le guide Frantz fumaient
devant un grand feu de bois sec.

Pierre parlait ; sans doute il racontait une intéressante histoire, car son auditeur l'écoutait avec une singulière attention.

Ainsi éclairées par les grandes flammes dansantes du foyer,
les figures des deux hommes avaient une étrange expression
d'énergie et de rudesse.

Le commandant s'approcha.

Au bruit de ses pas, le marin détourna la tête, et reconnaissant M. Parr, il se leva, suivant son habitude. Le guide se contenta de toucher le bord de son chapeau.

Le commandant salua, fit signe à Pierre de reprendre sa place, et lui-même s'assit entre les deux hommes; puis, sortant une pipe de sa poche, il la remplit de tabac, et l'alluma avec un tison enflammé.

Pierre n'osait interroger son chef; mais, de temps en temps, il levait sur lui son petit œil rond et l'examinait curieusement.

—Ça va mal, pensait le marin; le commandant a sa figure de gros temps aujourd'hui... Est-ce qu'il n'aurait pas trouvé le petit Henry ?...

Après un assez long silence, M. Parr dit, tout haut :

—Nous avons fait un voyage inutile.

— L'enfant n'est pas là?

— Il y en a un; mais ce n'est pas celui que nous cherchons

Pierre ne répondit pas, et le commandant reprit, presque à demi-voix :

— Non, certainement, ce n'est pas lui.

— Eh bien, commandant, il faut chercher l'autre !

— Où ?... comment ?... De quel côté nous diriger ?...

—Ah! dame, commandant, ça, c'est votre affaire. Moi, je ne sais pas.

— Avant tout, je crois que nous devons retourner a Prétoria et à Port-Natal.

Puis, se tournant du côté du guide :

—Nous accompagnerez-vous ?

— Non, Monsieur, répondit Frantz.

— Vous nous laisserez faire seuls ce chemin ?

— Oui, Monsieur.

—Je doublerai le prix convenu.

—Vous le décupleriez que je n'accepterais pas.

— Vous êtes donc bien pressé de rentrer chez vous ?

—Très pressé.

— Quelle affaire si importante vous appelle ?

— Il faut que je parte.

— Eh bien, M. Frantz, partez, faites vos affaires et revenez ; nous vous attendrons.

— C'est impossible.

— Pourquoi ?

— Parce que je ne sais quand je reviendrai, ni même si je reviendrai jamais.

Le commandant ne crut pas devoir insister. Le ton sur lequel parlait le guide, son air décidé, firent supposer à M. Parr que la résolution de Frantz était irrévocable. Il en fut vivement contrarié, car il éprouvait pour cet homme une réelle sympathie.

Pendant toute la durée du voyage, le commandant avait fort apprécié la conduite de son guide : d'une discrétion excessive, cet homme se tenait toujours sur une grande réserve, ne se mêlant jamais à la société des voyageurs, affectant de rester à l'écart, ne parlant au commandant que pour répondre à ses questions. D'ordinaire, il marchait seul, en avant du convoi, au pas allongé de son cheval, s'arrêtant de temps en temps pour attendre le wagon. Dans les moments difficiles, il prêtait la main aux Zoulous ; le soir, il les aidait à dételer les bœufs ; le matin, à les rassembler et à les mettre sous le joug. Et puis, M. Parr ne pouvait oublier les marques de sympathie et même de déférence dont son guide était l'objet de la part des Boërs. Il lui en avait même fait un jour l'observation, et Frantz avait répondu :

— Tous les Boërs me connaissent.

Et la physionomie du guide avait exprimé une sorte de joie orgueilleuse, et, comme pour expliquer sa notoriété, il avait ajouté :

— Il y a si longtemps que je parcours le pays !

Le commandant résolut de consulter Frantz, de se confier à lui, de lui dire le but de son voyage, et, au besoin, de lui demander un conseil.

— Cet homme me donnera peut-être un bon avis, pensait-il.

M. Parr regarda sa montre. Elle marquait près de dix heures.
Il secoua les cendres de sa pipe, et se levant, il dit à Pierre :

— Il est temps de se coucher.

Le matelot obéit et gagna le wagon.

Dès qu'il fut parti, le commandant reprit sa place auprès du
guide.

— M. Frantz, dit-il, j'ai à vous parler.

— Je suis à vos ordres, Monsieur, répondit le Boër.

— En quittant Prétoria, je n'ai pas cru devoir vous faire
connaitre le but de mon voyage ; j'ai eu tort, car peut-être
m'eussiez-vous évité la déception qui m'attendait ici. Aujour-
d'hui, je vais vous dire ce qui m'amène dans ce pays et vous
demander un conseil.

Frantz fit un geste qui pouvait aussi bien signifier: cela m'est
parfaitement égal ; faites ce que vous voudrez ; ou bien : Je
suis à votre service. Le commandant n'y prit pas garde. Rapidement il expliqua qu'il cherchait l'héritier d'une grande fortune, disparu depuis vingt-cinq ans, puis il ajouta :

— Voulez-vous m'aider ?

— La tâche que vous avez entreprise, Monsieur, me semble
absolument irréalisable. A moins d'un de ces hasards sur lesquels il ne faut jamais compter, vous ne retrouverez pas celui
que vous cherchez; mais, la chose fût-elle possible, je ne
pourrais vous y aider : je ne suis pas libre.

— Je vous indemniserais largement, et cette chasse d'un
nouveau genre vous rapporterait plus, croyez-le, que votre
meilleure année de chasse à l'éléphant.

— Ce n'est pas une question d'argent qui m'arrête, Monsieur;
je ne suis pas libre de disposer de mon temps ; je ne m'appar-
tiens pas.

— Ne pouvez-vous au moins me donner un conseil ?

— C'est un conseil que vous voulez, Monsieur ?... Eh bien :
retournez à Port-Natal, embarquez-vous sur votre goëlette et
rentrez chez vous... Comment voulez-vous, sans indications
précises, sans point de départ sérieux, retrouver, dans un pays

aussi vaste que celui-ci, composé d'éléments aussi divers, un enfant perdu depuis vingt-cinq ans ?... Savez-vous seulement s'il est resté en Afrique ?... Qui vous dit que ceux qui l'ont enlevé ou recueilli se sont dirigés vers l'intérieur ?... Qui vous dit qu'il vit encore ? S'il est resté dans le Transvaal ou dans l'État d'Orange, qui peut affirmer qu'il n'est pas tombé, comme tant d'autres, il y a dix ans, pendant nos terribles luttes avec les Anglais ?...

— Je me suis dit tout cela il y a longtemps ; je me le suis souvent répété, et cependant, j'ai juré de consacrer ma vie à cette tâche ; je ne puis donc, dès le premier échec, abandonner la partie. C'est une sorte de réparation que je me suis imposée ; je veux l'accomplir.

Et, sans doute pour donner plus de poids à son assertion, le commandant raconta dans quelles circonstances l'enfant avait disparu ; puis, emporté par les souvenirs qui lui étaient chers, il fit le récit de son embarquement à bord du *Roanoke*, de la prise de ce navire et de son abandon.

Le guide écoutait attentif, pris d'une sorte d'admiration pour l'homme qui avait exécuté un si hardi coup de main, entraîné par l'émotion communicative du conteur.

Cet homme, accoutumé à lutter chaque jour contre les grands fauves, à risquer chaque jour sa vie pour quelques livres sterling dans ses chasses aux éléphants, cet homme pour qui le danger n'existait pas, se sentait entraîné vers ce marin qui avait accompli tant de hauts faits.

Quand le commandant cessa de parler, Frantz resta longtemps silencieux, regardant fixement les petites flammes du foyer qui s'éteignaient une à une et plongeaient tout ce coin de ruines dans une quasi-obscurité.

Le commandant n'avait garde de troubler la rêverie du Boër, car il devinait les pensées qui s'agitaient dans l'esprit de cet homme.

— Quoique je ne croie pas au succès de votre entreprise, reprit enfin le guide, il m'est pénible, après ce que vous venez de me dire, de vous refuser mon aide ; j'aurais été heureux de m'associer à votre tentative, et, qui sait ?... Mais, encore une fois, je ne suis pas libre. Moi aussi, j'ai une tâche à accomplir ; moi aussi, j'ai voué ma vie au service d'une cause bien plus grande, bien plus noble, bien plus sainte que la vôtre : ma patrie !...

— Que voulez-vous dire ?

— Ce que je dis, et rien de plus. Il ne m'est pas permis de m'expliquer plus longuement.

— Je respecte votre secret ; mais permettez-moi d'insister : ne pourriez-vous mener les deux choses de front, servir votre cause et la mienne ?

Frantz réfléchit un instant, puis il répondit :

— Peut-être... Je ne pourrai m'engager définitivement que plus tard.

— Quand ?

— Dans deux semaines au moins, trois au plus.

— Où vous retrouverai-je ?

— Ici.

— Soit, j'attendrai.

— Ne parlez à personne de mon retour prochain. Restez sous prétexte de chasses ; ce pays est très giboyeux. Parcourez les environs, mais ne vous éloignez pas.

— Y a-t-il du danger ?

— Aucun. Dans ces montagnes, vous n'avez rien à craindre.

— Merci, dit le commandant en tendant la main au guide.

— Comptez sur moi, répondit Frantz.

Entre ces deux hommes, ces mots suffisaient et valaient un engagement.

Ils se levèrent et gagnèrent le wagon en silence.

Le lendemain au point du jour, quand le commandant quitta sa couche, le guide Frantz n'était plus là. M. Parr l'aperçut galopant dans la plaine, au pied des montages, et se dirigeant vers le nord.

CHAPITRE VI.

UN NOUVEAU COMPAGNON.

Longtemps le commandant Parr se promena devant le wagon, songeant à son entretien de la veille avec le guide Frantz.
Cet homme l'avait conquis, il avait foi en sa parole, et pas un
instant la pensée ne lui vint qu'il pouvait le tromper, manquer
à sa promesse, ne plus revenir.

Aussi matinal que son maître, Pierre préparait le thé pour
le premier déjeuner. Le commandant lui fit signe d'approcher
et l'emmenant un peu à l'écart :

— Pierre, mon garçon, je ne désespère plus de réussir, le
guide m'a promis de m'aider. En attendant une date qu'il m'a
fixée, nous resterons ici; je ne sais de quel côté nous dirigerons
ensuite nos pas.

— A vos ordres, commandant, répondit le marin, suivant
son habitude.

— Pendant le temps que nous passerons à la mission, nous
chasserons tous les jours ; tu vas donc apprêter nos armes.
Tu nous accompagneras.

— Ça n'est pas de refus, commandant; la société de ces
deux sauvages qui baragouinent un jargon auquel je ne comprends rien manque de charme; et puisque le guide est parti...

— Tiens-toi prêt; nous ferons aujourd'hui notre première
excursion. Il faut un fusil double pour Georges et un pour moi
en cas de mauvaise rencontre, tu emporteras la carabine à ré-
pétition. Viens nous prendre vers dix heures à la mission.

— On sera paré, commandant.

M. Parr prit une tasse de thé que lui apporta le marin, alluma un cigare et se dirigea vers la maison de M. Price.

Quand il arriva près du petit pont donnant accès dans la propriété, il aperçut Georges et Mabel.

— Nous allions vous chercher, mon oncle, s'écria la jeune fille en sautant au cou du commandant.

— Eh bien! mes enfants, vous êtes-vous bien reposés?

— Si bien, répondit Georges, que pour ma part je suis prêt à me remettre en route.

— Et moi à entreprendre n'importe quel voyage.

— Tant mieux ; mais je n'exigerai pas cela de vous ; je viens au contraire vous annoncer que nous resterons ici quelques jours.

— Vraiment !

— Oui, nous chasserons, nous ferons des excursions ; en un mot, nous visiterons ce pays, puisque nous y sommes; notre voyage nous aura du moins servi à quelque chose.

— Nous chasserons! quel bonheur! s'écria Georges.

Toute étonnée de la détermination prise par son oncle, Mabel l'interrogea.

— A la bonne heure ! dit-elle, vous voici remis ; hier soir vous sembliez si affecté que j'en étais inquiète. D'où vient ce changement subit? Avez-vous appris quelque chose de nouveau?

— Oui et non...C'est plutôt une espérance qu'un renseignement... Il nous faut attendre quelques jours...Je vous dirai cela.

Mabel comprit que son oncle ne voulait pas s'expliquer ; elle n'insista pas. Quant à Georges, il ne songeait qu'aux chasses dont venait de parler le commandant.

— Allons voir M. Price, reprit M. Parr.

Ils se dirigèrent vers la maison. En approchant, ils virent le Révérend en grande conférence avec deux noirs et un blanc.

— Bonjour, cher Monsieur, s'écria le missionnaire; vous arrivez fort à propos : voici justement l'homme dont je vous parlais hier, celui que j'ai recueilli ; il revient de voyage et me rend compte de sa mission.

Le commandant examina curieusement celui qu'un instant
il avait cru être le fils de M. Gérard.

C'était un homme de petite taille, très brun, à l'air dur, aux
regards faux et fuyants ; tout le bas de son visage disparaissait sous une barbe en broussailles ; il portait le costume des
Boërs, et ses vêtements couverts de poussière indiquaient qu'il
venait de fournir une longue traite.

A la vue de cet homme, M. Parr éprouva une sensation désagréable ; il se félicita presque qu'il ne fût pas celui qu'il cherchait. Gêné sans doute par l'examen dont il était l'objet, le
protégé du missionnaire, qui répondait au nom de Josuah Lewis,
tourna le dos au commandant, et s'adressant au Révérend, il
l'entretint assez longuement en hollandais, parlant avec une
certaine animation. Quand il eut terminé, il s'éloigna en jetant
des regard en dessous, du côté de M. Parr.

— Eh bien, cher Monsieur, dit le missionnaire, comment
avez-vous passé la nuit ?

— Mais, fort bien, je vous remercie.

— J'espère que vous n'allez pas repartir de sitôt.

— Non ; j'ai décidé de séjourner quelque temps dans votre
voisinage.

— Pour attendre le retour de votre guide, sans doute ?
demanda M. Price en fixant le commandant.

— De mon guide ? répéta celui-ci.

— Oui ; il vous a quitté, ce me semble.

— Sa tâche est accomplie, il a repris sa liberté ; j'avais fait
prix avec lui pour m'amener ici, et non pour me reconduire à
Prétoria.

— Ah !.... Lorsque vous voudrez repartir, je vous donnerai
Josuah ; c'est un homme de confiance sur lequel vous pourrez
compter.

— Merci, cher Monsieur; mais je pense que mes deux Zoulous connaissent la route.

— Savez-vous le nom de l'homme qui vous a guidé ?

— Non ; je sais que c'est un Boër ; il m'a dit que son nom

était long et difficile à retenir et m'a donné celui de Frantz.

Le missionnaire ne put retenir un geste de surprise, presque aussitôt réprimé, mais qui, cependant, n'échappa point au commandant.

— On m'a dit, reprit M. Parr, que votre pays était fort giboyeux ; est-ce vrai ? Je compte chasser beaucoup.

— C'est parfaitement exact, et j'ajouterai que vous trouverez dans la montagne un lac très curieux dans lequel le poisson abonde.

— De sorte que nous pourrons aussi nous livrer au plaisir de la pêche. Mais, c'est un pays favorisé que le vôtre, cher Monsieur, et je comprends qu'on l'aime et qu'on ne veuille plus le quitter.

— Je compte bien que, pendant vos excursions, vous nous laisserez M⁽ˡˡᵉ⁾ Mabel?

— Volontiers, cher Monsieur ; mais je dois vous prévenir que ma nièce est une intrépide marcheuse et qu'à moins d'impossibilité absolue, elle voudra souvent nous accompagner ; or, il faut que je vous avoue que je ne sais rien refuser à cette enfant.

— Hélas! je comprends cette faiblesse ; j'étais de même avec mes filles !... soupira le Révérend.

Puis, après un instant de silence consacré au souvenir de ses enfants absents, le missionnaire reprit :

— Vous allez, pendant votre séjour, vous établir ici; je vais donner des ordres pour que l'on remise votre wagon dans la cour de ma métairie; quant à vos bœufs, on les conduira dans un grand enclos, sorte de *corral* que j'ai fait installer pour cet usage.

Le commandant se défendit pour la forme, et finit par acquiescer au désir du Révérend Price qui s'éloigna un instant.

— Le nom de mon guide a paru faire sur mon hôte une singulière impression, pensait M. Parr. Est-ce qu'il le connaîtrait?... Et comment se fait-il qu'il soit si bien au courant de ses mouvements, et sache qu'il m'a quitté?...

Le missionnaire revenait.

— Montons à mon belvédère, dit-il; on y jouit d'une fort belle vue, et vous pourrez examiner votre terrain de chasse.

Sans attendre la réponse du commandant, M. Price entra dans la maison, gravit deux étages et s'engagea dans un petit escalier en pas de vis aboutissant à un palier sur lequel ouvrait la porte du mirador. Au centre de la petite pièce carrée, dont les murs étaient percés de larges baies vitrées, une longue-vue, fixée sur un pivot, permettait d'explorer l'horizon. D'épais stores de nattes pendaient sur les carreaux et protégeaient contre les rayons du soleil.

— C'est mon observatoire, dit le missionnaire; voyez quel espace se déroule devant vos yeux : à droite, voici le mont Mural, qui va se perdre, à cent vingt-cinq lieues d'ici, dans la plaine; de nombreux ruisseaux descendent de ses crêtes accidentées et vont grossir les eaux du Limpopo. En face de nous, est le chemin que vous avez suivi pour venir : le pays est plat jusqu'à cette ligne d'arbres qui s'étend à notre gauche; en arrière de cette forêt coule le fleuve, qui forme un arc de cercle et tourne derrière les montagnes.

— C'est une chaîne fort importante, au moins par son étendue, dit le commandant.

— Elle est surtout très longue; sa hauteur maxima ne dépasse pas quinze cents mètres, et sa plus grande largeur n'excède pas vingt lieues... Je vous conseille, pour aujourd'hui, de chasser dans la direction du sud-ouest, en longeant le pied de la montagne; vous trouverez, outre des perdrix rouges et des lièvres, des antilopes de diverses espèces. Demain ou un autre jour, s'il vous plaît de chasser les grands fauves, vous irez sur le versant opposé, du côté du fleuve, et je vous donnerai, pour vous accompagner, des noirs qui sont excellents chasseurs.

M. Price se tut tout à coup, et, désignant un léger nuage de poussière à l'horizon :

— Que vois-je là-bas? demanda-t-il.

— Je n'aperçois qu'un nuage de poussière, répondit le

commandant; sans doute un tourbillon soulevé par le vent.

— Il y a autre chose que cela.

Le missionnaire braqua sa longue-vue sur le point qui l'intriguait si fort, et dit, après un instant :

— C'est un wagon.

Le commandant regarda à son tour.

— Oui, dit-il; un grand wagon attelé de plusieurs couples de bœufs. Un voyageur, sans doute, ou quelque chasseur.

— Les voyageurs sont rares dans cette région. Enfin, dans une heure nous serons fixés, répondit le missionnaire en replaçant la lunette d'approche.......... Allons faire un tour dans le jardin, où nous retrouverons ces dames et votre neveu.

L'arrivée d'un étranger dans ce pays perdu est chose si peu fréquente, qu'elle prend immédiatement les proportions d'un événement. Aussi, après une demi-heure, incapable de maîtriser plus longtemps son impatience, M. Price dit à sa femme :

M. Dorer.

— Dolly, allez voir quel est ce wagon qui se dirige vers la mission. Peut-être Monsieur et Mademoiselle voudront-ils vous accompagner.

Il désignait Georges et Mabel.

L'offre fut acceptée, et Mᵐᵉ Price se mit en route, accompagnée des deux jeunes gens. Le missionnaire ne crut pas de sa dignité de céder à la curiosité; il retint près de lui le commandant et resta à l'entrée de son domaine, prêt à recevoir l'hôte que le hasard lui envoyait.

Mᵐᵉ Price marchait rapidement; bientôt il lui fut possible de distinguer les hôtes du wagon : deux Zoulous et un blanc, vêtu d'un costume de chasse. Il marchait à quelques pas en avant de la voiture, monté sur un fort beau cheval. A la vue des

deux dames qui allaient à sa rencontre, le voyageur mit son
cheval au galop. A quelques pas d'elles, il s'arrêta, sauta légèrement à terre, et saluant gracieusement :

— Je n'espérais pas rencontrer si charmante compagnie
dans ce pays, dit-il.

Du premier coup d'œil, Georges et Mabel reconnurent le
cavalier.

— C'est le Monsieur de « Royal-Hôtel », dit le neveu du
commandant à l'oreille de sa sœur.

— Oui, répondit la jeune fille, devenant très rouge.

C'était en effet le Monsieur au type anglais qui témoignait à
Mabel une si respectueuse admiration.

— Mais, dit-il au bout d'un moment, il me semble que je suis
en pays de connaissance et que j'ai déjà eu l'honneur de rencontrer Mademoiselle et Monsieur à Prétoria.

— Certainement, répondit Georges en tendant la main à
l'étranger.

— Mesdames, permettez-moi de me présenter moi-même:
William Dover, de Londres.

— Mⁿᵉ Price, dit à son tour Mabel.

Puis, désignant son frère:

— Mon frère, Georges Morton.

— Miss Mabel Morton, ma sœur, répliqua Georges.

— Maintenant, M. Dover, si vous voulez bien nous accompagner à la mission, nous verrons M. Price.

L'Anglais fit un signe d'acquiescement, confia son cheval à
un des Zoulous qui les avait rejoints, et suivit la femme du
missionnaire.

Chemin faisant, il se rapprocha de Mabel, et lui dit, presque
à demi-voix :

— Je bénis l'heureux hasard qui m'a fait prendre cette direction et vous rencontrer, Mademoiselle.

La jeune fille ne répondit pas; elle rejoignit Mᵐᵉ Price et ne
la quitta plus jusqu'à l'entrée de la mission.

L'accueil fait à Dover par le missionnaire fut on ne peut plus cordial : c'était un compatriote. M. Parr se montra plus froid, malgré le soin que prit Georges de dire à son oncle que le jeune Anglais était presque une connaissance du Prétoria. A ce moment, Pierre arrivait, apportant les fusils. A la vue des armes, M. Dover dit au commandant :

— Vous êtes chasseur, Monsieur ; alors, je suis doublement heureux de vous rencontrer, car c'est pour chasser que je suis venu dans ce pays.

Pendant le repas, auquel prit part le nouvel arrivant, M. Price interrogea aimablement son hôte sur le but de son voyage. M. Dover raconta qu'il s'ennuyait profondément dans son pays natal et qu'il avait beaucoup voyagé pour se distraire ; il avait visité l'Europe et l'Amérique ; ensuite, l'Afrique l'avait tenté ; après avoir lu les récits des grands explorateurs de cette contrée, il avait éprouvé le désir de la visiter et surtout d'y chasser. Dans ce but, il avait gagné Port-Natal, puis Prétoria, et, enfin, s'était mis en route, sans but bien précis, marchant devant lui en quête d'un pays giboyeux ; son objectif principal était la région peu fréquentée où l'on rencontre les éléphants.

— Il faut aller, pour trouver les grands pachydermes, jusque dans les vastes forêts de la région du Zambèze, répondit le missionnaire.

— Soit, j'irai, déclara M. Dover.

Le jour même, il accompagna le commandant et Georges, qui bornèrent leurs exploits à quelques perdreaux. En rentrant à la mission , Pierre , qui marchait un peu en arrière avec Georges, lui dit :

— Pour un homme qui veut tirer des lions et des éléphants, ce Monsieur ne me paraît pas très adroit.

— C'est vrai : il a manqué plusieurs lièvres.

— Après cela, grommela le marin, on peut manquer un lièvre et attraper un éléphant ; c'est bien plus gros.

Le commandant revenait peu à peu de ses préventions contre le jeune Anglais ; il le trouvait même fort aimable et, intérieu-

rement flatté de la déférence que lui témoignait M. Dover, il
se félicitait presque que le hasard lui eût donné un aussi gai
compagnon pendant le temps qu'il devait rester à Soul's-Port,
pour attendre son guide.

Les parties de chasse quotidiennes, qui d'abord avaient dis-
trait le commandant, ne lui causaient plus qu'un plaisir médiocre, et n'était la crainte de laisser Georges livré à lui-
même et fort capable de quelque imprudence, il serait souvent
resté à la mission. Aussi, accepta-t-il avec un réel plaisir la
proposition que fit M. Dover, d'une excursion de chasse et de
pêche sur les bords du lac dont avait parlé le missionnaire.

— C'est une fort jolie promenade, dit M. Price; vous pouvez
l'entreprendre sans crainte et presque sans fatigue.

— Alors, mon oncle, demanda Mabel, vous me permettrez de
vous accompagner ?

Le commandant allait refuser; mais Mᵐᵉ Price dit qu'elle
avait fait autrefois une visite au lac, et que, à part l'ennui de
passer une nuit sous la tente, c'était une promenade qu'une
jeune fille pouvait très bien faire. Afin de lever les derniers
scrupules de M. Parr, le jeune Anglais offrit son cheval à
Mabel; mais la jeune fille refusa, déclarant qu'elle était très
bonne marcheuse et ne redoutait pas une course dans les
montagnes.

La journée fut tout entière consacrée aux préparatifs :
Mᵐᵉ Price se chargea des provisions; Pierre fabriqua des
engins de pêche; dans une vieille toile de wagon, Mabel tailla
de quoi se faire une tente. Le soir tout était prêt, et le lendemain, dès la première heure, les chasseurs se mirent en route.

La petite troupe se composait, outre le commandant, Georges,
Mabel et M. Dover, de Pierre, chargé de la cuisine, et de trois
noirs prêtés par M. Price ; ils portaient les vivres, les munitions, les engins de pêche, la tente et les couvertures. L'absence des excursionnistes devait durer trois jours.

Les chasseurs marchèrent toute la matinée et vers dix heures
firent halte pour déjeuner et prendre un peu de repos Pendant

tout l'après-midi, on escalada les montagnes, en suivant une
sorte de sente frayée par les animaux sauvages; un des por-
teurs prêtés par le missionnaire servait de guide.

Un peu avant la tombée de la nuit, du haut d'un mamelon
qu'ils venaient d'atteindre, les voyageurs aperçurent, à leurs
pieds, le lac aux eaux d'un bleu profond. C'était comme une
gigantesque craquelure de la montagne qui se serait subitement remplie d'eau. Excepté sur un point, celui vers lequel
se dirigèrent les voyageurs, et qui formait comme une petite
plage dans une échancrure, les rives inaccessibles du lac
s'élevaient à pic à deux ou trois cents pieds de haut ; leurs
parois, lisses et nues, étaient, par places, profondément cre-
vassées.

Le lac, qui affectait la forme d'un losange irrégulier, ne
semblait pas avoir de déversoir, les murailles de roches qui
l'entouraient ne donnaient issue à aucune ouverture par où pût
s'échapper le trop-plein des eaux. Le commandant, que ce fait
frappa, voulut l'expliquer à Georges.

— Avec ses berges escarpées, dit-il, cette gigantesque
cuvette ne reçoit que les eaux de pluie ; elle est alimentée sans
doute par une source peu abondante; les chauds rayons du
soleil suffisent pour absorber l'excédent de sa production et
l'empêcher d'envahir cette grève.

Après avoir admiré un instant cette mer en miniature, les
voyageurs descendirent sur un étroit plateau situé à quelque
vingt mètres au-dessus de la petite plage et couvert d'une
végétation chétive et rabougrie : d'épais buissons de lentisques, des arbustes nains et difformes poussaient dans les
interstices des rochers; manquant de terre végétale, calcinés
par un soleil brûlant, beaucoup, morts et desséchés, dressaient
leurs squelettes malingres et contournés sur ce sol pierreux,
d'aspect lugubre et sauvage.

Les noirs déblayèrent un grand espace et installèrent le
campement.

Pendant que Pierre préparait un fourneau, les chasseurs

cherchèrent un endroit pour établir un affût, pensant que le soir les animaux devaient venir sur la petite plage pour se désaltérer. Avant la nuit, le repas achevé, les chasseurs s'éloignèrent. Mabel resta seule au campement ; les noirs s'étaient retirés à l'écart, et Pierre dressait, sous un avancement de rochers, la tente qui devait abriter la jeune fille.

Bientôt l'obscurité descendit sur le lac dont les eaux prirent une teinte très sombre dans laquelle venaient se fondre les roches qui l'entouraient. Le ciel, très bleu, se parsemait d'étoiles ; un lourd silence pesait sur ce site sauvage, que troublaient seuls, par instants, le cri aigu d'un chacal ou le rire strident d'une hyène, attirés par l'odeur du repas.

Dans ce grand calme, un peu impressionnée par la solitude et la majesté du paysage, Mabel songeait aux événements qui, depuis deux mois, étaient venus détruire la douce tranquillité de sa vie heureuse. Moins que jamais, elle croyait au succès de l'entreprise du commandant, et elle maudissait, au dedans d'elle-même, la malencontreuse annonce qui avait si complètement bouleversé l'existence de son oncle. Elle pensait à ses hôtes de la mission, à l'amabilité de M⁰ Price, à l'air de dignité un peu prétentieux du Révérend, et, tout naturellement, elle songea au nouvel hôte du missionnaire que le hasard avait amené à Soul's-Port, le lendemain de leur arrivée.

A ce moment, un coup de fusil, dont l'écho répercuta le bruit en le grandissant outre mesure, vint couper court aux réflexions de Mabel.

— C'est le commandant qui a tiré, dit Pierre en s'approchant de la jeune fille.

— Qu'en sais-tu ?

— Oh ! je connais bien le bruit de son fusil.

Un instant après, M. Dover apparut sur le petit plateau.

— Ma foi ! dit-il en posant son fusil contre le rocher, j'y renonce ! Le commandant vient de tuer quelque chose : une antilope je crois ; le bruit aura chassé la bande, et, maintenant, il faut attendre des heures avant que d'autres animaux reviennent ; je suis las, et j'aime mieux me reposer.

— Pour un amateur de chasse, vous manquez de persévé-
rance, Monsieur. J'ai entendu dire qu'il fallait souvent rester
bien des nuits à l'affût avant de voir la bête que l'on guette.

— Chez moi, Mademoiselle, le chasseur n'a pas encore tué
le gentleman, et je donnerais tous les affûts du monde pour
une heure passée en votre compagnie.

Elevée tout à fait à l'américaine, c'est-à-dire dans une
grande liberté, Mabel n'en était pas à s'effrayer de ce galant
propos d'un goût au moins douteux.

Elle sourit et répondit :

— Je suis flattée de la préférence.

— Vous interprétez mal mes paroles, Mademoiselle, ou je
me suis bien mal expliqué.

— C'est donc un compliment que vous vouliez me faire ?

— Non, Mademoiselle ; c'est l'expression vraie de ma pensée, et vous le savez bien. Du reste, je ne vous dissimulerai
pas que je suis un fort médiocre chasseur...

— Je l'ai entendu dire.

— Ah!... Et ce n'est point pour chasser que je suis venu
jusqu'ici, mais bien....

— Pour visiter un pays fort intéressant, interrompit Mabel
en souriant malicieusement.

— Le pays m'est, je vous assure, tout à fait indifférent.

— Allons, allons, Monsieur ; vous voudriez me faire croire
que vous êtes venu d'Angleterre au centre de l'Afrique pour
voir une contrée dont vous ne vous souciez pas et vous livrer
à un sport pour lequel vous n'avez aucun goût.

— N'avez-vous pas compris mon but ?

— J'avoue que je suis assez maladroite à deviner les énig-
mes.

— C'est pour vous....

— Vous oubliez, M. Dover, à qui vous parlez. —Trêve de plai
santeries. Il m'importe fort peu de savoir pourquoi vous avez
entrepris ce voyage.

Puis, changeant de ton et reprenant son air habituel, Mabel ajouta :

— Ne trouvez-vous pas que la nuit est singulièrement fraîche ?... Je vais me retirer dans ma tente...Bonsoir, M. Dover.

Assez déconcerté du brusque départ de la jeune fille, M. Dover alluma un cigare et se promena pendant quelque temps sur le plateau.

— J'ai été trop vite, pensait-il ; cette jeune demoiselle est plus fine que je ne croyais... j'aurais été bien embarrassé s'il m'eût fallu lui dire ce que je viens faire ici. Allons, Dover, mon ami, trêve de plaisanteries, comme disait la jolie Mabel ; pensons aux choses sérieuses ; le reste viendra plus tard......

Les choses sérieuses ! mais il me semble qu'elles vont assez mal, et je veux que le diable m'emporte si je sais comment tout cela finira !

Sur cette réflexion, M. Dover se roula dans une couverture et s'installa au pied d'un arbre où il ne tarda pas à s'endormir.

Peu de temps après, le commandant et Georges revenaient à leur tour.

— J'ai tué une antilope, dit M. Parr ; demain matin on la dépècera... On veille, cette nuit, ajouta-t-il ; qui fait le premier quart ?

— Moi, commandant.

— Bon ; ouvre l'œil.

Quelques instants plus tard, tout le monde, sauf Pierre, dormait dans le petit campement.

CHAPITRE VII

DANS LE GOUFFRE!

Le lendemain, dès le lever du jour, les voyageurs étaient debout. Pierre, accompagné de deux noirs, descendit sur la plage pour remonter le gibier tué la veille par le commandant.

Tout à coup, on entendit un juron énergique.

— Tonnerre à la voile ! Ils ont été plus matineux que nous ! s'écria le marin.

— Qu'est-ce qu'il y a ? demanda le commandant.

— Il y a que les fausses bêtes — il voulait dire que les bêtes fauves — ont dévoré l'antilope.

— Allons donc!

— Elles n'ont laissé que les os.

Tout le monde descendit.

A l'endroit où la bête était tombée, il n'y avait plus que des os broyés auxquels adhéraient encore quelques lambeaux de chairs déchirées. Autour de ce charnier le commandant releva de nombreuses empreintes de pattes.

— Ce sont des panthères, dit un noir.

— Tu n'as rien entendu, Pierre ?

— Rien jusqu'à minuit, commandant.

— Qui a pris le quart après toi ?

— Un de ces moricauds, mais je ne saurais dire lequel ; ils se ressemblent tous.

M. Parr s'informa.

Alors, un des nègres avoua qu'il avait entendu les panthères prendre leur repas ; mais que, comme on ne courait aucun danger, il n'avait pas cru devoir réveiller les voyageurs.

Cet incident vidé, on prépara les engins de pêche, et Georges le premier descendit sur la plage et s'aventura sur les bords du lac jusqu'à un rocher formant comme un quai et s'avançanau-dessus de l'eau. A l'endroit où s'arrêtait cette berge naturelle, une épaisse touffe de lauriers-roses sortait d'une fente du roc et s'étendait assez loin. C'est cette place que Georges choisit pour installer ses lignes. Afin de trouver un point d'appui pour l'une d'elles, il écarta les branches du buisson et tout à coup poussa un cri de surprise.

— Un bateau !

Une grande pirogue indigène, faite d'un tronc d'arbre creusé, était cachée dans le fourré.

Les noirs, mis au courant de la découverte, ne s'en étonnèrent nullement; ils expliquèrent qu'à certaines époques de l'année les habitants d'un village situé sur les bords du fleuve de l'autre côté de la montagne, venaient pêcher dans le lac; ils célébraient une sorte de fête, mangeaient une partie du poisson frais et emportaient le reste pour le faire sécher. Ces indigènes, habiles mariniers, avaient apporté cette pirogue pour pêcher au milieu du lac.

— Eh bien, si nous l'utilisions ! s'écria Georges; nous prendrons peut-être de plus beaux poissons là-bas au pied de ces rochers.

— Nous pourrons aussi tirer ces grands oiseaux qui planent en face de nous, ajouta Dover; qu'en pensez-vous, Mademoiselle?

— Je pense qu'il y a bien longtemps que je n'ai fait une promenade sur l'eau, répondit Mabel, et qu'il me serait fort agréable d'accomplir, dans ce bateau primitif, le tour du lac.

— Soit, dit le commandant; ce sera notre divertissement de cet après-midi.

— Sans compter que ce n'est pas banal du tout de faire de la navigation de plaisance à quinze cents mètres au-dessus du niveau de la mer, observa M. Dover.

— Et qu'ici nous serions en plein soleil, tandis que là-bas

nous pourrons nous mettre à l'ombre de ces grands rochers, dit Georges.

— Avant tout, il faut voir si cette embarcation peut nous porter sans danger. Allons, Pierre, passe la visite, ordonna M. Parr.

La pirogue fut halée jusque sur la plage, et le marin déclara, après un examen minutieux, que dans un semblable bateau on pouvait entreprendre la traversée de l'Atlantique.

Vers midi, les voyageurs firent un repas copieux de poissons qui furent trouvés exquis et dont l'assaisonnement valut à Pierre les félicitations de tous, puis on se prépara pour la promenade.

Le marin embarqua dans la pirogue les fusils, les munitions, les engins de pêche et, comme il le disait dans son langage pittoresque, de quoi « casser une croûte », c'est-à-dire de la viande froide, apportée de la mission, des gâteaux secs, du thé froid. Puis, comme il avait une confiance très limitée dans les nègres qui restaient à terre, il emporta la grosse gourde contenant la provision de rhum.

— Je les connais, moi, ces moricauds-là : ils seraient capables, en notre absence, de donner de fréquentes accolades à la bouteille.

— Tu es un homme prudent, répondit le commandant aux observations du marin. Si cependant nous emmenions un de ces noirs pour manœuvrer les pagaies?

— Inutile, commandant, ça tient de la place et ça ne sert à rien.

— A ton aise, mon garçon ; alors, tu rameras.

— Comme de juste, commandant.

M. Parr, sa nièce, Georges et Dover embarquèrent ; Pierre Aubert resta sur la plage, poussa au large, puis sauta dans le canot et, se servant des deux courtes pagaies en guise d'avirons, se dirigea vers le centre du lac.

Les prévisions de Georges se réalisèrent ; la pêche fut des plus abondantes et des plus variées : des poissons de toutes

sortes, aux formes inconnues, aux écailles multicolores, s'entassaient au fond du bateau.

— En voilà assez, dit le commandant; il est inutile de prendre du poisson pour le jeter ensuite. Au tour de la chasse
maintenant.

Les pêcheurs rentrèrent leurs lignes, et M. Parr dit à Pierre :

— Laisse porter d'un quart à tribord, et conduis-nous à
l'ombre de ces hautes roches, mon garçon; nage doucement,
nous avons le temps ; rien ne nous presse.

Lentement l'embarcation traversa le lac, se dirigeant vers
l'extrémité opposée à celle où s'étaient embarqués les promeneurs. A cet endroit, la montagne se dressait à pic, telle
qu'une muraille de granit, lisse, unie, sans une saillie, sans
une aspérité. A sa base, une large fissure, en apparence peu
profonde, s'ouvrait béante. Non loin de cette partie du lac, de
grands oiseaux aquatiques planaient à une petite hauteur et,
par instant, se laissaient tomber dans l'eau et remontaient,
tenant un poisson dans leur bec.

— Attention ! dit le commandant. M. Dover, vous tirerez
le premier aussitôt à portée, Georges après, moi ensuite, si
toute la bande ne s'éloigne pas trop vite.

M. Dover était assis à l'avant de la pirogue, tournant le dos
aux passagers ; après venait Pierre, puis Georges, et enfin à
l'arrière le commandant et Mabel. L'approche de l'embarcation
ne semblait pas inquiéter les oiseaux, ils continuaient leur
pêche sans prendre garde à l'ennemi.

— Là, M. Dover, visez le plus grand qui est le plus près de
nous, et toi, Georges, attention à celui qui se trouve un peu sur
la gauche..... Feu !

Deux détonations retentirent; l'oiseau tiré par M. Dover
n'était que blessé ; il avait l'aile cassée, il se laissa tomber
dans l'eau et se mit à nager vigoureusement du côté des rochers.

Celui visé par Georges, touché sans doute à la tête, monta
tout droit et retomba lourdement. Il était mort. Le reste de la
bande s'éloignait à tire d'ailes.

— Tout droit, Pierre, ramassons d'abord le mort, nous donnerons ensuite la chasse au blessé pour le prendre vivant, ordonna M. Parr.

Pierre nagea vigoureusement, et bientôt le mort alla rejoindre les poissons dans le fond de la barque. C'était un grand volatile, au bec crochu, aux ailes puissantes, assez semblable à un goëland, mais beaucoup plus grand. Pendant que les chasseurs examinaient leur victime, l'oiseau blessé nageait toujours et s'éloignait rapidement.

— Je vois quel est son plan, dit le commandant ; il cherche à gagner la crevasse où il espère trouver un abri et nous échapper, mais nous allons lui couper la retraite... Hardi, Pierre !... à bâbord un peu... là..... Nous le gagnons de vitesse et nous arriverons avant lui... A tribord en plein, Pierre ! Bien ; maintenant, tout droit, et souque dur !...

Le marin déployait toutes ses forces, et la pirogue semblait voler sur l'eau. Elle n'était plus qu'à quelques brasses du rocher.

— Halte ! maintenant, commanda M. Parr, et pare à virer pour présenter le travers au rocher.

Pierre releva ses avirons. La pirogue ne diminuait pas de vitesse.

— Il y a un rude courant, là, commandant.

— Dénage !

Le marin obéit.

— Le courant me gagne !

— Attends.

Le commandant se leva et, se plaçant devant Pierre, l'aida à ramer pour ramener la pirogue vers le milieu du lac. Peine inutile !... Malgré les efforts réunis des deux hommes, l'embarcation courait avec une rapidité toujours croissante du côté de la crevasse.

— Nous sommes perdus ! murmura le commandant; nous allons nous briser contre cette muraille !

A ce moment, un remous saisit la pirogue, la fit tourner deux

fois sur elle-même, et l'entraîna vers le gouffre où elle disparut. . . . .
. . . .

Instinctivement, les passagers fermèrent les yeux.

Des secondes, des minutes s'écoulèrent.

Ils osèrent regarder autour d'eux.

Ils étaient plongés dans une obscurité profonde et se sentaient emportés avec une rapidité vertigineuse.

Le commandant reprit le premier son sang-froid.

— Nous naviguons sur un fleuve souterrain ! Pierre, dénage !

— Je n'ai plus qu'un aviron, commandant.

— Passe-le-moi ! Je vais m'en servir comme d'un gouvernail !

Le marin obéit, et le commandant retourna s'asseoir à l'arrière, auprès de Mabel.

— Il faut voir où nous sommes. Pierre, une allumette.

A la lueur passagère du petit morceau de bois, la paroi rocailleuse apparut fuyant rapidement de chaque côté de l'embarcation. La voûte paraissait fort élevée, et le couloir large d'au moins trois mètres.

— Gouvernez bien droit, commandant, dit Pierre.

Georges, Mabel et Dover étaient terrifiés, comme hypnotisés. Immobiles, les yeux dilatés par la terreur, ils essayaient en vain de percer les épaisses ténèbres qui les environnaient.

Le commandant songeait au résultat probable de cette course folle !

— Où allons-nous ? se demandait-il. Contre quel obstacle allons-nous nous briser ? Le courant est trop fort, cependant, pour supposer qu'au fond de cette caverne l'eau s'arrête subitement. Puis, s'adressant à Pierre : Une autre allumette ! Je vais me ranger contre la paroi pour voir si le courant y est aussi rapide.

L'expérience prouva que la rivière souterraine coulait dans toute sa largeur avec la même vitesse, sans remous.

Il y avait donc une issue. Mais de quel nature serait-elle ?

— Nous filons au moins vingt nœuds, commandant, observa

Pierre en retirant sa main qu'il avait plongée dans l'eau.

— Oui, et nous serons bientôt fixés sur notre sort. Allons, mes amis, du courage. Il est probable que ce déversoir du lac a une issue dans la plaine, et va porter ses eaux au Limpopo; dans ce cas, nous en serons quittes pour un voyage peu agréable et un retour fatigant par les montagnes.

— Nous sommes prêts à tout, mon oncle, répondirent Georges et Mabel. Que la volonté de Dieu soit faite!

— Au bout le bout! murmura Pierre; aujourd'hui ou demain, là ou ailleurs, peu importe.

Seul, M. Dover ne donnait pas signe de vie; toujours assis à l'avant de la pirogue, il était affaissé sur lui-même dans une prostration absolue. Le commandant était loin d'être rassuré! S'il croyait en effet que la rivière débouchait dans la plaine, il redoutait de lui voir franchir plusieurs sauts pour opérer sa descente; la vitesse du courant lui indiquait bien que les eaux coulaient sur un lit en pente rapide; mais en serait-il toujours ainsi? Et puis, ce souterrain pouvait diminuer de largeur, devenir trop étroit pour livrer passage à la pirogue ou s'abaisser jusqu'à toucher ses bords......

— Quelle heure est-il? demanda M. Parr.

Pierre tira sa montre et répondit:

— 4 heures 17 minutes, commandant.

Puis, profitant de l'allumette qui brûlait encore, il alluma sa pipe.

— Il y a cinquante minutes que nous sommes dans ce souterrain, reprit le commandant; j'ai regardé l'heure un instant avant que nous ne fussions pris par le courant; il était 3 heures 25 minutes.

Il se tut. Au bout de dix minutes environ, Pierre dit:

— Commandant, j'entends un bruit devant nous.

C'était comme le glissement de l'eau frôlant rapidement des bords rugueux.

— Sans doute quelque rocher qui fait saillie, dit le commandant; il s'agit de l'éviter.

Mais bientôt la perception du bruit devint plus nette et se modifia: on eût dit une roue de moulin battant l'eau.

Le commandant ne s'y trompa point.

— C'est un rapide, pensa-t-il, une chute de la rivière, et l'espèce de répercussion que nous entendons est produite par l'écho. Nous devons en être encore loin.

A mesure qu'on avançait, le bruit devenait plus distinct et plus fort. Sans s'être communiqué leurs impressions, tous les passagers avaient compris la terrifiante vérité.

M. Dover sortit de sa torpeur.

— C'est une cataracte! hurla-t-il; nous sommes perdus!

— A moins d'un miracle, oui, répondit froidement M. Parr.

— Ne peut-on donc rien faire pour nous sauver? Il faut arrêter le bateau!... S'accrocher à la muraille!... Ah! mourir ainsi, c'est trop affreux!...

Les plaintes de l'Anglais parvinrent à peine aux oreilles de ses compagnons : le fracas des eaux grandissait et remplissait la voûte de ses mugissements; il devenait d'instants en instants plus intolérable et plus assourdissant. L'air, très frais, frappait violemment les passagers au visage, leur laissant comme une impression d'humidité glacée.

— Il y a donc un courant d'air! murmura le commandant.. Nous le saurons bientôt... Le moment approche...

Puis, de toute sa voix, il appela :

— Georges! viens, mon enfant.

Le jeune homme enjamba le banc et s'approcha de son oncle.

M. Parr prit Mabel et Georges dans ses bras et, les réunissant dans une même étreinte, il leur dit en les embrassant :

— Mes enfants!... Me pardonnez-vous?

Ils n'eurent pas le temps de répondre : la pirogue, livrée à elle-même, emportée avec la vitesse d'un train express, fit un bond prodigieux et s'arrêta net.

Les passagers ressentirent une commotion épouvantable et s'abattirent, à demi assommés, au fond du canot.

CHAPITRE VIII.

SOUS TERRE.

Pierre revint à lui le premier.

Il se trouva étendu dans le fond du canot, les jambes allongées sur le banc.

La cataracte, qui remplissait toujours de ses mugissements le souterrain, rappela bien vite le marin à la réalité.

— Ouff ! murmura-t-il en essayant de prendre une position plus normale. Tonnerre à la voile!... Quelle secousse!

Puis, se tâtant :

— Allons, rien de cassé!... Pas d'avaries graves... Mais, nous ne marchons plus!... Nous sommes échoués!...

Il allait chercher à se rendre compte de la position; il songea aux autres. A la lueur d'une allumette, il vit le commandant couché dans le fond du bateau; sur lui gisaient Mabel et Georges. En se retournant pour chercher M. Dover, le marin aperçut le sol pierreux autour du bateau.

— Tiens, dit-il, nous sommes à sec!... Si seulement on y voyait clair, et si ce maudit torrent voulait faire un peu de silence!

En tâtonnant, il sortit de la pirogue; après s'être assuré qu'il était bien sur la terre ferme, il souleva doucement Mabel, Georges et enfin le commandant; il les étendit dans le fond de l'embarcation.

Le mouvement, l'air frais et humide qui lui caressait le front, eurent bientôt rappelé M. Parr à lui. Il se souleva sur les coudes et appela:

— Pierre !

— Présent, commandant.

— Où suis-je ? Où sont les enfants ?...

— Sauvés, commandant ; du moins pour l'instant. Débarquez, si vous pouvez vous soutenir.

— Où sommes-nous donc ?

— A sec, c'est tout ce que je puis vous dire. Tonnerre ! si seulement on y voyait !

— Tu as encore des allumettes ?

— Oui ; mais ça ne suffit pas. Attendez, j'ai une idée.

Pierre sortit de sa poche le couteau qui ne quitte jamais un matelot et se mit à tailler un banc de la pirogue en minces bûchettes qu'il enflamma avec des allumettes. Sur ce petit foyer il plaça d'autres brindilles un peu plus grosses, et il eut bientôt un bûcher minuscule suffisant pour éclairer l'endroit où il se trouvait.

— Pouvez-vous vous lever, commandant ?

— Je vais essayer.

M. Parr eut quelque peine à se mettre debout ; il avait les membres meurtris et douloureux. Cependant, à force de volonté, il parvint à quitter la pirogue.

— Sortons les jeunes gens, maintenant. Nous verrons après.

Mabel et Georges furent déposés sur le sol, le dos appuyé contre la muraille.

— Attendez, commandant ; j'ai là un cordial qui va les faire revenir.

Le marin, après quelques instants de recherche, découvrit sous un banc la grosse gourde de rhum.

— Buvez un coup, commandant ; tâchez d'en faire absorber quelques gouttes à Mlle Mabel et à M. Georges, et vous m'en direz des nouvelles ; il n'y a rien de meilleur que cela.

Le commandant suivit le conseil du marin. Pendant qu'il s'efforçait de rappeler son neveu et sa nièce à la vie, Pierre entailla de nouveau la pirogue pour alimenter son petit foyer.

Au bout de quelques instants, Mabel poussa un gros soupir,

et Georges ouvrit les yeux ; puis tous deux retombèrent dans une sorte d'assoupissement.

— Laissons-les reposer, dit M. Parr, et voyons où nous sommes.

Puis, se souvenant tout à coup :

— Et M. Dove..?

— Je ne l'ai pas vu ; il n'est pas dans la pirogue ; je crois bien qu'il est tombé à l'eau.

— Il faut s'en assurer.

— Certainement, commandant ; mais je crois que le plus pressé est de se rendre un compte exact de la situation.

— Cependant, la vie d'un homme.....

— D'un Anglais ! interrompt dédaigneusement le matelot... Nous ferons les deux en même temps; attendez que j'attise le feu.

A force de taillader le banc, déjà fort étroit, Pierre l'avait singulièrement diminué ; il n'eut pas grand'peine à l'enlever et à le débiter en bûchettes grosses comme le pouce ; le bois, très sec, s'enflamma rapidement, éclairant vivement les alentours de la pirogue.

Le souterrain, large de trois mètres environ, et haut de deux, formait au sommet une voûte presque carrée, qui semblait creusée dans le roc à coups de pic ; jusqu'à une certaine hauteur, la paroi était lisse, usée par le passage des eaux. A cinq mètres environ en arrière de la pirogue s'ouvrait une étroite crevasse, occupant toute la largeur de la galerie ; dans cette fissure s'engouffrait la masse d'eau de la rivière. A l'avant du bateau, le souterrain se prolongeait à une distance inappréciable dans l'obscurité.

— Nous sommes dans l'ancien lit de la rivière, dit le commandant ; le sol, sans doute très mince à cet endroit, s'est effondré sous le poids des eaux, une crevasse s'est formée et le fleuve, au lieu de poursuivre sa course, tombe dans le gouffre. Comme cette crevasse est plus étroite que la pirogue n'est longue, nous avons franchi le rapide, et, en vertu de la vitesse acquise, nous sommes venus tomber à sec.

— Et nous avons eu une rude chance !

— Hélas ! nous n'échappons sans doute à cette mort que pour en rencontrer une plus terrible encore, parce qu'elle sera plus lente, répondit M. Parr.

— Ça, commandant, c'est l'avenir ; pour le moment, nous vivons, et, comme disait défunt mon père : « tant qu'il y a de la vie, il y a de l'espoir. »

Le commandant secoua douloureusement la tête.

— S'il n'y avait que nous !... Mais ces enfants !...

— Nous les sauverons, et nous avec.

— Dieu t'entende, Pierre. ·

— Maintenant, cherchons M. Dover.

Le marin fit le tour de la pirogue. A deux mètres du côté de l'avant, presque contre la muraille du souterrain, il vit le jeune Anglais, étendu tout de son long, la face contre terre.

— Il a piqué une tête, dit le marin.

Et, se baissant, il retourna M. Dover, dont la figure était pleine de sang.

— Allons, dit-il, il n'est pas mort ; une goutte de mon cordial va le remettre d'aplomb.

Cependant Georges et Mabel avaient repris leurs sens. Georges, dont une jambe était un peu froissée, avait quelque peine à se tenir debout. Mabel n'éprouvait aucune douleur : aussi s'empressa-t-elle de s'occuper de M. Dover, dont elle bassina le visage et qu'elle soigna jusqu'à ce qu'il fût complètement remis. Il n'avait pas de blessure ; mais, dans sa chute, il s'était labouré le visage contre le sol. Pendant ce temps, Pierre, aidé de Georges et du commandant, vidait la pirogue ; il en sortait les armes, les munitions, les vivres, puis ils tinrent conseil.

— La seule chose à faire, à mon avis, dit M. Parr, est de suivre ce souterrain aussi loin que possible. A moins d'éboulements ou de crevasses infranchissables, j'ai tout lieu de croire qu'il nous mènera sur les bords du Limpopo. C'est le chemin que suivait la rivière, et il doit être libre. Maintenant quels obstacles rencontrerons-nous en route?

— En tous les cas, nous avons de quoi manger au moins pour trois jours, observa Pierre : la première journée, du poisson; la seconde, l'oiseau; la troisième, les provisions que j'avais apportées pour casser une croûte.

— Si dans trois jours nous n'avons pas atteint l'extrémité de ce souterrain, c'est que nous ne l'atteindrons jamais.

— Encore une fois, commandant, ça, c'est l'avenir; pour le moment, je crois qu'il serait bon de partir, d'abord pour ne plus entendre cette damnée cascade qui finira par nous rendre sourds.

— Il faut pourtant attendre que M. Dover soit en état de marcher.

— Il est bien gênant, ce monsieur-là, grommela Pierre. C'est lui qui est cause que nous sommes dans ce trou, avec les oiseaux qu'il blesse et ne tue pas, et il va encore nous faire perdre notre temps à l'attendre.

— Ce n'est pas charitable, ce que tu dis là, Pierre, observa Mabel. Il a partagé nos dangers.

— Ah! oui, Mademoiselle, et crânement, parlons-en; pour un peu, j'ai cru qu'il allait pleurer. Vous qui n'êtes qu'une demoiselle......

— Je te dis que tu as tort; tais-toi!

— A vos ordres, Mademoiselle ; mais, suffit.....

— Tais-toi, te dis-je, le voilà qui reprend connaissance, et il est inutile qu'il entende tes bienveillantes observations..... Veille plutôt à ton canot qui va brûler tout entier si tu n'y prends garde.

Pierre obéit. Il était temps.

Tandis que M. Dover, avec l'aide de Georges et de Mabel essayait de se soulever, Pierre constata que l'arrière de la pirogue, très sèche, s'enflammait.

D'un œil attentif, le commandant suivait la fumée qui s'élevait lentement jusqu'à la voûte, et qui, de là, se dirigeait du côté de la chute d'eau.

— Est-ce l'air, déplacé par la cataracte, qui attire cette fumée, se demandait-il, ou bien y aurait-il un courant d'air dans cette galerie, ce qui prouverait que les deux extrémités sont libres, et que l'une des deux issues n'est pas très éloignée?

Le commandant n'osa point faire part de ses observations à ses compagnons.

— Mes enfants, interrogea-t-il, vous sentez-vous assez forts pour marcher?

— Oui, mon oncle, répondirent Georges et Mabel.

— Et vous, M. Dover?

— Je pense que oui, Monsieur, quoique je sois encore tout étourdi de ma chute.

— Eh bien! mes amis, nous allons nous mettre en route. Il est près de sept heures; nous marcherons trois heures, puis nous prendrons trois heures de repos et nous repartirons, car il faut sortir au plus vite de cette cave. Nous allons nous partager les provisions : outre son fusil et ses cartouches, chacun de nous portera des vivres.

Pierre se mit immédiatement en devoir de faire le partage, et les hommes reçurent un paquet chacun.

— Et moi? demanda Mabel.

— Vous, Mademoiselle, vous ne porterez rien, répondit Pierre.

— Je ne l'entends pas ainsi.

— Vous y tenez absolument; eh bien! prenez ce petit sac, il contient le thé froid, la gourde de rhum et quelques morceaux de sucre; ce n'est pas la part la moins utile.

Mabel dut se soumettre.

— Je vais prendre la tête de la colonne, dit le commandant.

— Pour ça, non, déclara formellement Pierre. C'est moi qui marcherai le premier, et à dix pas au moins en avant de vous tous; si quelqu'un doit tomber dans un trou, ça me revient de droit ; ce n'est pas au chef à s'exposer ainsi.

— Pierre a raison, mon oncle, et pour cette fois, il faut obéir, dit Georges.

— Bien parlé, matelot ! s'écria M. Dover, vous êtes un brave homme.

— Je suis Français, Monsieur, et en France nous sommes tous comme cela.

— Allons, j'obéis, répondit le commandant ; mais je veux marcher le second. Mabel viendra ensuite, puis Georges, et M. Dover fermera la marche... Sommes-nous prêts ?

— Nous sommes parés, commandant.

— Alors, en route.

— Attendez que je prenne ma distance.....

Pierre fit une dizaine de pas, puis, se retournant :

— Attention ! C'est moi qui commande..... En avant !...

Et la petite colonne s'ébranla.

Les premiers instants ne furent pas trop pénibles : la route était éclairée par les reflets des flammes de la pirogue qui, maintenant, brûlait tout entière. Mais, à mesure que l'on avançait, l'obscurité se faisait de plus en plus profonde. Heureusement que le sol n'était pas trop raboteux ; la rivière, qui avait coulé dans cette galerie pendant des siècles, en avait usé les aspérités. Sans s'habituer absolument à l'obscurité, les yeux s'y accoutumaient peu à peu ; le vacarme assourdissant de la cataracte diminuait en s'éloignant, et bientôt l'on n'entendit plus que le bruit cadencé des pas des explorateurs frappant le sol du souterrain.

Cependant, malgré tous leurs soins, les voyageurs ne parvenaient pas à suivre la ligne droite. Ne pouvant prendre de points de repère pour se guider, distinguant à peine celui qui les précédait, ils faisaient de nombreux zigzags et parfois allaient se heurter contre la muraille. Les efforts qu'ils faisaient pour se maintenir en ligne droite augmentaient encore la fatigue de la marche. Afin de rester toujours à peu près à la même distance, ils s'appelaient les uns les autres, de temps en temps, et jugeaient, au son de la voix, s'ils devaient ralentir ou allonger le pas.

Après une demi-heure, M. Parr consulta son podomètre ; il

avait fait près de trois mille pas, et, cependant, il estima que, grâce aux détours, il n'avait pas dû parcourir plus d'un mille.

Alors, il se livra à un calcul mental pour savoir où il se trouvait approximativement.

— J'estime que, pendant les cinquante-cinq minutes qu'a duré notre course en bateau, nous avons fait environ quinze milles; nous venons d'en parcourir un de plus; nous devons être au moins à la moitié.

Puis, tout haut, il dit :

— Si nous continuons ainsi, dans huit heures, c'est-à-dire demain dans la journée, nous serons sortis de ce souterrain.

— Encore huit heures ! s'écria M. Dover... Ah!... j'y renonce !... je n'en puis plus.

— Pauvre Monsieur, dit Mabel en riant, vous voilà guéri des expéditions de chasse au centre de l'Afrique !

— Si j'avais su !... murmura l'Anglais.

— En route, mes amis, ordonna le commandant.

La petite troupe reprit sa marche monotone et fatigante pendant une heure encore, s'arrêta, repartit, et enfin, à dix heures, fit halte définitivement pour manger et prendre un peu de repos. Pierre avait eu la précaution d'emporter deux bancs de la pirogue : il put faire un petit feu pour éclairer le campement et faire griller, tant bien que mal, deux poissons que l'on dévora de bon appétit, puis chacun s'installa sur le sol pour dormir.

Trop inquiet pour songer au sommeil, M. Parr resta près du petit feu, à côté de Pierre qui fumait philosophiquement sa pipe.

Au bout d'un instant, le commandant se leva, sans rien dire, et se dirigea vers l'extrémité de la galerie; mais Pierre l'arrêta.

— Où allez-vous, commandant?

— Explorer la route que nous allons suivre.

— Non, commandant ; j'irai, moi.

— Je ne veux pas.

— Je le veux, moi. Laissez-moi faire.

— Si tu juges que la route est libre, reviens.

— A moins que vous ne préfériez que je vous précède de quelques heures.

— Non, il ne faut pas nous séparer.

— A vos ordres, commandant.

Le marin prit son fusil, y glissa deux cartouches et s'éloigna, suivant la paroi de gauche du souterrain.

— Quel brave cœur! pensait le commandant, en suivant des yeux la silhouette noire du marin qui s'enfonçait dans les ténèbres; quel homme dévoué!

Malgré ses préoccupations, le commandant finit par succomber au sommeil; il tomba dans une sorte d'assoupissement profond.

Quand il se réveilla, il était plongé dans une

Pierre marchait en avant.

obscurité complète; le petit foyer avait achevé de se consumer. Ses compagnons dormaient toujours. Le commandant se souleva et très bas, appela:

— Pierre! Pierre!

Pas de réponse.

Il lui semblait pourtant qu'il avait dormi longtemps.

— C'est que je me serai trompé, pensa-t-il.

Et, de nouveau, il s'allongea; mais il lui fut impossible de reprendre le somme interrompu.

Tout à coup, il crut que, dans le lointain, il entendait des pas résonner sur le sol.

— C'est Pierre qui revient, pensa-t-il.

A mesure que le son se rapprochait, et que, l'oreille appuyée sur la terre, le commandant en recevait une perception plus nette, il lui parut que ce bruit venait, non pas de la direction dans laquelle le marin s'était éloigné, mais du côté opposé.

— C'est sans doute l'effet de l'écho, se dit-il.

Mais, au bout d'un moment, les pas retentirent d'une façon si distincte, qu'il ne fut plus possible de douter : Pierre revenait du côté de la cataracte.

Quelques instants après, en effet, le marin arriva, suivant toujours la muraille de gauche.

— Pierre! appela le commandant.

— Comment ! s'écria le matelot, vous êtes venu au-devant de moi !

— Je n'ai pas bougé.

— Ah ! pour le coup, c'est trop fort, et je n'y comprends plus rien : j'ai marché droit devant moi, suivant toujours cette muraille et me voici revenu à mon point de départ !

— Serions-nous donc dans une impasse ! s'exclama le commandant.

— Pour ça, je n'en sais rien, tout ce que je puis vous dire, c'est que, si j'ai tourné, je ne m'en suis pas aperçu. Le cercle doit être grand !

— C'est justement ce qui m'effraie. Sommes-nous condamnés à tourner toujours sur nous-mêmes jusqu'à ce que..... Quelle heure est-il ?

— Dix heures, commandant.

— Repose-toi une heure, et nous repartirons.

— Inutile, commandant, je ne suis point fatigué ; du reste, mieux vaut savoir tout de suite à quoi s'en tenir.

— Alors, réveillons ces jeunes gens.

Ce ne fut pas chose facile : malgré la dureté de leur couche, Georges et Mabel dormaient à poings fermés ; cependant, bravement, ils se mirent debout, prêts à partir.

Il n'en fut pas de même pour M. Dover : il se plaignit de la fatigue, demanda un instant de répit, et finalement déclara qu'il ne bougerait pas.

— A votre aise, lui dit le commandant. Nous vous laisserons ici.

— Vous ne feriez pas cela, Monsieur, répondit Dover effrayé de la menace... Ce serait lâche !

M. Parr eut un geste de colère ; mais il se contint.

— Vous oubliez, Monsieur, la situation dans laquelle nous sommes. Notre salut dépend de la rapidité que nous mettrons à sortir de cette galerie ; nos vivres sont presque épuisés. Vous dites que je serais lâche de vous abandonner ; je trouve au contraire que la lâcheté consisterait de céder à votre caprice. Donc, debout et en route ! ou je vous jure que je ne vous attends pas une minute de plus.

M. Dover comprit qu'il était inutile de résister ; il se leva, prit son fusil, sa part de vivres et rejoignit la petite troupe.

— Vous avez raison, commandant, dit-il ; oubliez mes paroles.

— Je n'y songe déjà plus, Monsieur... Pierre, guide-toi sur la muraille de droite et attention.

Et l'on reprit la marche lente, pénible, fatigante, dans l'obscurité, s'arrêtant toutes les demi-heures pour repartir et s'arrêter un mille plus loin. Derrière leur guide, Georges, Mabel et M. Dover marchaient d'un pas automatique, mettant presque inconsciemment un pied devant l'autre, le dos courbé, la tête inclinée lourdement comme si chacun remorquait celui qui le suivait, suant à grosses gouttes, car dans cette galerie mal aérée l'atmosphère était chaude et étouffante.

Le commandant souffrait moins de la marche que les autres, préoccupé qu'il était par le résultat de la reconnaissance faite par Pierre.

Après la deuxième pause, c'est-à-dire quand on eut marché pendant une heure et demie, le commandant sentit renaître un peu d'espoir.

— Sans t'en être aperçu, tu as dû prendre une voie à gauche, dit-il à Pierre ; si nous tournions sur nous-mêmes, nous serions déjà revenus à notre point de départ.

— Faut que ça soit quelque chose comme ça, répondit le marin peu convaincu ; pourtant !........

La petite troupe repartit.,

Subitement, un bruit d'une violence extrême vint frapper les oreilles des voyageurs.

Malgré tout son courage, le commandant se sentit défaillir, il reconnaissait le mugissement de la cataracte.

— Entends-tu, Pierre ? Nous voici près du rapide.

— Mais, commandant, je n'ai pas entendu ce bruit-là, tantôt.

— A tout prix, il nous faut de la lumière ! brûlons nos vête-ments, brûlons.......

— Attendez, mon oncle ; je vais faire une torche, dit Mabel.

— Avec quoi ?

— Avec un mouchoir imbibé de rhum.

— Quelle idée lumineuse ! s'écria M. Dover.

— Ce n'est pas le moment de faire de l'esprit, interrompit sévèrement M. Parr.

— Et dire que je n'aurais pas pensé à cela, moi qui pense pourtant souvent au rhum ! grommela Pierre.

Un instant après, l'alcool brûlait sur le linge et éclairait le souterrain d'une vive lueur.

Sur la droite, la muraille se prolongeait lisse et unie ; sur la gauche s'ouvrait une galerie, très étroite, et c'est de là que venait le bruit.

— Ah ! s'écria le commandant, je comprends maintenant : la rivière coule là, sur notre gauche et sans doute, arrêtée par quelque obstacle, elle forme une nouvelle chute.

Puis, s'adressant à Pierre :

— Surtout, qu'on ne quitte pas le mur de droite.......

Et se tournant vers Mabel :

— Pierre avait raison, ma chère enfant : tu portes ce qu'il y a de plus précieux, le rhum, qui sera maintenant notre lumière et qu'il faut ménager.

Bien que le commandant n'eût communiqué ses craintes à personne, les jeunes gens comprirent, à la joie qu'il manifesta, qu'ils venaient d'échapper à un grand danger: ils en éprouvèrent un soulagement inconscient et reprirent leur route avec plus de courage.

Plusieurs fois, craignant que Mabel ne pût supporter la fatigue, le commandant voulut que l'on s'arrêtât pour quelques heures; mais la jeune fille s'y opposa:

— Je t'assure, mon oncle, que je ne suis pas fatiguée; je peux marcher encore.

Cependant, vers deux heures, elle finit par céder, et M. Parr décida que l'on se reposerait jusqu'à sept heures du matin.

Pierre distribua un peu de viande, un biscuit et du thé froid; les voyageurs mangèrent rapidement, ils ne songeaient qu'à dormir.

— Nous veillerons à tour de rôle, dit le commandant au marin; moi, je commence.

Lorsque Pierre se réveilla, tout meurtri et frissonnant, il vit M. Parr qui dormait profondément.

— Si j'avais attendu le commandant! pensa-il........ Brrou! qu'il fait froid!

Pierre bourra sa pipe, l'alluma et profita de l'allumette pour regarder l'heure!

— Cinq heures et demie; allons, j'ai fait un bon somme..... Comme les matinées sont fraîches!......... C'est égal, pour un drôle de pays, c'est un drôle de pays, que cette Afrique, avec des rivières qui coulent sous terre, des galeries qui tournent sans qu'on s'en aperçoive et des nuits d'une fraîcheur!..... Aïe! il faut que je me dégourdisse les jambes.......... Sur ces pierres, on est presque aussi mal qu'aux fers, dans la cale du *Roanoke*! Tonnerre à la voile! que c'est dur!

Il se mit sur ses pieds, fit deux ou trois tours, doucement, pour ne pas réveiller les dormeurs, et s'assit de nouveau, faisant face à l'extrémité de la galerie vers laquelle ils allaient se diriger.

Subitement, le marin crut voir une lueur, très pâle ; mais cette lueur disparut brusquement, pour se montrer de nouveau quelques instants après et disparaître encore.

— Ah ça ! Est-ce que j'ai la berlue ? se demanda Pierre en se frottant l'œil.

Plus il regardait, plus il croyait voir la lueur paraître et disparaître.

Il ferma les yeux pendant un certain temps et quand il les rouvrit, il ne put plus douter : à l'extrémité du souterrain, il voyait comme la clarté grise d'un demi-jour très lointain.

— Ah ! par exemple ! j'en aurai le cœur net ; j'y vais voir !

Il se leva et s'éloigna rapidement

Il avait à peine fait deux cents pas que, tout à coup, il se trouva en face d'une vaste ouverture vivement éclairée.

— Je n'en voyais pas tant tout à l'heure, et ça disparaissait... pensait Pierre intrigué.

Il revint sur ses pas, se retournant de temps en temps ; à mesure qu'il s'éloignait, la lueur diminuait.

— Tonnerre à la voile ! quelle vieille bête je fais ! Le souterrain tourne, ce qui me cache une partie de l'ouverture... Allons, je vais réveiller le commandant et lui annoncer la chose : cela vaut bien la peine de le priver d'une heure de sommeil... Eh bien ! non, au fait : mieux vaut encore le laisser dormir...... Ah ! je ne m'étonne plus, maintenant, que je trouvais le temps frais.

Pierre se rassit et il eut la patience d'attendre que le moment fût venu d'appeler tout le monde.

Enfin, sa montre marqua sept heures.

— Allons ! debout, debout, debout ! cria-t-il de sa grosse voix éraillée, comme autrefois il appelait les matelots au quart. — Debout tout le monde pour la dernière étape !

En un clin d'œil le commandant fut sur pied.

— Que dis-tu ? la dernière étape !

— Oui, commandant ; la dernière étape dans cette cave. Regardez là-bas ; voici le jour.

— Dieu soit béni !... Je croyais que jamais nous ne sortirions de ce souterrain !... Allons, les enfants : en route!...
Encore un mille, et nous sommes au but. Alors, vous dormirez
tant qu'il vous plaira.

Cinq minutes après, les voyageurs se mettaient en marche.

A mesure que l'on approchait, l'ouverture de la galerie paraissait plus large. La lumière y entrait à flot en même temps
qu'un air frais y pénétrait. Bientôt, ils atteignirent la zone
éclairée ; et bien que tout ce qui les entourait fût encore dans
l'ombre, la clarté était suffisante pour qu'ils pussent se diriger et voir le terrain qu'ils foulaient.

Pierre avait pris les devants ; il marchait d'un pas rapide,
se balançant sur ses jambes arquées, se hâtant comme s'il eût
voulu, le premier, atteindre la sortie du souterrain.

Soudain, ceux qui le suivaient virent sa silhouette, qui se
détachait en noir sur le fond clair de l'ouverture, s'arrêter net,
ses deux bras s'élever vers la voûte, et le juron favori au marin
arriva jusqu'à eux.

— Tonnerre à la voile ! la route est barrée ! s'exclama-t-il.

Tous se précipitèrent en courant.

Pierre était arrêté devant une vaste crevasse qui occupait
toute la largeur de la galerie. Ce contre-temps, au moment
d'arriver au but, découragea les voyageurs. Pierre lui-même,
qui pourtant ne se démontait pas facilement, resta un instant
abasourdi.

— Tonnerre à la voile ! s'écria-t-il au bout d'un moment ;
voilà ce qui s'appelle n'avoir pas de chance ! Rester en panne
au moment d'aborder !...

— Que faire ? murmurait le commandant. Est-il donc écrit
que nous ne sortirons jamais d'ici ?

— Calmez-vous, mon oncle, hasarda Mabel; peut-être trouverons-nous un moyen... Vous n'avez pas encore cherché.

— Hé ! que veux-tu chercher ! répondit le commandant ;
cette crevasse est infranchissable !

— Faut voir, commandant ; il y a peut-être un moyen.

— Lequel ?

— Damc, je ne sais pas, moi ; mais faut voir.

Le marin allait de long en large, suivant le bord du précipice, essayant de percer les ténèbres qui emplissaient
le trou.

— Si on pouvait donner un coup de sonde !...

— Il faut jeter là-dedans un linge enflammé, proposa Mabel.

— C'est une idée, ça, Mademoiselle ; vous n'en avez que de
bonnes, vous.

Mabel déchira un morceau de son jupon, l'imprégna de rhum
et le tendit à Pierre qui l'alluma et le laissa tomber dans la crevasse.

Un instant, le trou s'éclaira, mais, brusquement, le chiffon
s'éteignit et disparut.

— Il n'y a pas de fond, grommela Pierre en faisant un
geste de déception.

— Parbleu ! dit le commandant ; nous sommes condamnés
à rester ici !

Pierre avait repris sa promenade ; son œil unique allait du
sommet de la voûte, en cet endroit très élevée, au fond du trou,
et scrutait la paroi du rocher. Tout à coup, il poussa une exclamation :

— Faut essayer de ce moyen-là !

— Quel moyen ? demanda le commandant.

— Je vais passer de l'autre bord.

— Comment ?

— Voyez, commandant, de ce côté — et il montrait la muraille de droite — les pierres forment des aspérités ; on dirait
qu'elles ont été fouillées, qu'on les a arrachées. En s'y cramponnant, on peut atteindre l'autre bord.

— J'en doute ; d'abord l'entreprise est dangereuse, et puis,
à quoi cela nous avancera-t-il ? Tu n'as pas, je suppose, l'intention de nous faire suivre ce chemin ?

— Non, bien sûr ! mais, une fois de l'autre côté, je pourrai
sortir du souterrain et peut-être trouver moyen de jeter un pont

sur cette crevasse. Je ne sais pas, moi ; mais il me semble qu'on peut toujours essayer.

— Va ; mais surtout, prends garde !

— N'y a pas d'exposition, commandant ; seulement, je vais retirer mes souliers qui pourraient me faire glisser.

En un instant, Pierre fut prêt à accomplir sa périlleuse traversée.

Au moment où il mettait le pied sur la première saillie de la muraille, M. Parr l'arrêta.

— Non, Pierre, je ne veux pas ! ce serait risquer ta vie en pure perte !

— Mais, puisque je vous dis, commandant, qu'il n'y a pas d'exposition, et puis, au bout le bout !...

— Encore une fois, non !

— Cependant, hasarda M. Dover, si c'est la seule manière de nous sauver.

— Je ne veux pas, pour nous sauver, exposer la vie de cet homme ! répondit durement le commandant.

— Pas même pour sauver M⁽ˡˡᵉ⁾ Mabel et M. Georges? insinua M. Dover.

M. Parr eut un geste d'impatience.

— Pas même pour me sauver, dit Mabel.

Dover haussa les épaules.

— Qui vous dit qu'il y ait un si grand danger ?

— Si vous ne croyez pas le passage périlleux, pourquoi ne le tentez-vous pas? demanda Mabel.

— J'allais vous le proposer, répondit Dover en se débarrassant de son fusil.

— Inutile, interrompit Pierre ; je passe, moi. Grimper, ça me connait.

Avant que le commandant ait pu s'y opposer, le marin s'élança sur la première saillie. Il y eut alors, pour les spectateurs, un moment d'angoisse poignante : les mains accrochées dans les fissures du roc, les pieds crispés sur des pierres dépassant de quelques centimètres seulement la muraille, Pierre se tenait suspendu au-dessus du gouffre, tellement pressé contre la paroi qu'il était obligé de détourner la tête pour que son visage ne frôlât par le rocher.

. Après quelques minutes, qui parurent d'une longueur sans

fin, le marin atteignit une pierre plus large que les autres et qui débordait de près d'un pied.

— Ouf! s'écria-t-il; en voici plus de la moitié de fait. Le reste ira tout seul.

Pendant ce court répit, les assistants respirèrent.

— Allons, en route pour la fin du voyage, dit Pierre.

Au moment où il allongeait le pied gauche pour le poser sur la pierre voisine, celle sur laquelle son pied droit était encore rivé, sortit de son alvéole. Un instant,

Ses doigts glissèrent...

le malheureux resta suspendu, les doigts crispés, cherchant, du pied gauche, à atteindre la pierre posée près de lui; mais ses doigts glissèrent, et il disparut dans le vide, hurlant :

— Tonnerre!

Puis ce fut tout.

Les spectateurs se précipitèrent au bord du gouffre.

Ils ne virent rien.

— On n'a pas entendu le bruit de sa chute, dit Georges quand l'émotion lui permit de parler.

— Dieu sait jusqu'à quelle profondeur il est tombé! gémit le commandant.

Puis, soudain, pris d'un accès de désespoir, il se pencha sur le trou, et, de toutes ses forces, il appela, sur un ton déchirant :

— Pierre! Pierre!

Une voix répondit.

— Présent, commandant.

— C'est lui ! il a parlé !

— Espérez, commandant, j'arrive.

— Es-tu blessé ? demanda Mabel.

— Pas d'avaries graves, Mademoiselle ; l'avant un peu cabossé, voilà tout.

— Mais où es-tu ?

— Voilà ! voilà ! la montée est rude.

Un instant après, Pierre apparut au bord du trou, la tête pleine de sang.

— Me voici comme M. Dover, sans comparaison, dit-il, la figure tout écorchée ; mais ça va bien ; nous sommes tirés d'affaire.

— Comment ?

— Bien sûr ! Le trou n'est pas là ; il est de l'autre côté. Ici, il y a eu sans doute un éboulement, et on peut facilement traverser. Quand je suis tombé, je ne suis pas allé loin : j'ai glissé, roulé, je ne sais pas au juste ; mais je me suis arrêté en route.

— Mon pauvre Pierre ! s'écria le commandant en serrant les mains du matelot. Nous te devons donc…

— Suffit, commandant. Mademoiselle, c'est le moment de rallumer la chandelle pour la traversée.

— Viens d'abord que je panse tes blessures.

— Non, plus tard ! donnez seulement un coup de rhum au chiffon, et un à moi aussi, si ça ne vous fait rien.

Mabel tendit le flacon à Pierre, puis elle prépara la lumière.

— A présent, reprit le marin, pas de bêtises. Ça glisse là-dedans. Messieurs, vos bretelles de fusils.

Les quatre bretelles de cuir furent détachées et mises bout à bout. Pierre y ajouta sa ceinture de laine.

— Ça n'ira pas tout à fait de l'autre côté ; mais ce sera toujours cela. Attention ! Mademoiselle, donnez-moi le flambeau.

Pierre prit l'étoffe, l'enflamma et descendit dans le trou,

profond d'un mètre cinquante environ à cet endroit. A partir
de ce point, l'éboulement formait une pente rapide, toute
hérissée de pierres en saillie.

— Voyez-vous, il n'y a qu'à ne pas se laisser glisser. Je vais
passer une fois pour expérimenter la route et vous montrer
le chemin, puis je reviendrai tenir la corde.

S'éclairant avec le lambeau d'étoffe enflammée, Pierre traversa, monta sur l'autre bord et revint.

— Allons, à qui le tour ? demanda-t-il.

— Moi, répondit M. Dover.

— Et la galanterie française, qu'en faites-vous, Monsieur ?
Il est vrai que vous n'êtes pas Français, pas même Américain, dit Pierre en faisant un geste dédaigneux. Les dames
d'abord.

Puis, s'adressant à Mabel :

— Passez, Mademoiselle, et surtout, ne lâchez pas la rampe !

Mabel prit une extrémité des courroies, puis elle descendit.
Pierre laissait filer à mesure que la jeune fille avançait.
Quand elle fut au bout, Pierre lui dit :

Attendez là. M. Georges va aller vous rejoindre et vous aider
à monter de l'autre côté !

Après Georges, ce fut le tour de M. Dover, puis du commandant. Pierre passa le dernier, après s'être assuré qu'on
n'avait rien oublié.

On se remit en route. Le commandant marchait en tête

— Je pense, dit-il, que l'entrée du souterrain est sur la
déclivité, car je n'aperçois pas le sol.

Dix minutes suffirent pour amener les voyageurs à quelques
pas de l'ouverture.

Tout à coup, le commandant s'arrêta, poussa une exclamation de rage et recula de quelques pas. Ses compagnons le
rejoignirent.

L'entrée du souterrain s'ouvrait à deux cents mètres au-
dessus du sol, dans un rocher taillé à pic ! . . . .

. . . .

CHAPITRE IX

Le premier moment de stupeur passé, les voyageurs voulurent se rendre compte de l'endroit où ils se trouvaient.

Le rocher dans lequel s'ouvrait l'entrée de la galerie s'élevait, taillé à pic, au-dessus d'une gorge profonde; au fond, une
rivière aux allures de torrent coulait, tumultueuse, sur un lit
hérissé de roches, dans un *cañon* très resserré, entre deux
hautes murailles, dont les faîtes s'arrêtaient à cent mètres de
l'entrée du souterrain. La rivière sortait d'une galerie infé-
rieure et tombait sur le sol en cascade.

Plongés dans un morne désespoir, les voyageurs restaient
sur le bord du précipice, mesurant de l'œil la hauteur qui les
séparait du sol. N'ayant rien à proposer, personne n'osait rompre le silence.

Pierre fumait sa courte pipe avec rage, se dandinait sur ses
deux jambes et marmottait des mots inintelligibles.

A la fin, cependant, il s'écria :

— Tonnerre à la voile ! Ça n'est pas de chance ! nous
cherchons une porte, et c'est une fenêtre que nous trouvons.

Puis, comme personne ne répondait, il reprit :

— Faut pourtant sortir de là !

Le commandant le regarda, et haussa les épaules.

— Faut chercher ; faut voir, répétait le matelot.

Il s'approcha au bord du précipice.

A droite et à gauche, le rocher s'étendait, uni, sans végétation, presque sans aspérités. Au-dessus, il devait fuir, car,
même en se penchant, on ne voyait rien.

— Cette fois, ça y est! pensait Pierre, et à moins de risquer
le saut, nous sommes là pour longtemps.

— Que dis-tu? demanda M. Parr.

— Je dis... que je ne dis rien, commandant.

— C'est tout ce que tu trouves?

— Dame!...

Georges et Mabel s'étaient assis dans un coin du couloir, le dos appuyé contre la muraille, regardant d'un œil d'envie le beau ciel bleu et les cimes boisées qui se profilaient à l'horizon. Par instants, ils suivaient des yeux le commandant qui se promenait à grands pas, les traits convulsés, les poings crispés, dans un accès de rage impuissante. A quelques pas plus loin, M. Dover, affaissé sur lui-même, semblait comme privé de sentiment. Tout à coup, M. Parr s'arrêta et, faisant signe à Pierre d'approcher, il lui dit, l'emmenant à l'écart:

— Il y a peut-être un moyen de nous sauver, mon garçon; c'est du reste la seule chance qui nous reste; mais il est d'une exécution difficile et dangereuse, peut-être impraticable; néanmoins, il faut le tenter.

— A vos ordres, commandant.

— Tu m'as dit que, lorsque tu es tombé dans la crevasse, tu as roulé sur une pente rapide au fond de laquelle est le trou.

— Oui, commandant.

— Eh bien, il faut descendre dans ce trou! Il doit communiquer avec des souterrains inférieurs qui nous rapprocheront de la base du rocher. Cette partie de la montagne me semble percée de galeries comme une mine.

— Et si la galerie sert de lit à la rivière?

— Nous aurions entendu le bruit de l'eau.

— Comment descendre dans ce trou?

— C'est ce que nous allons voir et essayer.

— Sans cordes, presque sans lumière... cela me parait impossible.

— Dans la situation où nous sommes, il faut tout tenter.

—A vos ordres, commandant, dit Pierre, à bout d'arguments.

Mais la phrase habituelle du vieux marin fut cette fois prononcée sans entrain et sans conviction.

— Il faut même essayer sans plus tarder, reprit M. Parr.

Puis, s'adressant à Mabel et à Georges:

— Pierre et moi, nous allons faire une tentative, mes enfants; si elle réussit, nous viendrons vous chercher. Nous serons peut-être longtemps absents, ayez de la patience, et surtout ne vous découragez pas. Donne-moi le flacon de rhum, Mabel, et un grand morceau d'étoffe.

La jeune fille se leva, déchira son jupon en plusieurs bandes qu'elle remit à son oncle avec la gourde de rhum.

— Courage, mes enfants, répéta M. Parr, et il les embrassa tous deux.

Puis, suivi du marin, il s'éloigna rapidement dans la direction de la crevasse. Pierre portait un fusil que le commandant lui avait ordonné de prendre. Au bord du trou, ils s'arrêtèrent.

— C'est de ce côté que tu es tombé, Pierre; c'est donc par là qu'il faut tenter la descente.

— A vos ordres, commandant; mais, est-ce que nous descendons tous les deux?

— Oui, mon garçon, et ce ne sera pas trop de deux peut-être. Passe le premier, puisque tu connais le chemin, et sers-toi du fusil comme d'une canne; appuie-toi sur la crosse et enfonce les canons en terre pour te soutenir; moi, je te suivrai et je t'éclairerai. Sois prudent, et cependant marche aussi vite que possible, car nous devons ménager la lumière; il ne nous reste plus beaucoup de rhum.

— Entendu, commandant.

Le marin sauta dans le trou et commença la descente, sondant le terrain du bout de son fusil. Derrière lui venait le commandant, tenant à la main un paquet de chiffons embrasés, sur lesquels, de temps en temps, il versait quelques gouttes de rhum.

— Tu dois être près du trou, attention! dit M. Parr.

— Je devrais même y être depuis longtemps, répondit Pierre.

Le commandant éleva la lumière au-dessus de sa tête.

— Nous sommes dans une galerie ! s'écria-t-il.

— Et ça ne descend plus, répondit Pierre. Attention à la lumière, commandant ; il souffle une brise carabinée, par ici.

— Mais le trou ? demanda M. Parr.

— Il n'y en a pas apparence.

Le commandant rejoignit le marin, abritant devant lui l'étoffe enflammée pour la protéger contre un vent violent qui venait de la crevasse et s'engouffrait dans la galerie où les deux hommes venaient de s'engager.

— Je m'explique maintenant la disparition subite de la torche que nous avons jetée tantôt dans cette crevasse : le vent l'a emportée dans la direction que nous suivons ; mais, ce que je m'explique moins, c'est la cause du courant d'air.

— Peut-être sommes-nous près d'une ouverture, observa Pierre.

— Cela doit être... Cette galerie ne ressemble en rien à celle que nous avons suivie jusqu'ici : elle est plus étroite et moins haute ; ses murs sont tailladés comme s'ils avaient été fouillés par un instrument de mineur, un pic ou une pioche.

— Il est peu probable, cependant, que les hommes aient jamais pénétré jusqu'ici et qu'ils aient creusé ces galeries.

— Qui peut savoir ?... Peut-être n'est-ce qu'un jeu de la nature : elle est si bizarre, parfois, dans ses créations ! Quoi qu'il en soit, continuons notre route.

Il fallut bientôt s'arrêter ; le linge était consumé. Le commandant fit une nouvelle torche et, précédé de Pierre, reprit son exploration.

Tout à coup les voyageurs débouchèrent dans une sorte de carrefour, très grand, dont la voûte, assez haute, formait la base d'un puits au sommet duquel on apercevait le jour.

A la vue du ciel bleu, tout ensoleillé, le commandant et Pierre ne purent retenir un cri de joie. Mais cette joie fut de courte durée. L'orifice du puits était excessivement élevé.

— Il est aussi impossible de sortir par là que par l'ouverture qui domine la rivière, dit M. Parr ; faisons le tour de cette salle.

Le carrefour formait comme une place sur laquelle aboutissaient six galeries; dans les espaces ménagés entre chacune d'elles, s'ouvraient de grandes excavations, sortes de vastes chambres, que l'on eût dit creusées par la main des hommes. Après les avoir soigneusement visitées, le commandant revint au centre de la salle.

— Il est certain, dit-il, qu'une de ces galeries conduit hors du souterrain; mais laquelle ?... Il est non moins certain que nous sommes dans un étage inférieur à celui que nous avons parcouru cette nuit. J'ai tout lieu de supposer que le corridor qu'il faut prendre suit une direction opposée à celle par laquelle nous sommes venus... Peut-être y a-t-il une issue à quelques pas de nous !... Peut-être sommes-nous plus profondément enfoncés dans le souterrain que nous ne l'avons jamais été. C'est ce dont il faut s'assurer sans plus tarder.

Et joignant l'action à la parole, le commandant se dirigea vers l'entrée d'une galerie.

— C'est par ici que nous sommes arrivés...

— Faites excuse, commandant; c'est de l'autre côté.

— Tu te trompes, Pierre.

— Non, commandant, j'ai laissé mon fusil à l'entrée.

— C'est une raison, et j'ajouterai : une bonne précaution. Cherchons ton fusil.

Les deux hommes firent le tour de la salle et, tout à fait à l'opposé, ils trouvèrent l'arme appuyée contre le mur.

— Donc, reprit le commandant, nous sommes entrés par ici; il est probable que les galeries qui s'ouvrent à notre droite aboutissent au même point que celle où nous avons laissé les enfants; celles de gauche vont dans la direction du lac.

— C'est donc celles qui sont en face de nous qu'il faut explorer.

— Cela peut nous entraîner loin.

— Ah ! dame ! oui.

— Les enfants seront inquiets.

— Vous pensez bien.

— Si nous allions les chercher ?

— C'est bien du chemin à faire pour eux, commandant ! Si nous ne réussissons pas du premier coup, faudra revenir, retourner, et les vivres ne sont pas abondants.

— Tu as raison, Pierre ; mais aussi, juge de leur inquiétude pendant ces heures d'attente qui peuvent se prolonger !

— Dame, commandant, décidez : moi, je suis paré pour aller les chercher.

— Toujours prêt à te dévouer, prêt à toutes les tâches difficiles ou périlleuses, ne ménageant ni ta fatigue, ni ta peine ; je le sais, mon brave Pierre.

— Tonnerre à la voile ! commandant ; il ne manquerait plus que cela, que je rechigne devant la peine quand il s'agit de vous ou de M⁰ᵉ Mabel ou de M. Georges, que j'aime quasiment comme s'ils étaient mes enfants, sauf votre respect.

— Je le sais, mon brave !... mais, c'est moi qui vais aller les chercher.

— Cependant.

— Je le veux ! Tu vas m'attendre ici.

— A vos ordres, commandant. Pendant votre absence, je vais visiter ces galeries.

— Non. Il est facile de se tromper et de se perdre.

— Je ne bougerai pas.

— Dans deux heures, je serai de retour : en nous attendant, dors ; tu dois être mort de sommeil.

— Pas trop.

— Garde le fusil ; je ne saurais qu'en faire ; et il m'embarrasserait. Au revoir, Pierre.

— A vous revoir, commandant. Surtout, faites bien attention en descendant dans la crevasse.

— Sois tranquille.

Et le commandant s'engagea dans la galerie par où il était venu.

CHAPITRE X.

Dès qu'il fut seul, Pierre chercha, en dehors de la zone éclairée par la lumière tombant du puits, un endroit où il pût s'installer commodément. Il alla s'étendre à l'entrée d'une des chambres creusées dans le roc ; il déposa son fusil près de lui, contre la muraille, plaça sous sa tête une pierre en guise de traversin et s'allongea sur le sol.

Le brave marin, qui depuis deux jours avait à peine goûté une heure de repos, qui ne s'était soutenu que par une volonté de fer, sentit tout à coup une grande détente se produire dans tout son être, et une immense lassitude s'empara de lui, une sorte d'abattement et un impérieux besoin de sommeil contre lequel il n'essaya même pas de lutter.

— Je n'ai rien de mieux à faire en les attendant ; je vais faire un somme.

Quelques instants après, il dormait profondément.

Aussitôt que la respiration calme et régulière de Pierre annonça son sommeil, un être humain sortit d'une des galeries, et avec mille précautions, marchant doucement, de crainte de faire le moindre bruit, traversa la salle et s'arrêta sous l'orifice du puits.

C'était un homme de haute stature, à la peau noire, marbrée de grandes taches gris cendré. Sa chevelure laineuse et crépue avait la blancheur de la neige ; de rares poils de même couleur et clairsemés hérissaient son menton et la peau ridée et comme racornie de ses joues. Pour tout costume, il portait, autour des reins et tombant jusqu'à mi-cuisses, une sorte de

jupe d'étoffe grossière, une de ces toiles de Guinée multicolores que les nègres aiment tant, mais qui, maintenant, n'était
plus qu'un haillon crasseux de couleur indécise.

A mesure que le noir regardait Pierre, sa figure prenait une
hideuse expression de haine; un sourire diabolique faisait
grimacer ses lèvres, crispait sa peau, et donnait à toute sa
physionomie un aspect sinistre. On eût dit quelque gnome
géant sorti des entrailles de la terre. Sous les regards fixes du
noir, le sommeil de Pierre se troublait, sa respiration devenait
pénible, oppressée, haletante. Des mouvements convulsifs agitaient ses bras, comme si, hanté par un horrible cauchemar, le
dormeur eût fait des efforts pour se réveiller, sans y parvenir.
Sans quitter des yeux le marin, lentement, d'un mouvement
presque imperceptible, le noir s'approcha; il s'accroupit, et
allongeant sa grande main osseuse, il la promena doucement
sur la poitrine de Pierre, puis, se relevant, il s'éloigna à recu-
lons, avec la même lenteur, la même circonspection, et s'arrêta, immobile, au centre du carrefour, sous le jet de lumière
tombant du puits. Pendant un instant encore, il sembla fasciner
le dormeur. Puis, subitement, il fit un geste et détourna la tête.

Au même moment, comme obéissant à un ordre secret,
Pierre ouvrit les yeux, se souleva sur son coude et demeura
immobile, hébété, devant ce grand nègre dont la figure grimaçait toujours son hideux sourire.

Le marin essaya de parler; mais, pendant un instant, bien
que ses lèvres s'agitassent, elles n'articulaient aucun son.

Enfin, réunissant tous ses efforts, faisant appel à toute son
énergie, à toute sa volonté, Pierre vainquit le charme, se
dressa tout debout, fit quelques pas et demanda :

— Qui es-tu?

Le nègre fit signe qu'il ne comprenait pas.

— Ah! tu ne me comprends pas, tonnerre à la voile!...
Eh bien! je vais te parler un langage qui est compris dans
toutes les langues !

Et, prenant son fusil, il coucha le nègre en joue.

— Abaisse ton arme, dit celui-ci en mauvais anglais ; je ne te veux pas de mal.

— Tiens ! tu sais ce que je veux dire, maintenant, fils de Satan ! s'écria le matelot. Alors, causons. Qui es-tu ?

— Je suis N'Gumbo.

— Je n'ai pas l'honneur de te connaître. Tu venais sans doute pour me voler.

— Je n'ai pas besoin de voler. Ceux qui entrent ici n'en sortent pas et ce qui est à eux m'appartient.

— Voyez-vous cela !

— Veux-tu voir le squelette décharné et blanchi de l'homme de ta couleur qui est venu ici ?

— Je veux, si tu n'as pas envie que je te casse la tête, que tu m'indiques le chemin pour sortir.

— Si je ne te le dis pas ?

— Je te tue comme un chien !

— Alors qui te conduira ?

— Je saurai bien me conduire tout seul.

— Non, seul tu ne sortiras jamais d'ici !

— Alors, conduis-moi.

— Non.

— Pourquoi ?

— Parce que nul ne doit quitter ce souterrain.

— Je saurai bien t'y contraindre.

— L'autre aussi disait cela, ricana le nègre ; et pourtant, il y a bien des lunes que les hyènes ont mangé sa chair et rongé ses os.

— Tu t'es donc constitué le gardien de ces galeries souterraines ?

— Oui, je suis N'Gumbo.

— Eh bien, soit ; je ne te quitterai pas ! Nous mourrons de faim ensemble, et les hyènes auront deux cadavres à dévorer.

Pierre crut remarquer une certaine hésitation chez le noir ; il reprit :

— Oui, nous mourrons ensemble, ou ensemble nous quitterons ce souterrain.

— Tu n'as pas peur de la mort ?

— Non ; je l'ai vue trop souvent en face pour qu'elle m'effraie
maintenant. Elle est moins laide que ta vilaine figure !

— Qu'es-tu venu faire dans ce souterrain ?

— Assurément pas ta connaissance, Tonnerre à la voile !

— Et les autres ?

— Quels autres ?

— Ceux qui t'accompagnent.

— Ils sont venus comme moi de force ; mais comment sais-tu ?

— Je vous ai vus dans la galerie d'en haut.

— Malin, va ! Alors, tu veux savoir ce que nous sommes
venus faire ici ; eh bien ! je n'en sais rien. Tout ce que je puis
te dire, c'est que, si on m'avait demandé mon avis, je n'aurais
jamais rencontré ta vilaine face sur mon chemin. Voilà !

— C'est pour chercher l'or !

— Quel or ?

— L'or de la mine.

— Quelle mine ?... Ah ça, est-ce que ta vieille tête déménage ?
Faut soigner ça, M. N'Gumbo.

— Comment êtes-vous entrés ici ?

— Tu es bien curieux !... Enfin, histoire de passer le temps,
en fumant une pipe, je vais te narrer cela... Donne-toi donc la
peine de t'asseoir.

Pierre s'assit sur la pierre qui lui avait servi d'oreiller,
bourra sa pipe, l'alluma, et dans un langage pittoresque, que
le nègre avait assurément bien de la peine à comprendre, il raconta à la suite de quels événements il se trouvait en compagnie de N'Gumbo. Puis, quand il eut terminé son récit, il ajouta :

— Écoute, mon garçon : si tu veux nous tirer de là, tu n'y
perdras pas. Le commandant est généreux et te récompensera
bien. Si, au contraire, tu t'obstines, dame, je ne réponds de
rien, car il n'est pas commode, le commandant, quand il s'y
met.

Le nègre ne répondit pas, il prêtait l'oreille.

— Tes compagnons, dit-il en montrant du doigt l'entrée de la galerie.

— Tu as encore l'ouïe fine, pour ton âge, dit Pierre, en riant.

— N'Gumbo entend tout, voit tout, sait tout ce qui se passe dans la mine, répondit le nègre.

— Alors, pourquoi me demandais-tu ce que nous étions venus y faire et comment nous y sommes entrés ?

Cette question déconcerta le noir, qui ne sut que répondre.

Quelques instants après, le commandant, suivi de Mabel, de Georges et de M. Dover, faisait son entrée dans le carrefour.

A la vue du compagnon de Pierre, les voyageurs s'arrêtèrent.

— Venez, commandant, dit le marin. Voici un honnête moricaud, qui va nous faire sortir de cet affreux trou. Ah ! j'ai eu de la peine à lui faire entendre raison.

Pierre mit les voyageurs au courant de sa conversation avec le noir.

Le commandant fit quelques pas vers N'Gumbo, et l'examina curieusement ; puis il lui dit :

— D'après ce que vient de me rapporter notre compagnon, nous sommes dans une mine d'or abandonnée, dont tu t'es constitué le gardien.

— Oui, je suis N'Gumbo.

— Eh bien, si tu veux nous conduire hors d'ici, je te jure, et chacun de nous va faire le même serment, que nous ne révélerons jamais l'existence de la mine. Tu peux avoir foi en notre parole. Si, au contraire, tu refuses, eh bien, nous chercherons nous-mêmes, et nous réussirons ; mais alors nous reviendrons pour nous emparer des trésors que contiennent ces souterrains. Choisis...

— Je ne crois pas à la parole des blancs quand il s'agit d'or, répondit-il.

— Nous n'avons que faire de ton or, reprit le commandant ;

ce n'est pas cela que nous cherchons ; ce n'est pas pour trouver de l'or que nous sommes venus dans ton pays.

— Je ne te crois pas! dit encore le noir ; vous mourrez tous ici comme l'autre.

— Si je l'étranglais un peu, commandant? demanda Pierre en menaçant le nègre de ses grosses mains.

—Non, Pierre, dit Mabel ; ne lui fais pas de mal. Cet homme réfléchira ; il comprendra qu'il ne peut laisser périr des gens qui sont entrés ici malgré eux, qui ne demandent qu'à en sortir et jurent de n'y plus revenir.

— Et même de quitter le pays aussitôt de retour à Soul's-Port, ajouta le commandant.

— Et de n'y plus jamais remettre les pieds, renchérit M. Dover.

Le nègre hésitait. Mabel le vit et s'approchant de lui, elle prit son horrible main crochue et décharnée dans les siennes et le regarda d'un air suppliant.

— Les blancs sont habiles à tromper, dit encore N'Gumbo ; ils m'ont menti et trompé bien souvent.

— Nous, nous ne te tromperons pas! affirma le commandant.

— Eh bien! je vous conduirai. Si vous mentez, si vous ne tenez pas votre parole, N'Gumbo vous punira.

— A la bonne heure! voilà que tu deviens raisonnable, s'exclama Pierre. Tope là, vieux, et buvons un coup de rhum, s'il en reste encore.

Mabel tendit la gourde au marin qui but le premier et la passa au noir. En la prenant, les yeux de N'Gumbo brillèrent de plaisir, et il but à longues gorgées.

— Laisse-s-en pour les camarades, vieil ivrogne, s'écria le matelot, en arrachant le flacon des mains du noir.

— Reposons-nous un instant, dit M. Parr, et avant de quitter ces lieux.

Puis, tout bas, il murmura à l'oreille de Pierre :

— Ne le quitte pas de l'œil !

— Tonnerre à la voile! il n'y a pas de danger!

Pour le commandant, le repos n'était qu'un prétexte ; ce qu'il voulait, c'était interroger le noir qui l'intriguait singuliè-rement.

— Il y a longtemps que tu demeures ici? demanda M. Parr.

— Oui, longtemps, bien longtemps.

— Comment es-tu venu t'installer dans cette mine?

— Si je te le disais, tu ne me croi-rais pas.

— Pourquoi?

— Parce que les blancs rient des paroles des noirs.

— Nous ne rirons pas, N'Gumbo; dis-nous ton histoire.

Les auditeurs se tenaient au cen-tre de la grande salle, et le nègre, debout, en pleine lumière, commença son récit, après s'être recueilli quel-ques instants :

— Autrefois, il y a des milliers et des milliers de lunes, des hommes blancs vinrent dans ce pays. Ils cher-

Il but à longues gorgées.

chaient l'or et les pierres précieuses. Quand ils eurent décou-vert les endroits où gisaient ces richesses, ils firent creuser la montagne par les habitants des villages populeux qui s'élevaient jadis dans cette région aujourd'hui déserte. Et nuit et jour, les pauvres noirs travaillaient dans la mine, en retiraient l'or que les blancs emportaient à la côte et chargeaient sur de grands navires à plusieurs rangs de pagaies. Les blancs les maltrai-taient, les nourrissaient à peine, et beaucoup mouraient de fatigue, de privations et du chagrin de ne plus voir leur village et la lumière du beau soleil.

« En ce temps-là, il y avait un chef noir, plus brave et plus courageux que les autres, qui souffrait de voir le malheur de son peuple. Il tenta de se révolter contre les hommes blancs, mais les hommes blancs se saisirent de lui et le condamnèrent à travailler dans la mine, qui était celle où nous sommes ; et comme il était grand et fort, ils lui imposèrent des tâches plus dures qu'aux autres. Le chef, qui s'appelait N'Gumbo, supportait tout sans se plaindre ; mais il avait juré de se venger.

« Un jour qu'il travaillait dans une galerie, le chef entendit de l'autre côté de la muraille le bruit des eaux du lac de la montagne ; il comprit qu'il en était proche et résolut de débarrasser son peuple de la présence des hommes blancs et de les faire tous mourir. Il continua de creuser jusqu'à ce qu'il n'y eût plus entre les eaux et la galerie qu'une couche très mince de pierre, et il attendit.

« Chaque trois lunes, les pauvres nègres avaient la permission de sortir et d'aller passer un jour dans leur village ; alors, tout travail était suspendu, et les hommes blancs célébraient des fêtes, faisaient des festins et se réjouissaient.

« N'Gumbo, la première fois qu'il put retourner dans son village, prévint son peuple de ses projets qu'il devait mettre à exécution pendant la prochaine fête que célébreraient les blancs ; elle durait trois jours, et ils l'appelaient PESSACH (Pâques en hébreu). N'Gumbo entra dans la mine sans être aperçu ; avec son pic il attaqua la roche, la perça, et les eaux du lac se précipitèrent dans les galeries, les remplirent et les transformèrent en fleuve. En même temps, obéissant à l'ordre de leur chef, tous les noirs se jetèrent sur les blancs qui étaient en fête, et les massacrèrent.

« Depuis lors, il n'en vint plus dans le pays pendant bien longtemps ; après avoir coulé dans toutes les galeries, la rivière en abandonna quelques-unes et fraya son lit dans les autres, et l'on perdit jusqu'au souvenir de la mine. Seuls, les descendants de N'Gumbo en gardèrent le secret, et c'est ainsi que moi, qui suis un des petits-fils de ses arrière-petits-enfants, je l'ai appris. »

— Mais ton histoire, à toi ? demanda le commandant.

— Tu vas la connaître aussi. « Un jour, il vint d'autres hommes blancs dans le pays ; ceux-là ne cherchaient pas l'or et les pierres précieuses; ils enlevaient les jeunes hommes, les femmes et les enfants, et les vendaient comme esclaves.

« J'étais grand comme cet enfant — il désignait Georges — quand je fus emmené et vendu. On me conduisit au Cap, puis à Port-Natal et enfin à Prétoria. De là je remontai jusqu'au Zambèze et aux grands lacs ; j'étais le porteur d'un homme blanc qui visitait le pays ; on l'appelait Livingstone. Il était très bon et nous traitait doucement. Il disait que maintenant il n'y aurait plus d'esclaves, et je me réjouissais de revenir au milieu des miens sur les bords du Limpopo; mais quand le voyage fut terminé, un homme de sa suite me vendit à un autre voyageur qui, lui, cherchait l'or et les pierres brillantes.

« Un jour que j'avais bu trop de rhum avec un autre noir, je lui racontai l'histoire de la mine, et mon camarade la répéta au maitre, qui m'ordonna de le guider jusqu'ici. Alors je me souvins de mon aïeul N'Gumbo, qui avait donné sa vie pour sauver son peuple, et je refusai d'amener l'homme blanc ; mais lui voulait savoir, et il me frappa, me maltraita, me fit souffrir de la faim; mais je ne cédai point.

« Peu de temps après, je m'enfuis, et je revins ici; mais les miens étaient dispersés, le village n'existait plus, et je ne trouvai que des huttes en ruines. Un Anglais avait construit sa maison de l'autre côté de la montagne, et il enseignait aux noirs la religion des hommes blancs, peut-être pour apprendre d'eux le secret de la mine; mais nul autre que moi ne le connaissait. Alors, je vins m'installer dans ce souterrain, et je me fis le gardien des trésors qu'au prix de sa vie mon aïeul arracha aux mains des hommes blancs.

« Il y a longtemps, bien longtemps, un homme vint dans le souterrain ; il souffrait de la soif et de la faim, il était brisé de fatigue; il entra dans la mine et s'y endormit. Quand il se réveilla, il voulut sortir, mais il ne trouva pas le chemin, car j'avais bouché l'entrée, et pendant de longs jours il erra, et moi, je le suivais invisible, et lentement, je le vis mourir. »

Quand le noir eut terminé son récit, les voyageurs restèrent

longtemps silencieux, profondément troublés par ce qu'ils
venaient d'entendre. Enfin, le commandant se leva.

— Tiens ta promesse, N'Gumbo, et nous tiendrons la nôtre.

— Suivez-moi, répondit le nègre.

Il s'engagea dans une galerie obscure et marcha longtemps,
faisant de fréquents détours, descendant des pentes rapides,
escaladant des blocs de roches. A mesure qu'ils avançaient,
les voyageurs entendaient le bruit du torrent roulant ses eaux
avec fracas.

Tout à coup, le noir s'arrêta et dit :

— Voici ma demeure.

Ils étaient dans une sorte de réduit, faiblement éclairé
par une crevasse située près du sommet de la voûte.
Dans un coin, un amas de feuilles sèches servait de lit.
Près d'un foyer, gisaient quelques poteries grossières,
puis des pièges, de primitifs engins de pêche et un tas de
loques, que Pierre qualifia du nom pompeux de garde-
robe.

En quittant la chambre de N'Gumbo, les voyageurs suivirent
un corridor, très bas et si étroit qu'ils avaient peine à y passer,
puis ils débouchèrent sur le lit du torrent.

N'Gumbo les guida sur un étroit rebord de pierre, et tournant
à gauche, s'arrêta. On était sur le flanc de la montagne, au
fond de la gorge que le commandant et ses compagnons avaient
vue du haut du rocher, de l'ouverture de la galerie.

Le nègre fit un signe d'adieu, et rentra dans le souterrain,
tandis que les voyageurs s'éloignaient.

Pierre marchait le premier d'un pas alerte, heureux d'être
enfin en plein air. La nuit tombait rapidement; il s'agissait
de trouver un endroit convenable pour bivouaquer, et surtout
de se mettre en quête de nourriture.

A cinq cents mètres environ de la rivière, le marin s'arrêta
devant un entassement de rochers.

— Je crois, commandant, que nous ne serons pas mal ici:
ces roches nous abriteront et dans ce fourré nous trouverons

suffisamment de bois mort pour nous chauffer, chasser les
fauves et faire cuire le gibier...

— Que nous allons essayer de tuer, interrompit le commandant.

— Tiens, où est donc M. Dover? demanda Georges.

On se retourna; le marin fit même quelques pas en arrière
pour chercher le compa-
gnon manquant.

Pierre le vit qui s'a-
vançait lentement, sem-
blant examiner attenti-
vement le paysage.

— Le voilà qui arrive,
dit Pierre. Voulez-vous
vous occuper de ramas-
ser du bois pour le feu
de nuit? Moi, je vais me
mettre en chasse.

— Tout seul?

— Oui, commandant;
à deux, nous pourrions
effrayer le gibier, et

Le marin apparut pliant sous le poids d'une biche.

puis, je suis moins
fatigué que vous, je me suis longtemps reposé, moi.

— Va et bonne chance.

— Ne me souhaitez pas bonne chance, on dit que ça porte
malheur.

Pierre s'éloigna rapidement dans la direction du vallon, très
boisé. Il était parti depuis une demi-heure à peine, quand un
coup de feu, bientôt suivi d'un second, retentit dans la vallée.

Georges voulut s'élancer; mais son oncle s'y opposa.

— Reste, mon ami: à cette heure les fauves commencent à
sortir de leurs repaires, et puis l'écho trompe, et rien n'est
moins certain que l'endroit exact où tu pourrais rencontrer
Pierre.

Un assez long temps se passa, et le marin apparut pliant sous le poids d'une jeune biche. Georges et M. Dover allèrent au-devant de lui et se chargèrent du gibier.

— En voici au moins pour deux jours, dit le marin en déposant son fusil contre une roche et en se mettant en devoir de dépouiller l'animal.

Les voyageurs mouraient de faim : ils firent honneur à la chasse de Pierre, et, le repas terminé, se réunirent autour d'un grand feu.

— Comme c'est bon de se sentir en plein air sous la voûte du ciel et de pouvoir respirer en liberté ! dit M. Dover en allumant un cigare, le premier depuis la promenade sur le lac. Je commençais à étouffer dans ce souterrain.

— Et je croyais bien que nous n'en sortirions jamais, ajouta Mabel.

— Pauvres enfants ! murmura le commandant.

— De quel côté nous dirigerons-nous demain matin, mon oncle ? demanda Georges.

— Droit au nord-est, mon ami ; c'est dans cette direction que nous devons marcher pour rejoindre la mission.

— Dans quelle inquiétude doivent être M. et Mᵐᵉ Price ! observa Mabel ; certainement ils nous croient morts.

— Oui ; les noirs qui nous accompagnaient sont sans aucun doute retournés à la mission et ont raconté qu'ils nous avaient vus disparaître dans une anfractuosité de la roche.

— Peut-être M. Price connaît-il l'existence de ce souterrain, objecta M. Dover.

— C'est peu probable : il nous en aurait parlé. A ce propos, laissez-moi vous rappeler, mes amis, la promesse que nous avons faite à ce noir.

— Nous ne pourrons cependant pas ne point raconter notre aventure ! dit Georges.

— Assurément, mais sans détails, au moins en ce qui touche la façon quelque peu miraculeuse dont nous en sommes sortis et tout ce qui a trait à la mine et à l'histoire de N'Gumbo.

— C'est convenu, approuvèrent les jeunes gens.

— Et pour ne pas nous tromper, mon oncle, nous vous laisserons le soin de raconter les péripéties de notre voyage. .

— J'accepte; maintenant dormons, car demain la journée sera rude : il nous faudra escalader cette montagne.

Tous s'installèrent auprès du grand feu et dormirent tandis que, à tour de rôle, le commandant et Pierre veillaient.

La nuit se passa sans incident, bien que plusieurs fois on entendit dans le voisinage le miaulement des panthères, et dans le lointain, le rugissement des lions répétés par les échos de la montagne. Le lendemain, au lever du soleil, le commandant était debout pour s'orienter et prendre des points de repère.

Après un déjeuner rapide, la petite troupe se mit en route, avançant lentement, car le chemin était rude dans la montagne. Afin de gagner du temps, le commandant allait droit devant lui, pour atteindre au plus vite un sommet d'où il espérait apercevoir la plaine ou tout au moins le lac. Mais, quand il arrivait sur une crête, escaladée péniblement, il ne voyait en face de lui qu'une autre crête qu'il fallait escalader à son tour. Quoiqu'elle ne proférât pas une plainte, Mabel était brisée de fatigue par ces ascensions continuelles sur un sol pierreux et inégal, et sous les rayons brûlants du soleil.

Le commandant faisait des haltes fréquentes ; mais ce n'était qu'un court répit, et la fatigue paraissait plus grande quand il fallait se remettre en marche.

Avant de s'arrêter pour le repas de midi, M. Parr voulait gagner une cime boisée dont il n'était plus très éloigné ; il comptait rester là longtemps, peut-être jusqu'au lendemain matin, car, n'était la crainte que le guide Frantz ne revint pendant son absence, et le désir de voir Mabel arrivée chez M. Price, le commandant n'était pas autrement pressé de rentrer.

La matinée était fort avancée quand les voyageurs pénétrèrent sous bois. Ils ne cherchèrent pas longtemps un endroit convenable et s'arrêtèrent au pied d'un rocher très ombragé.

Aussitôt Pierre se mit en route pour chasser avec Georges.

A cent pas à peine du campement, Georges tira un superbe oiseau. Presque en même temps, un coup de fusil retentit dans la direction que devaient suivre les voyageurs.

Pierre et Georges n'y prêtèrent aucune attention, croyant sans doute à un écho. Mais, quelques instants après, un autre coup de feu éclata, bientôt suivi d'un troisième.

Le marin fit feu à son tour, et on lui répondit.

— Nous ne sommes pas seuls, par ici, dit-il.

— Peut-être nous cherche-t-on? observa Georges.

— Ça se pourrait, faut voir... Retournez près du commandant, M. Georges; moi, je vais au-devant des tireurs.

— Si je t'accompagnais?

— Non, je vous en prie, laissez-moi aller seul.

A regret Georges obéit, tandis que le marin s'éloignait rapidement.

— Qu'est-ce que c'est que cette fusillade? demanda le commandant.

— Je ne sais pas, mon oncle; on a répondu à nos coups de fusils, et je crois que l'on nous cherche; Pierre est parti en reconnaissance.

— Attendons. Si dans un instant il n'est pas revenu, nous tirerons aussi pour le guider.

Le commandant n'eut pas cette peine. Bientôt on vit apparaître Pierre suivi de six noirs.

— M. Georges avait raison! cria-t-il; on nous cherchait et depuis deux jours ces braves moricauds battent la montagne pour nous retrouver; ils sont envoyés par M. Price.

Les nègres furent reçus avec d'autant plus de joie qu'ils apportaient des provisions fort appréciables pour des gens réduits à manger sans pain de la viande grillée au bout d'un bâton. Après un excellent repas et un long repos, on se remit en route, et, malgré ses dénégations, Mabel dut consentir à se laisser porter sur une sorte de palanquin construit avec des branchages.

Le lendemain, vers midi, la petite troupe s'arrêtait à l'entrée de la mission où l'attendaient M. Price et sa digne épouse. Une nuit passée dans un bon lit, et l'excellent accueil du missionnaire et de sa femme eurent bien vite fait oublier aux voyageurs leurs fatigues et leurs émotions.

Le commandant, néanmoins, était fort inquiet: Frantz était-il venu pendant son absence? Le délai minimum indiqué par le guide était passé depuis deux jours. Mais, comment se renseigner? Frantz avait bien recommandé à M. Parr de ne point parler de son retour, il ne pouvait donc questionner le missionnaire.

— Il est vrai, pensait le commandant, que cet homme m'a dit quinze jours au moins, trois semaines au plus; il est donc fort possible qu'il ne soit pas encore arrivé.

M. Parr résolut donc d'attendre, aussi patiemment que possible, le délai maximum fixé par son guide.

Dans la journée, profitant d'un moment où le missionnaire, enfermé dans son cabinet, se livrait à ses pieuses méditations, le commandant se dirigea vers la métairie. Comme il entrait dans la grande cour où son wagon était remisé, un des Zoulous, s'approchant, lui remit un papier.

— De la part de Frantz, dit-il.

M. Parr le lut aussitôt. Il contenait ces mots :

« Ayez courage et bon espoir, et marchez droit vers le nord.
« Peut-être y trouverez-vous celui que vous cherchez. Allez
« même jusqu'aux rives du Zambèze; j'y serai.

« FRANTZ. »

— Depuis quand as-tu ce papier? demanda le commandant.

— Deux jours, répondit le Zoulou.

CHAPITRE XI.

EN ROUTE VERS LE NORD.

Le commandant relut plusieurs fois le billet laconique de Frantz. Son guide avait tenu parole; il était même revenu avant le délai fixé, et la mauvaise chance qui semblait s'attacher à la tentative du commandant voulait que justement il eût entrepris cette partie de chasse et de pêche qui avait failli être fatale à lui et à ses compagnons.

Maintenant, que faire? Fallait-il obéir aux ordres du guide et se mettre en route vers le nord? M. Parr, après avoir longtemps réfléchi, se décida pour l'affirmative, et résolut de mettre Georges et Mabel au courant de ses projets.

Sous prétexte de promenade, il les emmena du côté des ruines, et certain de n'être pas entendu par des oreilles étrangères, leur raconta sa conversation avec le Boër, l'engagement pris par celui-ci, et leur montra le billet qu'il venait de recevoir.

— Qu'allez-vous faire, mon oncle? demanda Mabel.

— Je vais partir, ma chère enfant, et suivre les conseils de cet homme qui m'inspire la plus entière confiance.

— Et vous aurez raison; ce Frantz vous appelle parce que, sans doute, il a recueilli des renseignements pendant son absence; il faut lui obéir.

— C'est aussi mon avis, ajouta Georges.

— J'étais décidé, et c'est surtout pour régler avec vous mes dernières dispositions que je vous ai amenés ici. Dès demain, je vais me mettre en route, j'emmènerai le wagon et les deux Zoulous. Je vais voir M. Dover, qui, j'en suis convaincu, ne demande que de retourner à Prétoria après l'expérience des voyages qu'il a faite avec nous, et je le prierai de vous offrir l'hospitalité dans son wagon ; vous attendrez mon retour soit à Prétoria, soit à Port-Natal ; Pierre m'accompagnera.

— Comment ! s'écria Mabel, comment, mon oncle, vous pensez à nous laisser, à partir seul !

— Oui, ma chère enfant.

— Eh bien ! mon oncle, cela ne sera pas. Quel que soit l'endroit où vous entraine la recherche d'Henry Gérard, nous vous suivrons, nous ne vous quitterons pas.

— Dussiez-vous aller jusqu'au centre de l'Afrique, nous vous y accompagnerons.

— Mais ce n'est pas possible.

— Cela sera, pourtant. Et, d'abord, je refuse absolument de partir avec M. Dover.

— Je prierai M. Price de vous garder chez lui.

— Je n'accepte pas davantage.

— Si j'ordonnais, cependant ? s'écria le commandant.

— Je ne vous obéirais pas, mon oncle, non plus que Georges. Pourquoi voulez-vous vous séparer de nous ? Redoutez-vous la longueur du voyage ?... qui vous dit qu'il doive être long ? Le guide ne vous donne aucune indication à cet égard. Craignez-vous les fatigues, les dangers ? Nous vous avons montré, je crois, que nous ne redoutions pas plus l'une que l'autre.

— Laissez-moi ajouter, mon oncle, dit Georges, que cette manière d'agir pourrait paraitre singulière aux gens à qui vous voulez cacher le but de votre voyage. Nous partons tous, sans dire où nous allons ; quoi de plus naturel que de laisser croire que nous retournons à Prétoria, et, lorsque nous serons hors de vue, de changer notre direction ?... Si au contraire vous nous laissez à la mission, on voudra savoir sur quelles indications vous allez vers le nord, et le secret que vous avez promis à votre guide Frantz sera en partie divulgué.

— Il me semble, mon cher Georges, que tu as fait de singuliers progrès en logique, répondit le commandant en souriant ; tu devrais te faire avocat. Mais tu me donnes là une excellente idée : demain matin, nous nous mettrons tous en route pour

Prétoria, et, lorsque nous serons hors de vue de la mission, je
vous quitterai pour aller vers le nord, tandis que vous conti-
nuerez votre route vers la ville.

— Je vous ai déjà dit, mon oncle, qu'il ne me convenait pas
d'accepter l'hospitalité de M. Dover, repartit Mabel sur un ton
très décidé.

— Pourquoi?

— Ce Monsieur, que je ne connais pas, me déplaît et m'est
souverainement désagréable.

— Raison de femme!

— Puis-je vous en donner d'autres?

Le commandant était fort embarrassé :

— Il faudra, pensait-il, que je subisse jusqu'au bout les con-
séquences de mon insigne faiblesse ; j'ai commis la grosse faute
d'emmener ces deux enfants avec moi, tandis que j'aurais dû les
laisser à Canorsie ; il me sera bien difficile de résister maintenant.

Georges et Mabel regardaient leur oncle et semblaient lire
les réflexions qui s'agitaient dans son esprit.

— A quoi bon vous faire prier ? dit Mabel, puisqu'il faut que
vous cédiez ; c'est du temps perdu. Qu'il soit donc convenu
une fois pour toutes que, partis ensemble, nous rentrerons
ensemble, sans jamais nous quitter.

Mais le commandant n'était pas homme à céder ainsi ; il fit
encore des objections, souleva des difficultés, tenta de résister ;
il n'y parvint pas.

— Soit, dit-il enfin, vous m'accompagnerez ; mais Dieu veuille
que je n'aie pas à me repentir plus tard de ma faiblesse.

— Quand partirons-nous, mon oncle ? demanda Georges.

— Demain est peut-être un peu rapproché; mettons après-
demain; mais dès aujourd'hui je vais faire part à M. Price de
ma décision.

Au dîner, ainsi qu'il l'avait résolu, le commandant annonça
son départ, et comme le missionnaire insistait pour qu'il restât
encore quelques jours, M. Parr déclara nettement que pour

son neveu et sa nièce, comme pour lui, il désirait rentrer le plus tôt possible à Prétoria, gagner Port-Natal et s'embarquer pour l'Amérique.

— Vous abandonnez donc tous vos projets? demanda le missionnaire; et la recherche de cet enfant qui semblait vous tenir tant à cœur lors de votre arrivée?

— Momentanément, du moins, répondit évasivement M. Parr à qui ces mensonges répugnaient.

M. Dover, qui assistait au repas, jeta un singulier regard du côté du commandant; mais personne ne s'en aperçut.

— Je profiterai de votre retour pour rentrer aussi, dit-il; du moins, Monsieur, si vous le permettez.

Le commandant s'inclina en balbutiant quelques mots polis d'acquiescement.

A partir de ce moment, il ne fut plus question que du prochain départ: on fit sortir les wagons de la cour où ils étaient remisés; les bœufs furent ramenés auprès des ruines; M⁰⁰ Price voulut surveiller elle-même les apprêts et elle glissa dans les provisions quelques douceurs à l'intention de Mabel qui avait conquis entièrement la femme du missionnaire. M. Price regrettait que le commandant partît sans un guide sûr; il insistait pour que le voyage fût retardé de quelques jours.

— J'attends Josuah demain soir ou après-demain matin, dit-il; une journée de repos lui suffira, et il vous conduira jusqu'à destination.

Le commandant refusa, tout en remerciant le Révérend de son aimable insistance: ses Zoulous connaissaient la route; le pays était fréquenté; on traverserait plusieurs villages de Boërs, et, le cas échéant, il trouverait facilement un homme pour le guider.

Le surlendemain matin, à l'heure convenue, tout était prêt, les bœufs attelés, les voyageurs en costume de route, et les Zoulous, armés de leurs grands fouets, n'attendaient plus que le signal. M⁰⁰ Price et Mabel se firent de touchants adieux; le commandant et M. Dover exprimèrent au Révérend toute leur reconnaissance, et l'on se quitta comme des gens qui ne doivent plus se rencontrer ici-bas.

La journée était avancée déjà quand le commandant jugea que l'on était assez éloigné de la mission pour changer de direction ; il ordonna donc aux conducteurs de faire halte et se pré-

Le commandant Parr.

para à annoncer à M. Dover que, pour des raisons personnelles, ils allaient se séparer.

— Cher Monsieur, lui dit-il, je me félicite du heureux hasard qui nous a fait vous rencontrer et vivre quelques jours en votre aimable compagnie ; mais tout a un terme et nous allons nous quitter.

— Comment cela, Monsieur ? demanda Dover surpris.

— Vous retournez à Prétoria ; moi, je vais suivre une autre direction. Pour des motifs tout à fait particuliers, je n'ai pas cru devoir mettre M. Price dans la confidence de mes projets ; c'est pourquoi j'ai usé de ce stratagème.

M. Dover paraissait absolument atterré ; il resta un instant sans répondre, et déjà le commandant lui tendait la main pour prendre congé.

— Monsieur, dit enfin Dover, je n'ai pas à apprécier les raisons qui vous font agir ainsi ; mais la nouvelle que vous m'annoncez me confond ; je ne pensais pas que nos relations dussent finir si brusquement.... Nous ne sommes plus tout à fait étrangers l'un à l'autre ; pendant deux jours nous avons partagé les mêmes dangers et vécu dans des conditions qui

font que deux hommes peuvent s'apprécier, s'estimer et, permettez-moi de vous le dire, ressentir l'un pour l'autre plus
que de la sympathie.

Le commandant s'inclina en signe d'assentiment.

— Je ne sais, Monsieur, continua Dover, si j'ai eu le bonheur
de conquérir votre estime; je crois m'être toujours conduit en
galant homme, à part quelques petites faiblesses que vous êtes
trop généreux pour ne pas excuser. Pour ma part, j'ai conçu
pour vous presque de l'admiration; le but que vous poursui-
vez, et que m'a fait connaître M⁸ᵉ Price, me semble tout à fait
beau, et je vous prie de me permettre de vous accompagner.

— Je suis très touché, Monsieur, des sentiments que vous
m'exprimez; mais peut-être serait-il mieux...

— A moins que vous ne m'ordonniez formellement de m'é-
loigner, Monsieur, je vous accompagnerai, et qui sait?... Peut-
être vous serai-je utile et pourrai-je vous payer une partie de
la dette que j'ai contractée envers vous, car, sans vous, sans
votre brave marin....

— Ne parlons pas de cela, Monsieur; en travaillant à vous
sauver, c'est pour mon neveu et ma nièce que je travaillais.

— J'attends votre décision, Monsieur.

Le commandant hésitait.

— Eh bien, soit, Monsieur; je vous autorise à nous suivre
mais je répudie dès maintenant toute responsabilité, au cas où
il vous arriverait un malheur quelconque. Vous nous accompagnez parce que vous le voulez bien; rien ne vous y oblige,
ni la reconnaissance, ni....

— C'est entendu, Monsieur, et merci.

M. Dover prit la main de M. Parr et la serra avec effusion.

Après s'être entretenu un instant avec le Zoulou qui lui
avait remis la lettre de Frantz et lui avoir indiqué la nouvelle
direction, le commandant donna l'ordre de se mettre en route.
A peine le convoi avait-il fait deux milles que Georges, se
retournant, s'écria :

— On court après nous!

Le commandant vit en effet un cavalier lancé au galop, se dirigeant vers les wagons. Arrivé à cent mètres environ des voyageurs, le cavalier arrêta son cheval, tourna bride et repartit par où il était venu.

— On dirait que c'est cet affreux Josuah, observa Georges.

— Il m'a semblé le reconnaire, répondit le commandant dont la figure s'assombrit.

— Est-ce que M. Price l'enverrait pour vous espionner ? demanda Dover.

— M'espionner! et pourquoi?... Non, je crois plutôt que c'est un simple mouvement de curiosité de la part de cet homme. Le missionnaire l'attend; il a aperçu les wagons, et il a voulu savoir ce qu'ils étaient. Mais, ce soir, M. Price saura que je l'ai trompé, et cela me contrarie, car, sans une circonstance particulière, indépendante de ma volonté, je n'avais aucune raison pour cacher au Révérend le changement que je viens d'opérer dans mon itinéraire.

Cet incident fut bien vite oublié, et le convoi continua son chemin jusqu'à la couchée, qui eut lieu à l'entrée des grands bois qui bordent les rives du Limpopo, dont on remit la traversée au lendemain matin.

CHAPITRE XII

CHASSE AU LION.

Il était tard, le lendemain, quand, après avoir traversé la forêt qui borde les rives du Limpopo, la petite caravane atteignit le fleuve.

— Si je ne me trompe, dit M. Dover qui marchait en avant avec le commandant, le Limpopo se nomme aussi fleuve des Crocodiles.

— Oui; mais ces animaux, autrefois fort nombreux, sont devenus rares, du moins dans ces parages où les eaux sont basses et le lit étroit. Je tiens ces renseignements d'un de vos Zoulous.

— Je le regrette presque.

— Pourquoi?

— J'aimerais à envoyer une balle à un de ces animaux.

— Mon rêve! s'écria Georges. A West-Point, où j'ai fait mes études, j'avais pour camarade un Louisianais qui me parlait sans cesse des grands étangs de son pays, remplis de ces animaux immondes, aux yeux glauques, qui se chauffent au soleil, la gueule largement ouverte, immobiles, guettant leur proie, avec une patience qui ne se lasse jamais. Et je m'étais toujours promis qu'à la première occasion, j'en prendrais un pour cible.

— Cette occasion peut se présenter, et alors tu en profiteras; nous n'avons pas le temps de la chercher, fit observer le commandant; pour le moment, il faut traverser la rivière et nous éloigner au plus vite de cette région que l'on dit fort malsaine.

A ce moment, les wagons arrivaient.

— Il va falloir prendre un bain de pied, dit Pierre en s'arrêtant sur la berge.

— Je pense que l'eau est assez basse pour que les wagons puissent traverser sans être envahis, répondit le commandant.

On consulta le Zoulou qui servait de guide.

Celui-ci donna l'ordre à ses camarades de longer la rive, à gauche, en remontant le cours du fleuve, afin de trouver un gué situé à quelques centaines de mètres plus haut. Après une demi-heure de marche et quelques recherches d'abord infructueuses, on rencontra le gué, et les deux wagons purent traverser assez facilement, puis, de nouveau, le convoi s'enfonça dans l'épaisse forêt, où il marcha jusqu'à la tombée de la nuit.

Le lendemain et les jours suivants se passèrent sans incident. Le matin, de très bonne heure, la petite troupe se mettait en route et marchait jusqu'à dix heures. Elle s'arrêtait alors jusqu'à quatre heures pour laisser passer la grande chaleur, puis le voyage recommençait jusqu'à la nuit.

Tantôt les voyageurs suivaient à pied, tantôt ils montaient dans le wagon du commandant et causaient pour charmer les longueurs du voyage.

Pendant ces causeries auxquelles le commandant ne prenait guère part, M. Dover avait réussi à gagner les sympathies de ses compagnons ; Georges le trouvait un très gai camarade ; Mabel, revenue un peu sur son compte, n'était pas éloignée de croire que c'était en effet pour elle qu'il entreprenait ce voyage, et le commandant, flatté de la grande déférence que lui témoignait le jeune Anglais, ne regrettait plus de lui avoir permis de l'accompagner. Seul, Pierre continuait à se tenir sur une grande réserve vis-à-vis de M. Dover; il ne l'aimait pas, ne laissait passer aucune occasion de lui être désagréable, malgré les observations réitérées de M. Parr.

Un jour, Georges questionna le marin.

— Que t'a donc fait M. Dover? lui demanda le jeune homme.

— Rien, mais je ne l'aime pas.

— Pourquoi ?

— D'abord, parce qu'il est Anglais.

— Quel enfantillage !

— Vous ne pouvez pas comprendre cela, vous, M. Georges, qui êtes Américain. Voyez-vous, j'ai beau vivre en Amérique, je n'en suis pas moins Français ; et, quoi que je fasse, je ne saurais oublier les haines et les affections de mon enfance. Défunt mon père, qui avait fait la course contre les habits rouges, ne pouvait pas les sentir, et, dans mon jeune temps, on les détestait rudement sur les côtes de la Manche. Eh bien, j'ai beau faire, il me reste quelque chose de cette haine-là.

— As-tu d'autres motifs?

— Peut-être.

— Qu'est-ce que c'est ?

— Qu'est-ce que c'est ? Je ne sais pas comment vous expliquer cela, moi ; c'est quelque chose qui me dit: « Pierre, méfie-toi, mon garçon ; ce terrien-là n'est pas franc du collier ; il a peur pour sa peau » ; et puis, il a des manières de me parler et de me regarder qui ne me reviennent pas, quoi !

— Je te répète que ce sont des enfantillages.

— Possible, mais c'est comme ça.

— Vieil entêté !

Ce même jour, c'était le cinquième depuis le départ de la mission. Peu de temps avant de faire halte pour la nuit, sur le bord d'une petite rivière, Georges, M. Dover et le commandant qui marchaient à quelque distance en avant des wagons, aperçurent des antilopes, qui, à leur approche, s'enfuyaient et cherchaient un refuge dans un fourré voisin. Sans être absolument boisé, le pays que traversait alors la caravane était couvert de hauts buissons au centre desquels s'élevaient de grands arbres. Georges tira une des antilopes et la manqua ; mais il crut l'avoir blessée et s'élança à sa poursuite, malgré les observations de son oncle.

Voyant que l'enfant ne l'écoutait pas, le commandant le suivit ; M. Dover l'imita.

Devant eux, Georges courait toujours, et il atteignit bientôt un terrain au sol pierreux, parsemé de gros rochers, qui surgissaient de terre et annonçaient le voisinage des montagnes qui s'élevaient sur la gauche. A un moment, le commandant et son compagnon virent Georges s'arrêter, épauler son fusil et viser lentement un animal invisible, caché par un fourré.

— Il ne s'était pas trompé, dit M. Dover, et c'est son antilope qu'il achève.

Il avait à peine terminé sa phrase, qu'un coup de feu retentit, et Georges s'écria :

— Touché ! touché ! Il est touché.

Et tout en rechargeant son fusil, il revint en courant vers le commandant. Mais il avait à peine fait dix pas, qu'un énorme lion bondit du fourré et s'abattit sur Georges qu'il renversa. Instinctivement, le jeune homme fit un mouvement. Pour le maintenir, le lion posa sa patte puissante sur une épaule de l'enfant, et, battant violemment ses flancs avec sa longue queue, il poussa un effroyable rugissement, semblant défier les deux chasseurs qui s'avançaient vers lui.

M. Parr s'approcha de quelques pas et, visant le lion entre les deux yeux, fit feu.

La balle atteignit l'animal au sommet du crâne et se perdit dans son épaisse crinière. Aussitôt, le lion, lâchant Georges, bondit sur ce nouvel agresseur. C'est ce qu'avait cherché le commandant.

Mais, au moment où l'animal, rendu furieux, allait atteindre M. Parr, Dover lui tira un coup de fusil à bout portant qui l'arrêta net dans sa course, et, de nouveau, changeant de but, le lion se jeta sur l'Anglais qu'il saisit par l'épaule dans ses terribles mâchoires. Puis, au même instant, il roula sur le côté, ses pattes s'allongèrent, son corps fut secoué par une sorte de soubresaut, et il expira.

Le commandant allait courir d'abord au secours de Georges;

mais déjà le jeune homme était debout, très pâle, tremblant d'émotion et de crainte, mais sain et sauf. Il rejoignit son oncle, et tous deux s'empressèrent autour de Dover. Le malheureux était privé de sentiment. Le commandant et Georges le soulevèrent et l'étendirent à quelques pas de là; puis ils se mirent en devoir de visiter sa blessure.

Les dents du lion avaient lacéré la veste de chasse que portait l'Anglais; mais elles avaient pénétré peu profondément dans les chairs qui étaient plutôt meurtries que déchirées.

— C'est moins grave que je ne le craignais, dit M. Parr. Il en sera quitte pour quelques jours de repos. Va chercher du secours au wagon.

Georges s'élança; mais, à peu de distance, il rencontra Pierre qui arrivait, inquiet des nombreux coups de fusil qu'il avait entendus.

Le commandant et le marin emportèrent le blessé, qui fut commodément installé dans son wagon, puis Mabel s'établit auprès de lui pour le soigner. M. Dover fut longtemps avant de reprendre connaissance. Quand il revint à lui, il eut un violent accès de fièvre, puis il tomba dans un sommeil profond.

On passa la nuit à cet endroit, et Pierre, aidé des Zoulous, enleva la peau du lion qu'il nettoya soigneusement et prépara en étendant dessus une épaisse couche de cendre.

— Tout de même, dit-il à Georges, c'est vous qui l'avez tué!

— Non, c'est Dover, et sans lui...

— Oui, à ce que m'a dit le commandant, il n'a pas été capon.

— Il a fait preuve au contraire d'un grand courage, et je pense que tu reviendras de la mauvaise opinion que tu avais de lui.

— Je ne dirai plus qu'il a peur pour sa peau; mais pour ce qui est de l'aimer, c'est autre chose.

Aussitôt que Dover put parler sans danger, le commandant voulut lui exprimer sa reconnaissance. L'Anglais se défendit, attribuant au hasard le résultat de son coup de fusil et imposa silence à M. Parr, qui ne crut pas devoir insister. Pendant plusieurs jours, M. Dover resta couché dans son wagon; sa blessure se cicatrisait, mais il était très faible et avait encore de la fièvre.

Cependant, le commandant commençait à trouver que le malade était bien lent à se rétablir.

— Vous devriez quitter votre wagon et essayer de marcher un peu, lui dit-il un jour; je suis certain que cela vous remettrait tout à fait.

M. Dover obéit.

Le soir, comme Mabel lui demandait comment il se trouvait de la marche qu'il avait faite sur le conseil du commandant, il répondit;

— Bien, et je le regrette.

Mabel ne répliqua pas.

— Oui, reprit Dover, je regrette les longues heures que nous passions ensemble dans ce wagon : vous, me soignant, me parlant pour me distraire. et moi, vous regardant, heureux de vous sentir près de moi... Ah !... ces heures-là, j'affronterais tous les lions de l'Afrique, pour les revivre encore.

Mabel crut devoir protester, en plaisantant.

— Eh bien ! vous n'êtes pas difficile : on étouffait, dans votre wagon, sans compter qu'on y était horriblement cahoté.

— Vous riez, Mademoiselle, et c'est mal, car je vous jure que je vous dis la vérité, moi.

— Toutes les vérités ne sont pas bonnes à dire.

— Vous êtes cruelle; vous voyez que je souffre, et, au lieu de me consoler, vous plaisantez; mais, vous ne comprenez donc pas?...

— Si, M. Dover; ou du moins, je crois comprendre, et c'est pour cela que je ne veux pas vous écouter plus longtemps.

— Quoi! vous refusez de m'entendre?

— Assez sur ce sujet, ou vous me feriez regretter d'avoir oublié que vous étiez un étranger, pour me souvenir seulement que vous souffriez. J'ai contracté vis-à-vis de vous une dette

de reconnaissance, je veux la payer en vous donnant mon amitié; ne me demandez rien de plus.

— Et si je vous disais que je n'en veux pas de votre amitié !
que cela ne me suffit pas !

— Je vous répondrais, Monsieur, qu'on ne commande pas
à son cœur.

— Ainsi, vous ne m'aimez pas !

— Non, ou du moins, pas comme vous l'entendez.

— Eh bien ! permettez-moi de vous aimer, moi.

Les bœufs peinaient terriblement.

— Oh! cela, je ne puis l'empêcher. Mais vous me rendrez cette
justice que je n'ai rien fait pour provoquer le sentiment dont
vous parlez ; que je me suis comportée avec vous loyalement et,
si je puis m'exprimer ainsi, comme un bon camarade, et rien
de plus.

— Je ne vous reproche rien ; mais vous me désespérez.

— Si vous voulez m'être agréable, Monsieur, nous ne reviendrons jamais sur ce sujet qui m'est pénible, qui, comme vous
devez le comprendre, rendrait la vie commune impossible, et
me forcerait à prier mon oncle de se séparer de vous.

— Je vous obéirai.

Mabel s'éloigna rapidement, et rejoignit son oncle et Georges
qui marchaient en avant du convoi.

Pendant cinq jours encore, les voyageurs cheminèrent dans

un pays relativement beau, où ils trouvaient de l'eau en abondance, où des bouquets d'arbres leur prêtaient l'ombre de leur
feuillage, où ils n'avaient pas trop à souffrir de la chaleur du
soleil; puis ils s'engagèrent dans une région plus désolée, une
plaine unie, sans limite jusqu'à l'horizon, dénuée d'arbres et de
végétation. Dans cette plaine, les bœufs peinaient énormément;
haletantes, les pauvres bêtes marchaient lentement, souffrant
de la faim, car elles ne trouvaient plus, pour se nourrir, qu'une
herbe courte et brûlée par le soleil.

Les voyageurs, eux aussi, commençaient à ressentir vivement la fatigue: la marche était pénible, le séjour dans les
wagons plus pénible encore, et, d'après les calculs du commandant et les renseignements fournis par le Zoulou qui servait
de guide, on était à peine aux deux tiers du chemin.

M. Parr était inquiet: il se reprochait d'avoir entrepris ce
voyage un peu à la légère, sans s'informer, sans se préoccuper
des difficultés de la route, et surtout d'avoir cédé à la fantaisie
de Mabel et de Georges, au lieu d'imposer sa volonté.

Quoi qu'il en soit, le commandant affectait la plus grande
tranquillité; il cachait avec soin ses préoccupations pour ne
pas alarmer ses compagnons, et semblait le plus rassuré du
monde.

Un seul des voyageurs devinait ses inquiétudes, ou du moins
osa le lui dire: c'était M. Dover.

— Commandant, lui dit-il, un soir que tous deux étaient
restés près du feu allumé devant les chariots, voulez-vous me
permettre une question?

— Certainement, Monsieur.

— Où allons-nous?

— Sur les bords du Zambèze.

— C'est là que vous espérez trouver celui que vous cherchez?

Le commandant regarda son interlocuteur et répondit:

— J'ai tout lieu de le croire.

— Il faut en effet que vous ayez des renseignements bien
précis pour entreprendre un pareil voyage.

— Très précis, en effet, Monsieur.

— Je m'étonne, alors, qu'au lieu de vous mettre immédiatement en route, vous ayez perdu quinze jours à la mission. Sans compter que ces quinze jours ont failli nous coûter la vie.

— Je n'ai eu les renseignements que le lendemain de mon retour.

— Ah!

Il y eut une telle expression de surprise dans cette exclamation que le commandant en fut frappé; il regretta presque d'avoir répondu aussi franchement aux questions de M. Dover. Mais quelles raisons avait-il de se méfier de lui? Pourquoi aurait-il caché la vérité à cet homme dont la conduite était si correcte et qui n'avait pas craint de risquer sa vie pour sauver celle de Georges et du commandant? Néanmoins, M. Parr résolut d'être plus circonspect une autre fois.

Un instant après, les deux hommes se séparèrent; le commandant rentra dans son wagon, et M. Dover regagna le sien, mais pour en sortir bientôt. L'Anglais se laissa glisser en bas du lourd véhicule, regarda si personne n'épiait sa sortie et se dirigea vers un bouquet de lentisques au pied duquel dormaient les Zoulous. Il se baissa, examina un instant les hommes au visage bronzé et réveilla l'un d'eux.

Comme un chien, qu'il suffit de siffler pour qu'il se lève immédiatement, le Zoulou se dressa sur ses jambes, et, obéissant à un signe de M. Dover, le suivit derrière le fourré.

— C'est toi qui nous conduis? dit l'Anglais au noir; où allons-nous?

— Tout droit vers le nord.

— Qui t'a dit d'aller là?

— Le commandant.

— Qui lui a donné cette indication?

— Un papier.

— Quel papier?

— Un papier que je lui ai remis.

— Qui te l'avait donné?

— Un Boër.

— Le connais-tu?

— Non.

— Tu ne l'as jamais vu?

— Jamais.

— Quand est-il venu?

— Deux jours avant le départ.

— C'est bien, va te coucher, et n'oublie pas que tu es à ma solde.

Le Zoulou retourna prendre sa place et M. Dover rentra dans son wagon.

— Allons, murmura-t-il en s'étendant sur ses couvertures, voilà qui va bien; nous ne marchons pas à l'aventure, ce dont j'avais grand'peur.

CHAPITRE XIII

ATTAQUE NOCTURNE.

Pendant cinq jours encore, les voyageurs continuèrent leur route dans un pays plat et dénudé, puis ils arrivèrent à un village au delà duquel s'élevaient de hautes collines boisées.

Le commandant installa son campement à quelque distance des huttes, et il se disposait à se rendre chez les indigènes pour se procurer des vivres frais, quand il aperçut un Européen venant au-devant de lui.

C'était un Anglais, établi depuis quelques années dans le pays, où il faisait le commerce d'échange avec les indigènes. Heureux de rencontrer, dans cette région perdue, des hommes parlant le même langage que lui, le traitant emmena les voyageurs dans sa maison, qui n'était guère qu'une hutte un peu plus grande que les autres, mais confortablement installée à l'intérieur.

Mabel, Georges et M. Dover éprouvèrent une véritable joie de se trouver assis autour d'une vraie table copieusement servie, dans une salle à manger qu'ils eussent jugée misérable en tout autre circonstance, mais qui leur parut presque luxueuse.

Après avoir parlé un peu de tout, dit le but de son voyage et questionné le commerçant anglais qui se nommait M. Steal, le commandant s'informa du chemin qui lui restait à faire pour atteindre au Zambèze.

— Si vos bœufs ne sont pas trop fatigués, dans cinq jours vous serez arrivés. A partir d'ici, vous allez entrer dans la région boisée; la route sera pénible pour les animaux, mais vous n'aurez pas à redouter la chaleur.

— Y a-t-il quelque danger?

— A part les fauves, aucun de ce côté-ci du fleuve. Sur l'autre rive, c'est une autre affaire.

— Toujours à cause de la possession des territoires que se disputent les Anglais et les Portugais? demanda le commandant.

— Vous êtes au courant?

— Oui ; M. Price, le chef de la mission de Soul's-Port, nous a dit.....

— Il a pu vous renseigner mieux que personne, car il est un des agents les plus actifs de la propagande anglaise. C'est lui qui, par ses espions, tient le gouverneur du Transvaal au courant de tout ce qui se passe sur les bords du Zambèze. Un de ses émissaires est passé ici, se dirigeant vers la mission, il n'y a pas plus d'un mois.

Ces paroles du négociant rappelèrent au commandant que, le jour de son installation chez le missionnaire, Josuah Lewis rendait compte à son maître d'un voyage dans cette région et repartait aussitôt pour Prétoria.

— Mais, reprit M. Steal, le colonel Serpa Pinto, qui est à la tête du mouvement portugais, est aussi bien renseigné que lui ; il sait, à point nommé, tout ce qui se passe de ce côté du fleuve ; il est prévenu de tous les projets du gouverneur anglais, assez à temps pour les déjouer. On prétend qu'il est en relations avec les habitants de Prétoria.

— Comment cela ?

— Par des Boërs, chasseurs d'éléphants, qui, sous divers prétextes, se rendent dans cette ville.

— Mais je ne vois pas ce que les Boërs ont à faire dans cette querelle entre deux gouvernements étrangers, querelle qui, en somme, se passe fort loin de leur territoire.

— Ah! voilà ! M. Price ne vous a pas prévenu de ce fait. Vous savez qu'en 1878, après la guerre entre l'Angleterre et la République d'Orange, guerre qui nous coûta nos meilleurs soldats, M. Joubert, le Président des Boërs, conclut la paix à des conditions fort honorables pour lui ; quelques-uns de ses

plus dévoués auxiliaires, ceux qui s'étaient montrés les plus
ardents dans la lutte, désapprouvèrent la conduite de leur
chef et voulurent continuer la guerre. Dans l'impossibilité où
ils étaient de le faire, ils quittèrent les villes et se firent chasseurs d'éléphants. Dès qu'ils apprirent les prétentions du colonel Serpa Pinto, ils vinrent se mettre à son service, et ils ne
sont pas ses alliés les moins utiles et les moins dévoués. Ce
sont de rudes hommes, habiles tireurs, braves, déterminés,
ignorant la fatigue, ne connaissant pas le danger et animés
d'une haine profonde contre l'Angleterre.

— Savez-vous les noms de ces irréguliers? demanda curieusement le commandant.

— Non; mais je sais que l'un d'entre eux, le plus jeune, je
crois, a enrôlé tous les mécontents et qu'il a formé une bande
de gaillards qui pourraient, au moins pendant quelque temps,
faire subir bien des pertes à l'Angleterre, d'autant plus qu'ils
connaissent admirablement le pays, et sont en relations avec
tous les chefs des nombreuses tribus Makokolos, qui ont pro-
clamé leur indépendance il y a vingt-cinq ans.

— De sorte, reprit M. Parr après un moment de silence,
que vous nous conseillez de ne pas nous aventurer de l'autre
côté du Zambèze?

— Cela ne serait pas prudent; on pourrait vous prendre
pour des Anglais, et les tribus ralliées au Portugal seraient
capables de vous faire un mauvais parti.

— Je vous remercie du renseignement; mais, assez de politi-
que comme cela.

On changea de conversation; le traitant donna d'intéres-
sants détails sur le pays, ses ressources, ses habitants, puis,
à la nuit, on se sépara.

Le lendemain les voyageurs se mirent en route, plus tôt que
de coutume, pleins d'ardeur en sentant qu'ils allaient bientôt
atteindre le fleuve.

Après la première halte, ils entrèrent dans la région fores-
tière et durent ralentir leur marche : sous les grands arbres,

le sol humide et peu solide s'enfonçait, et les roues des lourds wagons y entraient profondément. De temps en temps, on côtoyait de petits étangs vaseux couverts d'une végétation abondante, qui donnaient asile à de nombreux oiseaux, et aussi, affirma le guide, à des serpents.

Ce matin-là, on dut faire halte au bout de trois heures, pour laisser reposer les bœufs; et la marche de l'après-midi fut, elle aussi, moins longue que d'ordinaire.

A mesure que les voyageurs se rapprochaient du fleuve, la forêt devenait plus dense, les arbres plus élevés, le chemin plus pénible.

La nuit, on entendait des bruits inquiétants d'animaux rôdant autour du camp, attirés par l'odeur de la cuisine et par la présence des bœufs. M. Parr, Georges, M. Dover et Pierre veillaient à tour de rôle sur les wagons, et les Zoulous se relevaient pour garder les animaux.

La première rencontre de Georges avec le lion ne l'avait pas effrayé et il brûlait du désir de se mesurer encore avec le roi des forêts; mais le commandant s'y opposait de tout son pouvoir.

— C'est bien assez d'avoir à se défendre contre ces animaux sans aller les attaquer, disait-il ; garde ta poudre et ton courage pour le jour où, ne pouvant les éviter, tu te trouveras face à face avec eux.

Georges obéissait à regret, se contentant de désirer la visite d'un de ces hôtes dangereux. Il fut servi à souhait.

Deux jours après le départ du village, à la suite d'une marche pénible sous une pluie battante qui avait transformé en lac de boue claire le sol de la forêt, le commandant établit son campement dans une petite clairière, auprès d'une crique desséchée, mais que l'orage eut bientôt transformée en un petit torrent. La terre était tellement détrempée que Pierre ne put allumer de feu, et que le souper se composa uniquement de conserve de viande mangée sur le pouce, dans le wagon.

Au lieu de s'écarter, comme d'ordinaire, les bœufs se tenaient serrés les uns contre les autres auprès des voitures, tournant leurs croupes ruisselantes du côté où venait l'averse.

Les Zoulous s'étaient réfugiés sous les wagons et surveillaient de loin les animaux qui ruminaient la tête baissée.

Soudain, dans le grand silence de la nuit, éclata, comme un coup de tonnerre, le rugissement d'un lion, auquel répondit presque aussitôt, à peu de distance, la voix puissante d'un autre.

Un lion s'abattit sur un des bœufs.

Les voyageurs sautèrent sur leurs fusils et s'élancèrent hors des wagons, prêts à repousser l'attaque des fauves.

Affolés par le voisinage des lions, les bœufs s'enfuyaient dans toutes les directions, sans que les Zoulous, dans la crainte de rencontrer les fauves, osassent les poursuivre.

—Tas de clampins ! criait Pierre en montrant le poing aux noirs; ils vont laisser dévorer le bétail !

— De quel côté sont-ils ? demanda le commandant; car, de nouveau, tout était rentré dans le silence.

Comme pour lui répondre, un rugissement retentit à sa gauche.

— Attention ! ordonna-t-il.

Au même instant, une masse, qui dans l'obscurité parut gigantesque, passa dans l'air et s'abattit sur un bœuf qui cherchait à se blottir sous le wagon de M. Dover.

Terrassé, l'animal roula sur le sol, et les griffes du lion s'enfoncèrent profondément dans ses chairs, tandis qu'un bruit d'os broyés, accompagné d'un beuglement de douleur, terrifiait les chasseurs.

Pierre reprit son sang-froid le premier et tira, presque à bout portant, sur le lion, qui demeura un instant immobile.

Le commandant profita de ce court répit pour envoyer une balle au fauve qui roula, sanglant, près de sa victime.

— Attention à l'autre ! s'écria Pierre en rechargeant son fusil.

Sans doute le bruit des armes l'avait effrayé, car, bien que les chasseurs restassent longtemps sur le qui-vive, le compagnon du mort ne vint pas, et l'on n'entendit même plus de rugissements cette nuit-là.

Le lendemain, presque toute la matinée fut employée à chercher les bœufs ; tout le monde s'y employa. On les retrouva réunis dans une grande clairière où poussait une herbe haute et dure qu'ils tondaient gloutonnement.

A leur vue, les Zoulous poussèrent des exclamations de désespoir.

Au milieu du vert gazon où paissaient les bœufs, ils venaient de reconnaître une herbe savoureuse, dont ils sont très friands, mais qui est pour eux un poison mortel et violent.

Les noirs eurent bien de la peine à chasser le bétail de ce pâturage et à le ramener près des wagons. L'effet de l'herbe empoisonnée ne tarda pas à se faire sentir : deux heures plus tard, onze bœufs étaient morts. Avec celui tué par le lion et trois autres qu'il fut impossible de retrouver, cela diminuait de quinze le nombre des animaux destinés à traîner les wagons.

On résolut immédiatement de décharger le véhicule le moins encombré, celui de M. Dover, et de transporter tout ce qu'il contenait dans celui du commandant et d'y atteler vingt-quatre bœufs. Le wagon de M. Dover fut occupé par les voyageurs, qui prirent avec eux le strict nécessaire, des vivres pour cinq jours, leurs armes, leurs munitions, et résolurent de marcher en avant, traînés par les onze bœufs qui restaient. Le Zoulou qui servait de guide prit la conduite de ce wagon et laissa l'autre à la garde de ses compagnons auxquels on donna rendez-vous sur le bord du fleuve.

Le commandant espérait, grâce à cette combinaison, abréger son voyage d'une journée et rattraper le temps perdu dans la recherche des bœufs. Le wagon partit donc immédiatement et voyagea une grande partie de la nuit.

Après quelques heures consacrées au repos, M. Parr donna ordre de se remettre en route. Il comptait, en se hâtant ainsi, atteindre le Zambèze le lendemain dans la soirée.

Un événement tout à fait imprévu vint, au dernier moment, déjouer les calculs du commandant et mettre en péril le succès de son entreprise.

CHAPITRE XIV

PRISONNIERS.

Pour la dernière nuit le commandant Parr établit son campement sur une hauteur dominant la plaine qui maintenant coupait largement la forêt, et d'où, le lendemain matin, il devait apercevoir le Zambèze.

Auprès du wagon, on avait fait un grand feu de bois mort, ramassé pendant la route, et, gaiement, comme des gens dont les fatigues sont momentanément terminées, oubliant les pénibles journées et les ennuis d'un long et monotone voyage, les compagnons de M. Parr s'entretenaient avec lui, escomptant l'avenir, se réjouissant du succès.

La conversation se prolongea fort avant dans la nuit, et le commandant dut plusieurs fois rappeler à ses compagnons qu'il se faisait tard, et que, le lendemain, on se mettrait en route de bonne heure. Enfin, tout le monde se leva. Pierre, qui sommeillait à l'écart, vint près du feu, car il devait faire la première faction.

Mabel, tout en causant avec Georges, se rapprochait du wagon, tandis que M. Dover, un peu en arrière, demandait une explication au commandant.

Soudain, des ombres surgirent du fourré voisin en brandissant au-dessus de leurs têtes de longues lances, et en un clin d'œil, les voyageurs furent entourés de nègres armés d'assagaies et de fusils.

Deux des noirs s'emparèrent de Mabel et de Georges, les enlevèrent de terre et disparurent sous bois.

Le commandant, Pierre et M. Dover voulurent se lancer à la

poursuite des ravisseurs; mais ils furent terrassés et réduits à l'impuissance avant même de pouvoir se mettre sur la défensive; du reste, ils n'étaient pas armés; les fusils et les revolvers étaient restés dans le wagon.

Les prisonniers voulurent résister; Pierre surtout se débattait

Un noir s'empara de Mabel.

comme un forcené, jouant des pieds et des poings, endommageant fort ceux qui s'approchaient trop de lui. Peine inutile, il fut ligoté et renversé comme ses compagnons.

— Que nous voulez-vous? demanda le commandant dès qu'il put parler.

Les hurlements des noirs couvrirent sa voix, et sur les ordres d'un guerrier plus grand que les autres, couvert d'ornements brillants, de fétiches et d'oripeaux, les trois hommes furent saisis et emportés par quelques-uns des nègres, tandis que les autres mettaient le wagon au pillage.

Après avoir marché pendant une demi-heure environ, ceux qui portaient le commandant et ses deux compagnons les déposèrent sur le sol, coupèrent les liens qui entravaient leurs jambes et leur firent signe de marcher.

Le commandant et Pierre n'avaient qu'une pensée : savoir où l'on avait conduit Mabel et Georges; aussi, dans l'espoir de les rejoindre, ne se firent-ils pas prier pour allonger le pas.

— Où diable ces affreux moricauds nous mènent-ils? demanda Pierre au commandant en se rapprochant de lui.

— Je l'ignore; mais j'espère que nous reverrons bientôt les enfants.

— Ah! ne me parlez pas de cela, commandant, car ça me donne envie de me jeter sur un de ces brigands et de le mordre.

— Calme-toi, Pierre! A quoi servirait une lutte inutile? A te faire tuer, peut-être.

Les noirs ne semblaient pas comprendre ce que disaient Pierre et M. Parr; cependant, leurs paroles paraissaient les intéresser. Chaque fois que les prisonniers parlaient, leurs gardiens échangeaient entre eux des signes d'intelligence. M. Dover était très abattu; ce contre-temps semblait l'affecter singulièrement; il marchait la tête basse, répondant à peine aux quelques paroles que lui adressa le commandant.

Quand le soleil se leva à l'horizon, les prisonniers ne s'étaient pas encore arrêtés.

— Nous n'allons plus vers le fleuve, dit le commandant à Pierre; le soleil se lève derrière nous, et le Zambèze est au nord ; nous marchons vers l'ouest.

— Je m'en étais bien aperçu, répondit le marin, de même que je me suis aperçu aussi que le chemin que nous suivons porte l'empreinte de pas nombreux. Une troupe doit nous précéder.

— Sans doute celle qui emmène Mabel et Georges.

— C'est probable.

A ce moment, le sauvage qui marchait en tête de la colonne changea subitement de direction et tourna à droite.

— Nous remettons le cap au nord, dit Pierre.

Un instant après, la troupe s'arrêta, fit entrer les prisonniers dans un épais fourré, et, tandis que quelques hommes s'installaient auprès d'eux pour les garder, le gros de la colonne continua sa route.

— Eh bien, M. Dover ? demanda le marin qui venait de s'asseoir auprès du jeune Anglais, qu'est-ce que vous pensez de cette aventure ?

— Je pense qu'elle est plus sérieuse que vous ne semblez le croire. Il y a des tribus féroces parmi les peuplades qui vivent près des rives du Zambèze.

— Il y a même des brigands qui mangent leurs semblables, ajouta Pierre.

Un frisson d'horreur secoua M. Dover. Le marin s'en aperçut et, bien que le moment fût mal choisi pour plaisanter, il dit, en riant :

— Pour moi, ça n'offre pas un grand danger ; je suis assez maigre et assez tanné pour que le plus affamé refuse de mordre à ma vieille carcasse ; mais vous...

Dover comprit l'intention de Pierre ; il lui jeta un regard de colère, et répondit méchamment :

— Et Mᵐᵉ Mabel ?... et M. Georges ?...

— Taisez-vous ! Tonnerre à la voile !

— Eh bien ! qu'y a-t-il ? demanda M. Parr.

— Rien, commandant ; c'est moi qui voulais rire, et Monsieur qui prend mal la plaisanterie.

— Le fait est que ce n'est pas le moment.

— J'ai tort, commandant ; Monsieur me l'a fait comprendre.

Après une heure de repos, les noirs firent signe aux prisonniers qu'il fallait se remettre en route, et de nouveau la petite troupe s'achemina à travers bois, dans la direction du nord.

— Nous devons approcher du fleuve, dit le commandant ; la route ne descend presque plus, et la végétation devient de plus en plus intense.

Deux heures après, les prisonniers, sortant du bois, débou-

chaient sur les bords du Zambèze. La rive était encombrée
de noirs, à la tête desquels se tenait un homme de haute taille.
Ses épaules étaient couvertes d'une magnifique peau de lion-
ceau ; à son cou pendaient de nombreux colliers, ornés d'amu-
lettes et de gris-gris; une bande de cuir ceignait sa tête et
comprimait une abondante chevelure crépue. Dans sa main
droite, il tenait un fort beau fusil double, et dans la main gauche, une sorte de bâton de commandement.

A l'arrivée des prisonniers, le chef fit quelques pas au-
devant du commandant et lui dit avec un accent guttural :

— Anglais ?

— Non, Américains.

— Si, Anglais.

— Mais non, tête de bois ! s'écria Pierre, non, non, pas
Anglais !

Puis désignant Dover :

— Lui, Anglais ; nous, non.

Le chef fit un signe et les noirs emmenèrent les prisonniers
vers le fleuve dont les berges, très élevées, leur cachaient les
bords. Une vingtaine de grands canots étaient amarrés aux
herbes de la rive. Dans une des embarcations, le commandant
aperçut Georges et Mabel sous la garde de deux noirs. A la vue
de son neveu et de sa nièce, le commandant ne put retenir un
cri de joie; les deux jeunes gens l'entendirent et y répondirent.

On fit embarquer M. Parr, M. Dover et Pierre dans la pirogue
où étaient déjà Georges et Mabel ; le chef y prit place à son
tour ; les autres pirogues se remplirent, et la petite flottille
traversa le fleuve et aborda sur l'autre rive.

Aussitôt débarqués, les prisonniers furent emmenés loin
du fleuve, où ils trouvèrent une troupe nombreuse qui semblait les attendre. Là, on les débarrassa de leurs liens, et on
leur donna un gâteau de maïs et du lait aigre,

— Triste cuisine ! dit Pierre en dévorant sa part de gâteau.

Personne ne répondit à la boutade du matelot. Tous étaient en proie à une inquiétude profonde, et chacun songeait aux résultats que pouvait avoir cette aventure.

Tout à coup, et comme se parlant à lui-même, le commandant dit, à demi-voix :

— Serions-nous tombés aux mains d'une tribu hostile aux Anglais?

— Je le crois, répondit Dover, qui, jusqu'alors, n'avait rien dit ; souvenez-vous avec quelle insistance celui qui paraît être le chef nous a demandé si nous étions Anglais.

— Oui, et je crois que le titre d'Américain que j'ai revendiqué n'a pas été compris. Il ne pouvait rien nous arriver de pire : outre les dangers que nous allons courir et les mauvais traitements auxquels vont nous soumettre ces sauvages, ce contre-temps est la ruine de toutes mes espérances : il me fait manquer le rendez-vous avec mon guide et m'enlève la seule chance que j'avais de retrouver celui que je cherche.

— Il ne faut pas encore désespérer, mon oncle, interrompit Mabel. Si, comme vous le supposez, la tribu qui nous retient captifs est au service des Portugais, le chef va nous conduire dans quelque ville portugaise des bords du fleuve, et là, vous pourrez établir votre nationalité.

— C'est possible, mais je n'en aurai pas moins manqué l'homme que je devais rencontrer.

— Ce ne sera qu'un retard.

— Qui peut-être m'empêchera de jamais le rejoindre.

— En tous cas, je crois que nous n'avons personnellement rien à redouter de ces hommes, qui sont sans doute des Makokolos et n'ont pas la réputation d'être cruels.

A ce moment, le chef s'approcha des prisonniers et fit un signe à leurs gardiens qui se levèrent aussitôt et firent comprendre qu'il fallait se remettre en route.

Guidés par le chef, les prisonniers reprirent le chemin du fleuve où les attendaient les canots dans lesquels ils s'embarquèrent. Cette fois encore, on les mit dans la même pirogue, celle du chef, qui prit la tête de la flottille en remontant le Zambèze.

— Où peuvent-ils nous conduire ? et dans quel but nous ont-ils enlevés? ne cessait de répéter le commandant, sans trouver aucune réponse plausible à cette question.

Les premières heures du voyage furent assez agréables : les pirogues, habilement manœuvrées par de nombreux rameurs, glissaient rapides sur les eaux du Zambèze entre des rives couvertes d'une végétation merveilleuse. D'énormes crocodiles nageaient entre deux eaux, ou se laissaient dériver au courant comme des troncs d'arbres morts, tandis que d'autres, étendus sur les rives, dormaient, leurs immenses mâchoires ouvertes. De temps en temps, la tête hideuse d'un hippopotame émergeait au-dessus des flots, pour disparaître et reparaître bientôt à quelques pas plus loin.

Malgré l'incertitude du sort qui leur était réservé, les compagnons du commandant admiraient ce spectacle nouveau pour eux et momentanément oubliaient en partie leur situation.

Seul, M. Parr ne regardait rien, ne voyait rien, tout absorbé qu'il était par ses tristes réflexions, et si, par hasard, ses yeux se portaient sur quelque objet, c'est son neveu et sa nièce qu'ils rencontraient. Mais, bientôt, les prisonniers se lassèrent d'admirer ce qui se passait autour d'eux ; exposés aux rayons du soleil, sans le moindre abri, ils souffraient horriblement de la chaleur et plus encore, peut-être, de l'immobilité à laquelle ils étaient condamnés.

Aucun d'eux, cependant, n'osait se plaindre, de peur d'augmenter l'inquiétude du commandant; mais aucun d'eux ne parlait, pas même Pierre, qui souffrait beaucoup de la perte de son tabac. De temps en temps, le marin sortait sa pipe de sa poche, la mettait dans sa bouche, où il la gardait un instant, puis, avec un geste désespéré, il la retirait et la replaçait dans sa poche.

M. Dover eut pitié de Pierre : il lui tendit un cigare.

Le vieux matelot le prit, le coupa très fin, avec un couteau, remplit sa pipe et serra soigneusement le surplus ; puis, il fuma avec délices, s'entourant d'un nuage de fumée bleue et semblant trouver dans sa pipe l'oubli et la patience.

— Tout de même, dit-il, nous faisons là un singulier voyage. et le diable m'emporte si jamais j'aurais cru naviguer avec de tels matelots !

Sa voix ne trouva point d'écho, et tout retomba dans le silence. Après deux heures de navigation, les canots s'engagèrent dans un affluent du grand fleuve, une rivière assez large qui coulait du nord au sud.

— Voilà qui nous éloigne encore, dit le commandant ; combien va durer ce voyage ?...

— J'ai hâte qu'il finisse : j'ai les jambes brisées, répondit Mabel.

— Et moi, je suis rompu, ajouta M. Dover.

— Je donnerais je ne sais quoi pour courir, s'écria Georges en regardant d'un œil d'envie la plaine immense et unie qui s'étendait sur la gauche.

Le commandant, que cette incertitude mettait hors de lui, résolut d'interroger le chef. Il se leva, et s'appuyant sur l'épaule d'un rameur, voulut se diriger vers l'autre extrémité du canot ; mais le noir, sans lâcher sa pagaie, repoussa rudement M. Parr qui alla tomber au fond du canot.

En un instant, Pierre fut debout, menaçant le nègre de son poing vigoureux.

Un mot du commandant l'arrêta.

— Pierre !..... Tu oublies que nous sommes prisonniers et que l'on nous ferait payer chèrement ton mouvement de colère!

— C'est vrai, commandant ; faites excuses ; mais, tonnerre à la voile !... Suffit ; je reconnaîtrai ce moricaud et si jamais je le trouve sur mon chemin !..... Suffit !.....

Peu d'instants avant la chute du jour, les pirogues abordèrent dans une petite anse. Tous les noirs débarquèrent et emmenèrent les prisonniers.

A quelques pas du rivage, dans une épaisse et sombre forêt,

500,000 DOLLARS.   . 13

les sauvages s'arrêtèrent et commencèrent les apprêts d'un campement pour la nuit. Une hutte de branchages fut rapidement élevée pour le chef qui s'y retira aussitôt. Le commandant et ses compagnons, sous la garde de quinze hommes, furent emmenés à quelque distance ; on leur donna, comme le matin, un peu de galette de maïs et du lait aigre, puis on lia leurs mains et leurs pieds.

— Brigands ! grommelait Pierre ; ils ne me laisseront pas seulement fumer ma pipe.

— Mes pauvres enfants ! murmurait le commandant ; dans quelle aventure vous ai-je entraînés !

— C'est nous qui l'avons voulu, mon oncle, et vous n'avez pas de reproches à vous adresser.

— J'ai du moins celui d'avoir été faible.

— A quoi bon vous tourmenter ainsi, mon oncle ? Ne vaut-il pas mieux que nous soyons tous ensemble ?...

— Et vous, M. Dover, quelle malheureuse idée vous avez eue de nous accompagner !

— Je ne le regrette pas, Monsieur, répondit simplement l'Anglais.

Cependant, la nuit était venue. Au centre du campement, les indigènes avaient allumé un grand feu, et c'était un spectacle étrange que celui de ces hommes à la peau noire, sur lesquels les flammes mettaient des teintes rougeâtres, qui allaient et venaient, semblables à des démons.

Devant sa hutte, le chef était accroupi, entouré d'une véritable cour ; il fumait une longue pipe, et de temps en temps portait à ses lèvres une grosse calebasse.

— Il fume, lui, le brigand ! grommelait le matelot.

Tout à coup, dans le silence de la nuit, retentit le bruit d'une musique dont le rythme doux et monotone était coupé par de violents coups frappés sur un tambour. Tous les noirs disséminés dans la clairière se réunirent et formèrent un demi-cercle immense autour du feu, puis, du sein de la forêt sortit une bande d'hommes, précédés de quatre noirs jouant d'un ins-

trument assez semblable à une harpe, et d'un cinquième frappant à coups redoublés sur un tambour fait d'un tronc d'arbre
creux dont les deux extrémités étaient recouvertes d'une peau.
Les musiciens vinrent se placer de chaque côté du chef ;
les noirs qui les suivaient se divisèrent en deux bandes et
restèrent un instant immobiles, entre la hutte du chef et le
foyer. Puis, sur un signal donné par un des musiciens, les
deux troupes s'ébranlèrent, et, tantôt se précipitant l'une sur
l'autre, tantôt reculant et semblant se fuir, se traversant et se
mêlant, elles se livrèrent à une danse toute de contorsions, de
mouvements désordonnés, de courses folles, augmentant pro-
gressivement la vitesse de leurs mouvements jusqu'à ce que,
épuisés, la plupart roulèrent sur le sol.

A mesure qu'un danseur tombait, un des assistants, comme
poussé par une force invisible, quittait sa place et se mêlait à
la danse, et cela dura jusqu'à ce que tous les noirs, y compris
le chef et ses courtisans, eussent succombé à la fatigue.

Les nègres qui gardaient les prisonniers avaient fini par
subir l'attraction générale: d'abord, ils s'étaient levés ; ensuite,
ils avaient fait quelques pas vers le foyer, puis, un à un, ils
s'étaient mêlés aux danseurs. Ce spectacle si nouveau et
si curieux de cette foule en délire avait quelque chose de si
irrésistiblement entraînant, que les prisonniers eux-mêmes,
oubliant leur situation, ne s'aperçurent pas qu'ils étaient débarrassés de leurs gardiens et livrés à eux-mêmes. Excepté Pierre,
toutefois. Dévoré de l'envie de fumer sa pipe, le marin cherchait à débarrasser ses mains des liens qui les enchaînaient,
des cordes faites des fibres d'une plante semblable à l'aloès.
A force de tourner ses gros poignets, de tirer, de frotter, il
était parvenu à desserrer le nœud qui retenait ses mains cap-
tives.

— Quels clampins ! murmura-t-il, pas seulement capables
d'amarrer solidement un homme et de faire une demi-clef !

Aussitôt libre, il bourra sa pipe, l'alluma et se mit à fumer
délicieusement, puis, pris aussi par le spectacle, il regarda

jusqu'à ce que le dernier nègre étant tombé, le charme se
rompit.

A ce moment, la clairière présentait un étrange spectacle :
autour du brasier, dont les flammes mouraient faute d'aliment,
la terre était jonchée de corps noirs, ruisselant de sueur, dont
la peau brillait comme si elle eût été vernie. De temps en temps,
un de ces corps se soulevait et, se traînant avec peine, allait
tomber quelques pas plus loin, pour ne plus se relever.

Peu accessible au côté pittoresque de cette scène, Pierre
songeait à mettre à profit l'absence de ses gardiens.

— Si nous nous en allions, commandant? demanda-t-il à
demi-voix.

— Es-tu fou?

— Pas encore, commandant; mais je crois qu'il faut nous
presser ; les brigands qui nous gardaient, et qui dorment là-
bas, ne tarderont pas à se réveiller; hâtons-nous de fuir, pendant qu'il en est temps.

— Comment?..... Par où?

— Partons d'abord, nous verrons après.

Tout en parlant, le marin coupait les liens qui enchaînaient
les pieds et les mains de ses compagnons.

— Attention! dit-il; il faut se sauver à quatre pattes et se
diriger vers les pirogues ; en descendant le courant, nous
irons vite et nous serons hors d'atteinte avant que ces sauvages
se soient aperçus de notre fuite.

— Et si nous allions ne pas réussir! observa le commandant; peut-être ces sauvages, comme tu les appelles, nous
feraient-ils payer cher cette tentative d'évasion!

— A votre aise, commandant; mais.....

— Quel est ton avis? demanda M. Parr à Mabel.

— Qu'il faut tenter l'aventure, répondit Mabel.

— Certes! dit Georges.

— Il n'y a pas à hésiter, ajouta M. Dover.

— Alors, en route! suivez-moi, dit le marin, et surtout
attention !

Pierre se leva doucement, explora de son œil unique la clairière, et se mettant, comme il l'avait dit, à quatre pattes, s'éloigna dans la direction de la forêt en murmurant :

— Allons, c'est le moment !

Ses compagnons l'imitèrent ; mais ils durent bientôt s'arrêter, Mabel ne pouvait les suivre. Ses jupes s'embarrassaient dans les broussailles, s'accrochaient aux épines et aux branches.

— Levons-nous et marchons, dit le marin ; nous sommes hors de vue maintenant.

Puis, prenant la jeune fille dans ses bras, il s'élança d'un pas rapide. Après un instant il tourna à droite et reprit sa marche au milieu de la forêt, trébuchant à chaque pas, se cognant la tête aux basses branches, se déchirant les jambes.

Au bout d'un quart d'heure, les fugitifs atteignaient le bord de la rivière.

— Les pirogues ne sont plus là ! s'écria M. Dover.

— Elles sont plus haut, répondit le marin. Restez ici, je vais en chercher une.

Et, sans attendre, il remonta vers la droite en suivant le bord de l'eau.

Le commandant ordonna à ses compagnons de se coucher à l'entrée du bois ; lui-même s'allongea sur le sol, mais tout près du bord, afin de signaler l'approche de Pierre lorsqu'il passerait dans la pirogue. L'absence du matelot fut longue, il avait atteint le bord de la rivière beaucoup plus bas qu'il ne le supposait, et les fugitifs commençaient à craindre que Pierre n'eût pas réussi dans sa tentative.

L'oreille au guet pour saisir le moindre bruit, essayant de percer les ténèbres qui couvraient la rivière — car de gros nuages couraient au ciel et cachaient la lune — ils attendaient, anxieux, songeant seulement maintenant au danger qu'ils couraient et tremblant pour le marin, car cette pensée ne leur était pas venue encore : les pirogues pouvaient être gardées, Pierre surpris et peut-être tué sur place.

Enfin, le commandant crut entendre un léger bruissement
de l'eau. Se traînant, il avança et, dans l'ombre, distingua une
tache noire qui lentement s'approchait, rasant la rive.

C'était la pirogue.

Le commandant se souleva pour que Pierre le vit, puis,
d'une voix presque imperceptible, il appela ses compagnons.

— Embarque! embarque! ordonna le matelot.

Le commandant fit monter Georges, Mabel et M. Dover dans
le canot, puis, le poussant au large, il y entra à son tour. A ce
moment, la lune, sortant de sous un nuage, éclaira d'une vive
lumière la surface des eaux. Armé de deux pagaies qu'il manœuvrait comme des avirons, Pierre se mit à ramer pour
gagner le milieu de la rivière, et profiter du courant.

— On nous poursuit! dit Georges à voix basse.

Et, du doigt, il montrait la tête d'un nègre qui venait de se
mettre à l'eau et nageait vigoureusement du côté de l'embarcation.

— Souque ferme, garçon! commanda M. Parr.

— Inutile. S'il approche, je lui fais son affaire, répondit le
marin.

Et s'armant d'une de ses lourdes pagaies, il se dressa tout
debout, prêt à fendre la tête du noir aussitôt qu'il serait à
portée.

— Oh! je t'en prie, Pierre! pas cela! supplia Mabel.

— Laissez donc, Mademoiselle; il vaut mieux tuer le diable
que de se laisser tuer par lui, comme disait défunt mon père!

Au même instant, le nègre, qui n'était plus qu'à quelques
brasses de la pirogue, poussa un cri terrible, surhumain,
déchirant. Son corps tout entier sortit hors de l'eau, et l'on vit
émerger aussi un énorme crocodile qui tenait le noir par une
cuisse en travers de sa gueule.

Mais ce ne fut que la durée d'un éclair; le hideux animal
disparut sous les flots, entraînant sa proie vivante!...

Un instant, les fugitifs restèrent frappés de stupeur. Plus
épouvanté peut-être que ses compagnons, Pierre reprit ses

pagaies et se mit à nager, désireux de s'éloigner au plus vite.

Après un moment, il dit:

— Il s'agit de gagner du temps; il y a des avirons dans la pirogue; il faut que tout le monde s'en serve.

On obéit, et la lourde nacelle glissa rapidement sur la rivière.

Un énorme crocodile tenait le noir.

— Quelle guimbarde! s'écria Pierre en commandant halte pour que les rameurs pussent se reposer; ce n'est pas celle-là que j'aurais voulu prendre; mais je n'ai pas eu le choix; il y avait des nègres endormis dans presque toutes.

— Si l'on t'avait surpris! s'écria Mabel.

— J'étais décidé, Mademoiselle: si un de ces sauvages s'était éveillé, je lui plantais mon couteau dans le corps.

— C'est horrible!

— Je ne dis pas non, mais qu'est-ce que vous voulez?..... Allons, maintenant, deux rameurs suffiront; quand ils seront fatigués, deux autres les relèveront. Qu'est-ce qui commence avec moi?

— Moi, répondit le commandant.

— Ce que c'est, tout de même, que la vie! Celui qui m'aurait dit autrefois que le commandant Parr et moi nous ramerions de conserve dans la même embarcation, je ne l'aurais pas cru, et pourtant... Allons, ensemble, commandant, et en douceur !.......

Au point du jour, après s'être relevés plusieurs fois, les fugitifs débouchaient dans le Zambèze. Selon leurs calculs, ils devaient avoir une avance considérable sur ceux qui les poursuivaient, en admettant même qu'on les poursuivit.

— Ce n'est qu'au jour que ces brutes se réveilleront, disait Pierre, et il faudra du temps avant qu'ils s'aperçoivent de notre fuite, et surtout de la disparition d'une de leurs pirogues.

— A moins que le cri de ce malheureux, dévoré par un crocodile, n'ait attiré l'attention des gardiens des bateaux, observa Georges.

— Si cela était, M. Georges, nous serions déjà repris; manœuvrées par seize hommes comme elles le sont presque toutes, une de leurs pirogues nous aurait rattrapés depuis longtemps.

— Quoi qu'il en soit, observa le commandant, je crois qu'il faut profiter de notre avance.

C'était au tour de Dover et de Georges à reprendre les avirons ; ils le firent sans murmurer, bien que leurs mains peu habituées à ce travail fussent ensanglantées. Mais, malgré leur bonne volonté, ils durent, au bout de quelques instants, renoncer à continuer ; souffrants, brisés de fatigue, ils faisaient à peine avancer la pirogue. Le commandant et Pierre prirent leur place. Mais, eux non plus ne déployaient plus la même vigueur; ils avaient faim. Depuis leur enlèvement, c'est-à-dire un jour et deux nuits, ils n'avaient mangé qu'un peu de galette et bu quelques gorgées de lait aigre. Et qui sait quand ils pourraient prendre un peu de nourriture? Dans combien de temps atteindraient-ils les établissements ? Jusque-là, de quoi vivraient-ils? Ils n'avaient même pas la ressource de la chasse, n'ayant ni armes, ni munitions.

Pendant une heure encore, M. Parr et Pierre ramèrent, sans souci de la faim qui les torturait. De temps en temps, pour apaiser les tiraillements de l'estomac, ils buvaient une gorgée d'eau, mais ils ne pouvaient continuer longtemps ainsi.

Au fond de la pirogue, succombant au sommeil, les trois jeunes gens dormaient.

— Il faut accoster, dit Pierre ; peut-être trouverons-nous à terre de quoi ne pas mourir de faim.

— J'y songeais, mais ces enfants ne pourront aller loin ; et puis, que ferons-nous ? De quel côté dirigerons-nous nos pas ?

— Nous pourrons rembarquer, puisque nous avons une pirogue.

— Itamons encore ; nous verrons un peu plus tard. Ils dorment et pendant ce temps ne songent point à manger.

— A vos ordres, commandant, mais vous ?

— Oh ! moi, je puis attendre longtemps encore.

— Eh bien ! souquons et hardi là !

Et de nouveau, se courbant sur leurs avirons, les deux hommes regagnèrent le milieu du courant et reprirent leur rude labeur.

— A votre idée, commandant, où sommes-nous ?

— Je ne le soupçonne même pas, mon garçon ; j'ai été tellement préoccupé hier quand nous avons remonté ce fleuve que je ne me doute pas du chemin que nous avons pu faire.

— Ah ! nous filions bien, commandant ; ces moricauds maniaient leurs pagaies comme de vrais matelots !... Il nous faudra longtemps avant d'être revenus au point où ils nous ont fait embarquer, et c'est bien pour cela, commandant, que je voudrais accoster.

— Soit ; au premier endroit favorable, nous aborderons.

Après quelque temps de navigation, la pirogue passa devant une sorte de plage sablonneuse sur la rive gauche, très basse en cet endroit, tandis que la rive droite s'élevait presque à pic. Quelques palmiers, des aloès et de grands pandanus, couverts de plantes grimpantes, poussaient sur la rive.

— Un bel endroit pour aborder sans se mouiller les pieds, dit Pierre.

— Oui, nous pouvons accoster, quoique j'eusse mieux aimé débarquer sur l'autre rive.

— Nous n'avons pas le choix, commandant.

— Hélas !

Ils tournèrent l'avant du canot vers la plage qu'ils atteignirent bientôt et réveillèrent les jeunes gens.

— Nous allons essayer de descendre à terre, dit M. Parr ; peut-être trouverons-nous à nous restaurer.

Derrière la plage, le terrain était marécageux et portait des traces récentes du passage de grands animaux. Les voyageurs s'éloignèrent de la rive, précédés par Pierre, qui s'arrêta bientôt en poussant une exclamation de joie.

— Voilà de quoi manger ! cria-t-il.

Sous un arbre élevé, un énorme hippopotame gisait sur le côté ; une grosse branche, sorte de poutre armée d'une pointe de fer longue et aiguë, était enfoncée dans sa tête.

— Voici un animal qui est mort fort à propos, dit M. Dover.

— Et qui va nous fournir un rude bifteck ! s'exclama Pierre en sortant son couteau.

Mais c'est en vain que le matelot s'escrima contre l'animal ; il ne parvint pas à entamer sa peau.

— Des nègres ! s'écria Georges.

Tous regardèrent du côté qu'indiquait l'enfant.

Trois hommes et deux femmes s'avançaient vers les voyageurs ; les femmes portaient de grandes corbeilles de jonc grossièrement tressées, et les hommes étaient armés de courts instruments de fer. A la vue des blancs, ils hésitèrent un instant ; mais, voyant qu'ils n'étaient pas armés, ils approchèrent.

Le commandant essaya de les interroger pour savoir s'il n'y avait pas un village dans les environs et s'ils ne pourraient leur procurer des vivres ; mais les noirs riaient et ne comprenaient pas.

— Quelles brutes ! grommelait Pierre ; ils ne comprennent rien.

Sans plus s'occuper des voyageurs, les indigènes se mirent en devoir de dépecer l'hippopotame, tandis que les femmes, posant leurs corbeilles sur le sol, se dirigeaient vers la rivière.

Elles en revinrent bientôt, portant des espèces de nasses dans lesquelles se débattaient de beaux poissons.

— Un dîner complet! s'écria Pierre.

— Si nous parvenions à leur faire comprendre que nous voulons en acheter? répondit le commandant.

— Ça, je m'en charge, dit le marin.

Et s'approchant des femmes, il se livra à une pantomime significative, montrant alternativement sa bouche ouverte, les poissons et des pièces de monnaie qu'il sortit de sa poche. Il faisait de telles grimaces, il se livrait à de telles contorsions, grimaçait si singulièrement, que les négresses riaient à gorge déployée, et que leur rire gagna les voyageurs qui, pourtant, n'en avaient guère envie. Cependant, les pêcheuses comprenaient fort bien ce que désirait le marin; mais elles ne voulaient pas de son argent : elles montraient le couteau qui pendait au bout d'une lanière de cuir et que Pierre n'avait pas songé à remettre dans sa poche.

— C'est ton couteau que demandent ces femmes, dit Mabel.

— Mon couteau! Ah! mais non; tout ce qu'elles voudront, mais pas mon couteau.

— Donne-le-leur, Pierre, mon garçon, si c'est le seul moyen d'avoir du poisson, dit le commandant.

— Non; je vais leur offrir le mien, répondit Mabel; il est plus beau et plus neuf que celui de Pierre.

Mais les négresses refusèrent le mignon couteau de Mabel; en femmes pratiques, elles préféraient celui du matelot, et force lui fut de s'en dessaisir.

— Comment est-ce que je vais faire, maintenant? dit le marin tout décontenancé; je ne pourrai même pas vider ce poisson.

— Voici le mien, répondit Mabel.

— C'est bien petit pour mes grosses mains. Enfin... Mais il me faut un morceau d'hippopotame par-dessus le marché.

Les nègres ne firent nulle difficulté pour satisfaire le marin, qui s'éloigna de quelques pas et se mit en devoir de préparer le repas, pendant que ses compagnons lui apportaient du bois sec.

Un quart d'heure après, ils dévoraient le poisson exposé, au bout d'une baguette, à la flamme du foyer et la viande rôtie de la même façon.

— Voici qui va nous permettre de continuer notre route, dit le commandant ; nous devons être près d'un village, ne serait-ce que celui qu'habitent ces indigènes, nous nous y rendrons avec eux, et là, sans doute, nous trouverons quelque guide pour nous conduire aux établissements portugais.

D'où ils étaient placés, les voyageurs ne pouvaient voir les rives du fleuve ni même les nègres ; un épais massif d'arbres et de buissons les en séparait.

En attendant le départ, le commandant et ses compagnons s'étaient couchés et se reposaient de leur nuit sans sommeil et de la manœuvre de leurs lourdes pagaies. Soudain, ils entendirent les femmes pousser de grands cris et ils les virent passer, suivies des hommes, se sauvant, à toutes jambes, dans la direction de la forêt. Parmi les exclamations que prononçaient les indigènes, un mot revenait à chaque instant :

— Mutassa ! Mutassa !

Les voyageurs se disposaient à imiter les nègres et à prendre la fuite, croyant à l'arrivée de quelque bête féroce.

Comme ils s'élançaient, ils se trouvèrent en présence d'une bande de noirs conduits par un homme qu'ils reconnurent aussitôt : c'était le chef de ceux auxquels ils avaient échappé la veille !

Le chef dit un mot, et ils furent entourés, renversés, garrottés et emportés dans les canots qui attendaient au bord du fleuve, montés par leurs pagayeurs.

Aussitôt embarqué avec ses prisonniers, le chef fit un signe et les pirogues s'élancèrent, remontant le fleuve et suivant la même route que la veille ; comme la veille, ils s'engagèrent sur l'affluent du Zambèze, et comme la veille ils campèrent dans la grande clairière d'où ils s'étaient enfuis.

Le lendemain matin, ils repartirent ; mais au lieu de voyager par eau, ils s'enfoncèrent dans la forêt, étroitement surveillés.

Après deux heures de marche, ils atteignirent un village assez grand, entouré d'une palissade et composé de deux ou trois cents huttes, étroites et très hautes, au toit pointu. Au centre s'élevait une demeure, plus grande que les autres, et flanquée de huit huttes plus petites. C'était la maison du chef.

Les prisonniers furent conduits dans une de ces huttes et solidement enfermés.

— Cette fois, nous y sommes et pour tout de bon ! dit le matelot ; mais, moi, je n'ai pas l'intention de rester là, et dès que nous serons reposés, nous verrons à déguerpir.

— Si on nous laisse faire ! observa M. Dover.

— C'est ce que nous verrons.

Pendant deux jours les prisonniers restèrent enfermés dans la hutte, sans communiquer avec personne. Le matin et le soir on leur apportait en abondance du riz, des galettes de maïs et du lait aigre ; mais ils ne virent pas le chef.

— Faut pourtant savoir où nous en sommes, dit Pierre, le soir du troisième jour. Je vais essayer de mettre le nez dehors, moi, histoire de prendre l'air.

— Prends garde, Pierre.

— A quoi, commandant ?... Que diable, ils ne me mangeront pas, ces sauvages ; je ne suis pas enco. e à point !

Et sans plus attendre, le marin se dirigea vers la porte.

Elle céda à la première poussée.

— Nous ne sommes pas enfermés ! dit-il ; nous ne sommes même pas gardés !

— Pas auprès de notre prison ; mais sois sûr que le chef a pris ses précautions pour que nous ne lui échappions plus.

— Le fait est qu'il a l'air de tenir beaucoup à nous, dit Dover.

— Et je me creuse la tête pour savoir pourquoi, ajouta le commandant. Quelles raisons peut avoir cet homme de nous enlever, de courir après nous, de nous amener ici et de nous y garder, tout en nous traitant relativement bien ?

— C'est là un secret que nous ne tarderons pas à pénétrer, sans doute, répondit Mabel. En tous cas, il est certain que si nous pouvons lui échapper encore, mon avis est qu'il ne faut pas hésiter.

— Si au moins ce chef venait nous voir, peut-être parviendrions-nous à nous faire comprendre et obtiendrions de lui, moyennant rançon, qu'il nous conduisit aux établissements portugais..... .

— Si demain je ne le vois pas, je vais le trouver dans sa hutte, dit le commandant.

Pendant que les voyageurs causaient ainsi, Pierre s'était éloigné.

— Où est Pierre? demanda M. Parr.

— Parti, sans doute, répondit Georges en se dirigeant vers la porte.

— Il fera si bien qu'il lui arrivera malheur! s'écria le commandant.

— Je crois que le voici qui revient, dit Georges en rentrant.

En effet, le matelot arrivait.

— Vous aviez raison, commandant : les deux issues de la palissade sont gardées; mais il est facile de la franchir à l'endroit où il n'y a personne. Du reste, on dirait le village inhabité; je n'ai rencontré que deux ou trois vieilles femmes qui n'ont même pas fait attention à moi.

— Il ne faut pas s'y fier.

— Assurément; mais je vais continuer mon inspection, et si la chose est possible, demain, nous profiterons de la nuit pour fuir, et cette fois, ils seront bien malins s'ils nous rattrapent.

— Va; mais surtout sois prudent.

Pierre sortit de nouveau et revint une heure après, affirmant qu'il était facile de s'en aller.

— Si nous partions maintenant? suggéra Dover.

— Il vaut mieux attendre à demain, observa le commandant, et garder une partie de nos deux repas pour manger après notre nuit de marche.

— Je suis tout à fait de l'avis du commandant, dit le marin ; d'autant plus qu'avant de se mettre en route il faut s'orienter, et ne pas partir sans savoir où l'on va.

— En effet, de quel côté nous dirigerons-nous ? demanda Georges.

— A l'ouest ; c'est seulement de ce côté que nous trouverons les établissements, répondit M. Parr.

— Et nous n'aurons pas à traverser la rivière, ce qui est quelque chose, observa Mabel.

— Vous pensez aux crocodiles, Mademoiselle, fit Dover.

— Oui, j'y pense, et il me semble toujours entendre le cri de ce malheureux.

Pierre sortit encore, étudia complétement la configuration du village, prit des amers, comme il disait dans son langage de marin, et les prisonniers passèrent une partie de la nuit à préparer leur plan d'évasion.

Le lendemain, ainsi qu'ils en étaient convenus, ils mirent de côté une partie de leur repas du matin, puis ils eurent un véritable mouvement de joie en voyant que le nègre qui leur apportait la pitance, ne refermait pas la porte qu'ils avaient laissée ouverte. Le commandant en conçut quelque soupçon.

— Cette quasi-liberté me semble de mauvais augure, dit-il à ses compagnons.

— En attendant, profitons-en, répondit Pierre.

Une cruelle déception attendait les prisonniers. Vers le milieu de la journée, le village se remplit subitement de bruit. Par la porte entr'ouverte, ils virent arriver le chef suivi de ses guerriers, et la place, naguère déserte, se couvrit d'hommes armés de sagaies et de fusils.

— Voilà ce que je craignais ! s'exclama le commandant.

— Pourquoi ne sommes-nous pas partis la nuit dernière ? gémit M. Dover.

— Triple brute que je suis! grommelait Pierre ; c'est moi qui ai décidé le commandant à rester, avec mes orientations.

— Ne vous désolez pas, mes amis, dit Mabel : il vaut mieux

qu'il en soit ainsi, croyez-moi; le chef avec ses hommes devait surveiller les abords du village, et nous aurions été bien vite repris. Laissons-le s'endormir dans la confiance que lui donne notre conduite, et plus tard.....

L'arrivée d'une dizaine d'hommes vint interrompre Mabel.

Ils s'arrêtèrent sur le seuil de la cabane et firent signe aux prisonniers de les suivre. Ceux-ci se levèrent et obéirent. On les conduisit devant le chef, qui les considéra un instant, comme pour les compter, puis les fit placer entre leurs gardiens et s'éloigna, suivi de l'escorte.

— Où nous mène-t-on encore ? murmura le commandant d'un air désespéré.

— Nous voulions partir, nous sommes servis à souhait, répondit le marin ; mais je vois avec plaisir qu'on ne nous ligote pas et que toute la bande ne nous suit pas.

La petite troupe sortit du village et s'enfonça sous bois dans la direction de l'ouest.

— Quand je vous dis qu'il nous conduit où nous voulions aller ! s'écria le matelot en mettant dans sa pipe la fin du dernier cigare qui lui avait donné M. Dover.

CHAPITRE XV

Dans un grand enclos formé par douze énormes wagons, une centaine d'hommes, portant tous le costume des Boërs, s'occupaient à divers travaux : les uns pansaient de superbes chevaux attachés aux roues des lourds véhicules ; d'autres fourbissaient des armes ; d'autres enfin, accroupis devant des fourneaux faits de deux pierres superposées, surveillaient, en fumant de courtes pipes, de grosses marmites de fonte.

Tous ces hommes, au costume pittoresque, vêtus de chemises de laine de couleur voyante, coiffés de grands feutres gris, avaient un air martial et décidé qui faisait plaisir à voir.

Au centre du campement, s'élevait une tente de toile grise, semblable à celles de nos officiers en campagne ; au sommet flottait le pavillon du Portugal.

Trois hommes, dans la tente, étaient assis autour d'une petite table sur laquelle était déployée une grande carte de l'Afrique centrale. Deux d'entre eux portaient le costume des Boërs ; le troisième, vêtu d'une vareuse bleue aux manches ornées de cinq galons d'or, tête nue, discutait avec animation.

C'était un homme de quarante-cinq ans environ, de taille moyenne, mais admirablement prise ; son visage très fin, très intelligent, au teint bistré, était orné d'une barbe noire et d'une longue chevelure de même nuance, grisonnant par places. Ses compagnons le nommaient : colonel.

C'était le colonel Serpa Pinto, gouverneur des possessions portugaises des rives du Zambèze, celui qui, en 1878, avait traversé l'Afrique, de l'Océan Atlantique à la mer des Indes.

Des deux Boërs, l'un pouvait avoir quarante ans ; l'autre, beaucoup plus jeune, vingt-huit ans environ, avait une physionomie tout à fait remarquable ; grand, bien bâti, les épaules puissantes, la poitrine largement ouverte, il devait être d'une vigueur peu commune. Une longue chevelure blonde, mais d'un blond cendré, encadrait un visage aux traits corrects et réguliers qu'éclairaient deux grands yeux bleu foncé, très hardis, mais en même temps très doux ; contrairement à la coutume adoptée par les autres Boërs, il ne portait qu'une fine moustache, naturellement retroussée et que, de temps en temps, il caressait de sa main gauche par un geste qui lui était familier. C'est à lui que le colonel Serpa Pinto semblait s'adresser de préférence.

— Vous connaissez mes projets, mon but, la grande mission que je me suis tracée, mes amis, disait le colonel, et vous me secondez dignement. Il n'entre dans mon esprit, vous le savez, aucune idée de conquête ; je ne veux que protéger contre l'envahissement des Anglais, des territoires qui appartiennent au Portugal depuis trois siècles, sur lesquels sa suprématie, ses droits sont incontestables ; faut-il vous les rappeler ? en 1481 Diego Cano découvrait les bouches du Congo et s'y établissait ; en 1494 Barthélemy Diaz doublait le cap de Bonne-Espérance et, en 1498, Vasco de Gama fondait les premiers établissements de Mozambique. A partir de ce moment, vous le savez, précédés des missionnaires, les trafiquants portugais s'enfoncèrent au cœur même de l'Afrique, en firent la traversée, fondant dans la région même où nous sommes, des villes prospères. Eh bien ! mes amis, ce qu'ont fait mes ancêtres, je veux le reprendre aujourd'hui, et, profitant des progrès de la science, je rêve de relier nos possessions des rives de l'Atlantique à celles des bords de l'Océan Indien par une voie ferrée. Mais les Anglais, à qui toute puissance porte ombrage, et qui rêvent de posséder un jour l'Afrique tout entière, ont juré de ruiner mes projets. Comment ils s'y prennent, quels moyens

ils emploient, vous lo savez ! Ils arment les unes contre les
autres les tribus Makokolos ; ils arrachent par la force ou par
la peur, à ces chefs encore sauvages, des traités par lesquels
ils leur concèdent la possession d'immenses territoires ; puis, ils
leur distribuent des drapeaux à leurs couleurs, et c'est à l'ombre
du pavillon rouge de la perfide Angleterre que les Makokolos
marchent pour massacrer leurs frères restés fidèles au Portugal. De semblables moyens me répugnent ; ce n'est pas aux
noirs habitants que je m'en prendrai, si ce n'est pour châtier
les rebelles, comme je l'ai déjà fait, mais à ceux qui les soulè-
vent, qui les excitent ; et partout où je les rencontrerai, je les
traiterai en ennemis de ma patrie !

— Vous pouvez compter sur nous, colonel, répondit le plus
jeune des deux Boërs ; quoique poursuivant un but en apparence différent, nous avons cependant des intérêts communs.
Vous, colonel, vous voulez faire respecter l'intégrité des territoires de votre patrie ! Hélas ! nous n'avons même plus cette
espérance ; après la grande lutte de 1878, lutte que nous aurions
voulu prolonger, mais que notre président Joubert a cru devoir
arrêter par un traité de paix, nous ne songeons pas, pour le
moment du moins, à reconquérir les régions si riches que
nous avons perdues ; mais nous voulons nous opposer aux
envahissements de l'Angleterre, et c'est pour cela que nous
sommes venus à vous, et que nous avons mis au service de
votre cause, notre courage, notre intelligence, notre dévouement et celui des compagnons que nous avons recrutés.

— Je le sais, Cornélius, et je vous en suis profondément reconnaissant. Frantz et vous, êtes mes alliés les plus utiles, et
vous avez déjà fait beaucoup pour moi ; mais assez de protes-
tations ; nous sommes des hommes d'action ; nous nous connaissons et nous nous apprécions, nous sommes tous convaincus que nous défendons une cause juste et sainte. Revenons
aux choses pratiques et rendez-moi compte de votre mission.
Commencez, Cornélius.

— Moi, colonel, dit le jeune homme en se levant, je me suis

dirigé, comme vous me l'aviez ordonné, vers la rivière Sumbo, chez les Batonga et les Marica ; j'ai visité toutes les tribus auxquelles les Anglais, par l'intermédiaire de Josuah Lewis et de sa bande, avaient distribué des drapeaux, et ces drapeaux je les ai arrachés et brûlés devant les chefs, et je leur ai déclaré que quiconque d'entre eux acceplerait le pavillon anglais

Le colonel Serpa Pinto.

comme signe de ralliement, serait considéré comme traitre et traité en conséquence. Chemin faisant, j'ai rencontré Mutassa avec tous ses guerriers en armes. En tête de la troupe marchait un noir portant le drapeau de l'Angleterre. J'ai questionné Mutassa sur le but de son expédition ; excité par Josuah Lewis qui lui a fait je ne sais quelle promesse, Mutassa allait attaquer le village de N'Bombo, notre fidèle allié. J'ai foulé aux pieds le drapeau rouge et j'ai fait comprendre au chef le danger auquel il s'exposait ! « Si tu attaques N'Bombo, lui ai-je dit, nous marcherons à son secours, et tu sais si nos balles portent juste et loin ; et quand nous aurons détruit ton armée, nous irons brûler tes villages des bords de la Mayora ; et si dans le combat tu échappes à nos balles, je te livre aux Arabes marchands d'esclaves que protègent tes amis les Anglais. »

Ma petite allocution a produit son effet; il me connait, du reste, et me sait homme à tenir mes promesses. Il a rebroussé chemin immédiatement, et il est allé rejoindre ses pirogues sur les bords du Zambèze, à Selimane. Je ne serais même pas surpris qu'il eût fait une petite incursion sur la rive droite du fleuve ; mais ce n'est qu'une supposition.

— Et vous, Frantz?

— En revenant de Prétoria, je me suis arrêté, comme vous le savez, à Soul's-Port, où j'avais conduit la famille américaine dont je vous ai parlé ; puis je suis allé à la Ferme de Lee, pour m'assurer, ainsi que vous me l'aviez demandé, des préparatifs qui s'y font et des concentrations de bestiaux et de wagons. Je suis redescendu jusqu'à Soul's-Port où j'ai appris que Josuah était parti pour Prétoria, et j'ai remonté vers le Zambèze, pour attendre cette famille américaine, qui, du reste, n'est pas venue, mais que je vais aller chercher, si vous n'y voyez pas d'inconvénient.

— En quoi cette famille américaine peut-elle t'intéresser ainsi? demande Cornélius à son ami Frantz... Tous ces gens de langue anglaise, je m'en méfie.

— Tu sais qu'à cet égard je ne suis point sujet à caution et je me suis toujours tenu sur la plus grande réserve vis-à-vis d'eux ; mais le chef de la famille, un officier de marine, m'a raconté diverses choses qui m'ont tout à fait prévenu en sa faveur..... Nous causerons de cela plus tard. Pour le moment, nous avons à prendre les ordres du colonel.

— Je n'en ai pas à vous donner, mes amis : restez ici, surveillez le pays, ayez l'œil sur les agissements des Anglais ; en mot, faites pour le mieux. Moi, je vais partir et retourner à Tété.

Le colonel fit quelques pas dans la tente ; puis, s'arrêtant et mettant le doigt sur la carte, il reprit :

— Voyez, mes amis, vous êtes au poste avancé, c'est-à-dire au poste d'honneur ; c'est vers cette région, peu fréquentée que les Anglais vont tourner tous leurs efforts pour m'empê-

cher de pousser dans l'ouest. Je vous y laisse sans inquiétude,
car j'ai foi en vous, foi en votre dévouement, en votre habileté,
en votre courage.

— Et vous avez raison, colonel, répondit Cornélius. Pour
ma part, je vous jure de n'abandonner la partie que lorsqu'elle
sera gagnée ou...... perdue sans retour.

— Je le sais, mes amis, et encore une fois, je vous remercie...
Allons, ajouta le colonel en repliant la carte, je vais faire quelques relèvements, et dans le soirée je partirai.

— Pour longtemps? demanda Frantz.

— Qui sait?.....

— Eh bien! mes amis, moi je partirai ce soir, dit Frantz; je
descendrai vers le sud.

— Pour chercher tes Américains? demanda Cornélius.

— Oui. Plaisante, Cornélius; mais quand tu les connaitras...

— Il y a, m'as-tu dit, une fort jolie jeune fille.

— Je n'en ai jamais vu de plus belle.

A ce moment, un Boër souleva la toile de la tente servant
de porte et, passant sa tête dans l'ouverture:

— Colonel, Mutassa est devant le camp et demande à voir le
grand chef.

— Ah! ah! dit Serpa Pinto, il vient faire sa soumission; il
paraît qu'il a pris au sérieux vos menaces, mon cher Cornélius.

— Et il a bien fait.

— Faites venir Mutassa! dit le colonel.

Puis, se tournant vers les deux Boërs:

— Il faut recevoir dignement ce chef: prenons nos armes et
attendons-le devant la tente.

Frantz et Cornélius prirent leurs fusils, tandis que le colonel
ceignait son sabre et se coiffait d'un képi galonné d'or; puis
tous trois sortirent et prirent place sur des sièges, Serpa Pinto
au milieu, Cornélius à sa droite, Frantz à sa gauche.

Un instant après, conduit par deux Boërs, Mutassa s'arrêtait
devant le colonel. Après de longs saluts, le chef, debout, dit en
mauvais portugais:

— Mutassa, le chef des Batokas, a été trompé ; il a cru aux promesses des Anglais et, poussé par eux, il marchait à la tête de ses guerriers sur les villages de N'Bombo ; mais en chemin il a rencontré ce chef blanc qui l'a détrompé, qui a ouvert ses yeux, et il est retourné dans ses villages.

— Mutassa a bien fait d'agir ainsi, répondit le colonel ; qu'il se souvienne des paroles du jeune chef. Le grand chef des blancs, auquel je parlerai, oubliera la révolte de Mutassa et lui pardonnera.

Le colonel fit un signe à un soldat portugais placé derrière lui. Aussitôt, celui-ci apporta une peau qu'il déposa sur le sol, à quelques pas du colonel qui, d'un geste, invita le chef nègre à s'asseoir.

— Pour prouver au chef blanc qu'il n'y a plus rien de commun entre les Anglais et moi, je lui en amène six que j'ai fait prisonniers sur les bords du grand fleuve, et mes hommes apportent au chef ce qu'ils ont pris dans le wagon des Anglais.

— Des Anglais, prisonniers ! s'écria le colonel.

— Oui !

— Où sont-ils ?

— Près d'ici, sous la garde de mes guerriers.

— Fais-les venir.

Le chef se leva, traversa le camp et disparut derrière les wagons.

— Trop de zèle ! murmura le colonel ; ce Mutassa excède la mesure et va me mettre dans une position fâcheuse ; je ne puis cependant le lui dire..... Allons ! je vais tâcher d'arranger cela ; mais les Anglais sont gens peu accommodants, ils vont se plaindre à leur gouvernement, et me mettre une mauvaise affaire sur les bras..... A Lisbonne, on me désavouera...

— Les choses n'iront peut-être pas aussi loin, colonel, répondit Cornélius.

Mais Serpa Pinto restait songeur.

— Les voici, dit Frantz.

Les prisonniers, entourés de noirs, franchissaient la ligne des wagons.

Sur un signe du chef, les gardiens s'arrêtèrent et Mutassa s'avança.

— Mes Américains ! s'écria Frantz.

— Ouf ! soupira le colonel.

Le guide Frantz s'élança au-devant du commandant.

— Frantz ! cria celui-ci.

— Le guide ! s'exclama Pierre. Eh bien ! mon vieux, jamais je n'eus tant de plaisir à voir votre honnête figure.

Le colonel Serpa Pinto et Cornélius s'étaient levés et allaient au-devant du commandant et de sa famille. Le chef Mutassa paraissait tout surpris de cet empressement. Le colonel s'en aperçut.

— Chef, dit-il, je vous remercie, allez rejoindre vos guerriers et restez fidèle au Portugal.

Mutassa s'éloigna.

— C'est moi, si vous le permettez, qui vais faire les présentations, dit Frantz en se découvrant : le colonel Serpa Pinto, gouverneur des possessions portugaises de l'Afrique orientale ; mon ami et compatriote Cornélius.

Puis, désignant M. Parr :

— Le commandant Parr, de la marine des Etats-Unis, un des héros de la guerre de Sécession. Commandant, voulez-vous présenter votre famille au colonel ?

— Mon neveu Georges Morton ; ma nièce Mabel Morton, M. Dover, de Londres, notre compagnon d'infortune, et mon matelot Pierre Aubert.

— Un Anglais ! murmura Cornélius à l'oreille de Frantz ; tu ne m'avais pas dit cela.

— Je l'ignorais ; c'est une nouvelle recrue.

— Je me félicite de l'heureux hasard qui me permet de vous donner l'hospitalité, commandant, et de vous tirer du mauvais pas où vous étiez tombé : je pense que vous n'avez pas eu à souffrir de mauvais traitements de la part de ces indigènes.

— Non, colonel ; mais permettez-moi de vous dire combien je suis heureux de vous rencontrer ; j'ai lu vos voyages, je connais vos projets, et laissez-moi vous dire que je m'associe de tout cœur à leur réussite.

— Merci, commandant.

Puis, se tournant vers Mabel :

— Mademoiselle, ma tente est à votre disposition. Tant que vous nous ferez l'honneur de rester dans notre camp, elle sera, si vous le voulez bien, votre demeure.

La jeune fille remercia le colonel, puis M. Parr commença le récit de ses aventures depuis le départ de Soul's-Port.

— Si c'était un effet de votre bonté de me donner une pipe de tabac ! dit Pierre à Frantz. Je n'ai pas fumé depuis deux jours.

— Voilà, mon brave : il y en a ici autant que vous en voudrez.

— Tonnerre à la voile ! Il n'est pas trop tôt ; ça me manquait rudement.

— A propos, Frantz, dit le colonel ; Mutassa nous a dit que ses hommes apportaient ce qu'ils avaient trouvé dans le wagon du commandant ; occupez-vous un peu de cela, mon ami, tandis que Cornélius voudra bien voir à ce que l'on nous serve le plus tôt possible un repas copieux.

Pendant que les deux Boërs exécutaient les ordres du colonel, Mabel prenait possession de la tente que venait de lui offrir si gracieusement Serpa Pinto. Le commandant, Georges et M. Dover continuaient à causer, et Pierre fumait délicieusement sa pipe.

Une heure après, un excellent repas réunissait le commandant, sa famille, le colonel et les deux Boërs. Au dessert, une bouteille de vin généreux mettait l'entrain parmi les convives qui ne songeaient plus aux fatigues endurées.

Le colonel annonça qu'il partait le soir même, mais que le camp resterait là longtemps encore.

— Je vous laisse aux soins de mon ami Cornélius qui est le chef ici : usez de son hospitalité ; et le jour où vous voudrez partir, il mettra ses wagons et ses hommes à votre disposition.

Le commandant remercia.

— Je suis trop heureux, Monsieur, dit Cornélius, de vous avoir pour hôte; malheureusement vous ne trouverez pas ici tout le confortable des villes, et Mademoiselle aura peut-être à souffrir de bien des privations.

— Oh! moi, Monsieur, je suis faite à tout; le voyage que nous venons d'accomplir m'a aguerrie; et mon oncle vous dira que je me suis comportée bravement.

— C'est vrai, Mabel : tu as été bien courageuse, ma chère enfant ; mais voici nos fatigues passées et nos mésaventures aussi, j'espère. Monsieur Cornélius, nous acceptons votre hospitalité pour quelques jours.

Après le dîner, les voyageurs rentrèrent en possession de tout ce qu'ils avaient laissé dans le wagon, armes, munitions, vivres, vêtements de rechange ; on installa une chambre à coucher pour les hommes dans un wagon, et Mabel eut la libre disposition de la tente.

Quelques heures avant la chute du jour, le colonel Serpa Pinto prit congé de Cornélius, de Frantz et de leurs hôtes, puis, montant à cheval, il s'éloigna, suivi d'une escorte de Boërs, dans la direction du Zambèze, qu'il devait descendre jusqu'aux chutes.

Cette nuit fut, pour les prisonniers, la première, depuis longtemps, où ils aient dormi tranquilles.

CHAPITRE XVI

ENCORE L'ANNONCE.

Le commandant avait hâte de se trouver seul avec Frantz pour l'interroger sur la signification exacte de sa lettre. Aussi, dès le matin, chercha-t-il à le rencontrer.

— Ah! commandant, lui dit le guide; vous m'avez causé bien de l'inquiétude, et je ne comptais guère vous revoir.

— C'est que nous avons passé par de singulières aventures depuis votre départ de Soul's-Port.

— Oui, je sais.

— Non, mon ami, vous ne les connaissez pas toutes.

Le commandant fit à Frantz le récit de son voyage souterrain dans la montagne; puis il ajouta :

— J'avoue qu'après le salut de mon neveu et de ma nièce, ma plus grande préoccupation pendant ces heures terribles était de manquer au rendez-vous que vous m'aviez donné. Mais voyons, expliquez-vous clairement : avez-vous découvert quelque indice qui vous permette d'espérer retrouver celui que je cherche ?

— Un moment, je l'ai cru : j'ai rencontré à la Ferme de Lee un jeune homme dont l'histoire avait une certaine analogie avec celle de Henry Gérard. C'est bien le nom, n'est-ce pas ?

— Parfaitement.

— Cet homme montait précisément vers le nord; c'est ce qui fait que je vous ai indiqué cette direction; mais, quand je l'ai retrouvé et que je l'ai interrogé, j'ai compris que je me trompais.

— Toujours rien ! murmura le commandant.

— Non ; mais peut-être ne faut-il pas désespérer. En somme, ni vous ni moi n'avons cherché... Et, tenez, commandant, il y a un moyen auquel il sera bon de recourir : mettre une annonce dans les principaux journaux de Prétoria et dans ceux de la République d'Orange ; presque tous les Boërs les lisent : ils pénètrent jusque dans les fermes les plus éloignées ; peut-être recevrons-nous d'utiles indications de ce côté.

— Pour cela, il faut retourner à Prétoria.

— N'est-ce pas ce que vous comptez faire?

— J'y serai bien forcé. Vous m'accompagnerez?

— Très probablement.

— Dites-moi : qui est donc ce M. Cornélius que vous appelez votre chef ?

— Cornélius, c'est l'homme le plus brave, le plus adroit, le plus habile que je connaisse, malgré son jeune âge — il n'a pas trente ans. — Pendant la guerre contre les Anglais, il avait dix-huit ans, et il était un des premiers lieutenants de Joubert; aujourd'hui, les Anglais le redoutent encore. Ah ! s'il était libre, comme il aimerait à se consacrer avec vous à la recherche du fils de M. Gérard! Cette entreprise aventureuse et quelque peu romanesque le tenterait, car il a dans le caractère un fond de générosité et de sentiments chevaleresques que je n'ai rencontrés nulle part que chez lui.

— Vous me donnez envie de faire plus ample connaissance avec lui.

— Cela vous sera facile, commandant, car vous ne pouvez partir encore. D'abord, je crois que Cornélius veut envoyer des hommes à la recherche de vos deux wagons.

— Je lui en serai profondément reconnaissant.

— Mais, dites-moi, quel est cet Anglais, ce M. Dover qui vous accompagne ? Vous savez qu'ils ne sont pas en odeur de sainteté ici, les Anglais !

Le commandant raconta comment il avait fait la connaissance de M. Dover, et les obligations qu'il avait envers lui depuis l'affaire des lions.

— Il fera bien de ne pas se vanter de sa qualité de sujet de Sa Majesté britannique! Mais, voici Cornélius en conversation avec votre neveu et Mademoiselle votre nièce. Allons au-devant d'eux.

M. Parr et Frantz rejoignirent les jeunes gens.

Cornélius s'informa de la santé du commandant, de la façon dont il avait passé la nuit, puis il lui dit :

— Pouvez-vous m'indiquer où vous avez laissé votre premier wagon et à quel endroit vous avez été attaqué par Mutassa?

Le commandant donna les renseignements qu'on lui demandait, et Frantz se chargea d'envoyer quelques hommes explorer l'autre rive du fleuve. Puis, la conversation devint plus générale : on s'entretint des événements politiques, de la vie aventureuse que menaient Cornélius et ses compagnons.

— Certes, dit le jeune homme, le métier que nous faisons est rude et souvent dangereux. Maintenant que l'Afrique est parcourue dans toutes les directions par des missions scienti-fiques dont les chefs sont de véritables commandants de corps d'armée, les éléphants s'éloignent de plus en plus et il faut aller loin pour les trouver ; et puis, la chasse de ces animaux n'est pas sans danger; mais cette vie a ses charmes. Quant à moi, je n'en ai jamais connu d'autre, sauf pendant la grande guerre... un autre genre de chasse, en somme.

— Dans lequel vous vous êtes distingué.

— J'ai fait mon devoir, et rien de plus. A propos, comman-dant, êtes-vous chasseur ?

— A l'occasion.

— M. votre neveu est, je crois, très amateur.

— Oui ; mais pas assez prudent.

— Eh bien! si vous le désirez, demain nous pourrons chas-ser aux alentours du camp.

— Avec plaisir.

A ce moment, M. Dover rejoignit le groupe.

— Et Monsieur ? demanda Cornélius.

— Il s'agit de chasse, dit Mabel.

— Mademoiselle connaît mes goûts pour ce genre de sport.

— Je sais seulement que vous n'aimez pas l'affût.

— Ni aucun autre?

— Alors, vous ne nous accompagnerez pas ?

— Je n'ai pas dit cela; cela dépendra.

En disant ces mots, Dover jeta sur Mabel un regard interrogatif, que Cornélius saisit au passage.

— Oh ! oh ! pensa-t-il ; est-ce que cet Anglais aimerait la belle Américaine ? Je le regretterais pour elle.

La journée se passa sans incident.

Pierre n'avait guère paru de tout le jour ; il avait fait connaissance d'un Boër d'origine française, qui, par hasard, savait quelques mots de cette langue, et tous deux s'en étaient donné à cœur-joie de parler de la France dans leur langue maternelle.

Le lendemain, d'assez bonne heure, les chasseurs quittèrent le camp et se dirigèrent vers les bois. Mabel était de la partie.

En apprenant cette détermination de la jeune fille, M. Dover prit son fusil et suivit la chasse. Cornélius le remarqua. Il éprouvait pour M. Dover une antipathie instinctive que sa qualité d'Anglais augmentait encore. Il était surtout vexé de voir les attentions dont Mabel était l'objet de la part de Dover.

Dès que la chaleur se fit sentir, les chasseurs reprirent le chemin du camp.

Cornélius, resté en arrière pour chercher une pièce qu'il avait abattue, prit à travers bois pour rejoindre la petite troupe. Il marchait rapidement, tenant son fusil sous son bras, et songeant à Mabel dont la beauté l'avait frappé.

— La jolie créature ! pensait-il ; il serait vraiment dommage que cet Anglais eût fait impression sur cette jeune fille !... Mais, en résumé, qu'est-ce que cela peut bien me faire ?...

Dans quelques jours elle partira, je ne la verrai plus et...
Qu'est-ce que j'aperçois, là, dans ce fourré?

Il se détourna.

— Peuh !... Un journal anglais... Non, un journal américain : le *New-York Herald*... Comment se trouve-t-il ici ?...
Sans doute le commandant qui l'aura perdu... C'est impossible :
il n'a pas suivi ce chemin... Non ; mais les noirs de Mutassa
l'ont suivi, eux.

Tout en marchant, Cornélius avait jeté son fusil sur son
épaule, et de ses deux mains libres, il dépliait le journal qu'il
parcourait des yeux.

Soudain il sourit et dit à demi-voix :

— Ils vont bien, ces Américains : 500.000 dollars de récompense ! Peste !... Et pourquoi offrent-ils cette jolie somme ?...

Il s'arrêta et lut l'annonce insérée par M. Atkins.

— Henry Gérard... Paul Gérard... répétait Cornélius tout
pensif... C'est curieux; il me semble que ces noms ne me
sont pas inconnus, que je les ai déjà entendu prononcer.....
Sans doute quelque Boër ou quelque étranger de ce nom que
j'aurai rencontré.

Il rejoignit la petite troupe.

— Eh bien ! demanda le commandant, avez-vous trouvé votre
gibier?

— Non, Monsieur; mais j'ai trouvé quelque chose qui sans
doute vous appartient.

— Quoi donc?

— Un journal : le *New-York Herald*.

— Ce n'est pas à moi, il y a bien longtemps que je n'ai lu un
journal.

— Celui-ci est reconnaissable entre tous, ajouta Cornélius;
car il contient une singulière annonce : la promesse de 500,000
dollars....

M. Dover fit un pas vers le jeune Boër.

— Serait-ce à vous? demanda Cornélius,

M. Dover hésita un instant et répondit :

500,000 DOLLARS.   15

— Non, Monsieur.

— Je l'aurais cru.

— Non, Monsieur; c'est un simple mouvement de curiosité Et pourquoi offre-t-on cette récompense ?

— Voyez vous-même.

Cornélius tendit le papier à M. Dover, qui lut curieusement l'annonce.

C'est un journal.

— C'est singulier, en effet, dit-il.

Puis, s'adressant au commandant:

— Mais, cet Henry Gérard, n'est-ce pas l'enfant que vous cherchez ?

— Oui.

— Il est bien singulier que ce journal se trouve ainsi dans les bois, au centre d'une région perdue, sans que personne l'y ait apporté, observa Mabel.

— Je sais qui l'a laissé tomber, Mademoiselle, dit Cornélius: ce sont les nègres du chef Mutassa, qui portaient les objets qu'ils ont enlevés dans votre wagon et qu'ils vous ont rendus hier; près de l'endroit où je l'ai ramassé, j'ai relevé l'empreinte toute fraîche de leurs pieds nus.

— Tout ce que je puis affirmer, c'est que ce journal n'est pas à moi, dit Dover.

Personne ne répondit, et l'on rentra au camp en silence.

Mais cet événement, si futile en apparence, préoccupa les voyageurs le restant de la journée, le commandant surtout.

— Comment se fait-il que M. Dover, qui arrive de Londres directement, ait dans sa poche ce numéro du *New-York Herald* ? Car, il n'y a pas de doute pour moi , c'est lui qui l'a perdu. Et comment se fait-il que, sachant que je cherche un enfant dans cette région, il no m'ait pas parlé du nom de cet enfant, de l'annonce, de l'offre d'une somme aussi forte?... Est-ce que, lui aussi, il serait sur la piste ?... Ne me suivrait-il que pour savoir?... Oh! oh! M. Dover, je vais éclaircir cela; et si ce que je soupçonne était vrai.... Ce coquin de M. Atkins aurait-il envoyé cet homme pour m'empêcher de ramener Henry Gérard, au cas où je le trouverais?... Si je savais cela ?

L'arrivée de Pierre interrompit M. Parr dans ses réflexions.

— Sauf votre respect, commandant, ça ne vous parait-il pas drôle, cette affaire de journal?... Moi, ça me taquine !...

— Alors tu crois que c'est Dover...?

— Damo, commandant! m'est avis que ça ne peut pas être d'autre que lui.

— Qu'en penses-tu?

— Je pense que c'est un maladroit.

— Si ce n'est que cela !

— Et un.... un Anglais !

— Oui, je sais, pour toi un Anglais est capable de tout.

— Vous l'avez dit, commandant.

— Tu es un peu excessif dans tes jugements, mon garçon.

— Qu'est-ce que vous voulez, commandant ? j'ai toujours été comme cela !

— Enfin, nous verrons. Pour le moment, il n'y a pas lieu de s'inquiéter, puisque, malheureusement, rien ne nous fait prévoir que nous trouvions jamais celui que nous cherchons.

— Et même si nous continuons, m'est avis que nous n'en prenons pas le chemin. En fait d'enfants, nous trouvons des aventures.

Le commandant ne répondit pas et alla rejoindre Mabel et Georges qui, dans la tente cédée à la jeune fille par le colonel Serpa Pinto, s'entretenaient, eux aussi, de l'événement. Comme leur oncle, ils étaient convaincus que M. Dover mentait, et, cette conviction entrée dans leur esprit, ils n'avaient pas de raisons pour croire un seul mot de tout ce que l'Anglais avait raconté jusqu'alors.

Le soir, après le repas pris avec Frantz et Cornélius, les voyageurs se réunirent, ainsi que la veille, autour du foyer.

Comme ils se disposaient à se retirer, Cornélius dit au commandant, assez bas pour que personne ne l'entendît :

— Restez, Monsieur, j'ai à vous parler.

Quand il n'y eut plus devant le brasier que M. Parr, Frantz et Cornélius, celui-ci dit au commandant.

— Mon ami Frantz, que j'ai interrogé sur les paroles de votre compagnon M. Dover, qui vous parlait de l'enfant que vous cherchiez, m'a donné quelques détails sur cet enfant.

— Je n'ai dit à Cornélius que ce que tout le monde sait, Monsieur, interrompit Frantz ; je ne lui ai pas parlé des détails que vous m'avez confiés à Soul's-Port.

— Je n'ai jamais douté de votre discrétion, mon ami.

— Eh bien ! reprit Cornélius, je puis vous affirmer que le nom de Gérard, non plus que celui de Henry, ne me sont inconnus. Plus j'y songe, plus je suis convaincu que je les ai déjà entendus prononcer. Où et quand ? Cela me reviendra sans doute ; mais, pour le moment, je ne me souviens pas. En tout cas, vous pouvez être certain que Henry Gérard est venu dans le Transvaal ou dans la République d'Orange. C'est très vague, ce que je vous dis là ; mais pour moi c'est un point de départ, et je suis sûr que, maintenant que ce souvenir est gravé dans mon cerveau, d'un moment à l'autre je me rappellerai très nettement.

— Je le souhaite, Monsieur, et vous suis d'avance reconnaissant.

Le commandant serra la main de son hôte et se retira dans son wagon.

Pendant cinq jours encore, les voyageurs restèrent au camp. Ils attendaient le retour des hommes partis à la recherche de leurs chariots. Durant ce temps, Cornélius se faisait apprécier du commandant et de sa famille. M. Parr, en sa qualité d'homme brave et hardi, l'admirait fort.

Georges aimait à s'entretenir avec le Boër qui lui racontait ses chasses et ses aventures de guerre, avec un tel enthousiasme que le jeune homme eût volontiers renoncé à retourner en Amérique pour embrasser ce genre d'existence.

Quant à Mabel, elle éprouvait une sympathie un peu admirative pour cet homme jeune, superbe dans son costume bizarre dont Georges lui racontait les prouesses ; et puis, si autrefois la jeune fille avait été flattée de l'admiration respectueuse de Dover, elle éprouvait une sorte d'orgueil à se voir distinguée par Cornélius, car le Boër ne cachait pas l'impression que Mabel avait faite sur lui. Quand elle levait les yeux et qu'elle voyait le regard de Cornélius attaché sur elle, elle devenait très rouge, non pas de honte, mais de fierté et même de plaisir.

M. Dover n'était pas sans s'apercevoir de cette préférence ; il en ressentait une sourde colère contre le Boër, contre Mabel, contre le commandant même, qu'il accusait, en secret, de laisser cet aventurier courtiser sa nièce.

Pierre était le seul qui ne vit rien de tout cela. Il passait ses journées avec son compatriote, chassait avec lui, fumait de nombreuses pipes en sa compagnie et lui racontait ses aventures du temps qu'il était corsaire.

Frantz, qui n'avait pas les mêmes raisons que les autres pour être aveugle ou pour taire ce qu'il voyait, crut devoir parler à Cornélius. Dès les premiers mots, celui-ci l'arrêta.

— Mon cher, lui dit-il, ne crains rien et laisse-moi être heureux à ma manière ; tu sais bien que je ne suis pas homme à oublier mes devoirs pour une jolie femme, et que les plus beaux yeux du monde ne sauraient me faire manquer à mon serment.

— A ton aise, mon garçon ; mais, crois-moi : tu te prépares des chagrins pour plus tard.

— Eh bien ! vienne plus tard ; en attendant j'aime. Qui sait seulement si plus tard viendra jamais !...

Cependant les envoyés de Cornélius étaient de retour. Ils avaient trouvé les wagons, les avaient amenés sur la rive opposée du fleuve, où ils attendraient qu'il convint au commandant de partir.

M. Parr annonça qu'il ne pouvait rester plus longtemps. Après mûre réflexion, il se décidait à renoncer à son projet : il comprenait la folie de sa tentative ; il croyait avoir assez fait, et il était bien résolu à retourner en Amérique.

Cette décision, que rien ne faisait prévoir, surprit tout le monde.

Mabel en fit l'observation à son oncle :

— Eh quoi, lui dit-elle, vous abandonnez la partie ! Vous aurez fait pour rien ce grand voyage !...

— Ma chère Mabel, répondit le commandant en souriant, en agissant ainsi je ne fais que suivre tes conseils ; tu m'avais bien prévenu que c'était folie d'entreprendre une pareille tâche ; je me rends à tes bonnes raisons.

Mabel devint très rouge.

— Au surplus, ma chère enfant, crois-moi : pour tous il vaut mieux nous éloigner..... Tu m'en remercieras plus tard.

Georges aussi essaya de faire revenir son oncle sur sa détermination ; mais ce fut peine perdue.

M. Dover approuva hautement M. Parr, ce dont le commandant ne fut que médiocrement flatté.

Après de longues délibérations avec Frantz, il fut convenu que le départ aurait lieu trois jours plus tard, c'est-à-dire après le temps strictement nécessaire pour transporter aux wagons des vivres suffisants pour regagner Prétoria

CHAPITRE XVII

On était à la veille du départ.

Frantz, le commandant et Pierre avaient traversé le Zambèze pour s'assurer par eux-mêmes que les ordres du guide avaient été ponctuellement exécutés, que les vivres et les provisions étaient arrivés, les bœufs rassemblés, les derniers préparatifs terminés.

M. Dover, pris d'un goût subit pour la chasse, avait quitté le camp avec son fusil; Mabel et Georges restaient dans la tente, et Cornélius, l'air préoccupé, errait autour des wagons.

Georges sortit un instant et l'aperçut.

— Si nous allions fa   une dernière promenade sur la lisière du bois? dit le jeune homme.

— Avec plaisir; M⁣ˡˡᵉ Mabel nous accompagne-t-elle? répondit Cornélius.

— Pourquoi pas? dit la jeune fille.

— Prenons-nous nos fusils? demanda Georges.

— Dans ce pays, mon cher ami, et surtout en ce moment, on ne doit jamais s'éloigner du camp sans armes.

Les trois promeneurs partirent. Ils marchaient lentement, Georges à la gauche de sa sœur, Cornélius à sa droite. A l'entrée du bois, ils s'arrêtèrent.

— Reposons-nous un instant, dit le Boër; le soleil est haut, et Mademoiselle doit être lasse.

— Et vous guère en train de chasser, observa Georges.

— C'est vrai; aujourd'hui, je me sens tout triste, répondit

Cornélius; l'idée que demain vous allez partir, me chagrine plus que vous ne pourriez le croire.

— Venez avec nous, s'écria Georges; qui vous retient dans ce pays?

— Le devoir, d'abord.

— Et votre famille, sans doute aussi? demanda Mabel.

— Je n'ai pas de famille, Mademoiselle, ou, du moins, je ne m'en connais pas.

— Vos parents sont morts?

— Je l'ignore; j'ai été recueilli tout enfant par un Boër, qui est bien vieux maintenant, mais que j'aime comme s'il était mon père. Mais ce n'est pas cela qui m'empêche de vous accompagner.

— Nous avons encore en Amérique, du côté des montagnes Rocheuses, de beaux pays de chasse, insinua Georges.

— Je vous ai dit que le devoir m'enchaînait ici; j'ai juré de me consacrer tout entier à la cause que sert le colonel Serpa Pinto; la lutte est engagée, ce n'est pas le moment de déserter mon poste, d'autant plus que mon départ entraînerait le démembrement de la troupe que je commande. Tous ces hommes croient me servir bien plus que le colonel; pour eux, je représente la résistance acharnée contre l'Angleterre, et la cause portugaise les intéresse peu. Moi parti, ils retourneraient à leurs chasses et à leurs solitudes.

— Vous disiez que vous n'avez pas connu vos parents, demanda Mabel; vous êtes né dans ce pays, cependant.

— Je le crois, mais je ne saurais rien affirmer. Je ne sais de mes premières années que ce que le vieux Boër qui m'a élevé m'en a dit.

— Oh! contez-nous votre histoire, s'écria Georges; j'aime tant les histoires, moi!

— Elle est bien banale: un jour, en revenant de je ne sais quelle ville, le Boër dont je vous parle, et qui se nomme Petrus Operboum, me trouva dormant sur le bord du chemin; il m'emmena chez lui et m'éleva avec les huit enfants qu'il avait déjà, me faisant travailler ferme et ne me ménageant ni les réprimandes ni même les corrections, car j'étais, paraît-il, un enfant terrible. Quand éclata la guerre, j'avais à peu près dix-huit ans; je pris un fusil et je marchai contre les Anglais. Dans une circonstance difficile, Joubert me remarqua et je devins pour ainsi dire un de ses lieutenants: puis, après la paix signée, je me fis chasseur d'éléphants, et c'est tout.

— Et vous n'avez jamais questionné votre père adoptif?... Vous n'avez jamais cherché à savoir?...

— A quoi bon, Mademoiselle? Si mes parents sont morts, c'est peine perdue ; s'ils m'ont abandonné volontairement, valent-ils la peine que je les recherche? Non; et puis, j'aime la vie que je mène ici.

A ce moment, un coup de fusil éclata sous bois, et un bruit de branches brisées trahissant le passage d'un animal retentit à peu de distance.

— Venez-vous? s'écria Georges en ramassant son fusil et en s'élançant.

Cornélius fit un mouvement, étendit le bras vers son arme ; mais il resta.

Georges n'avait pas attendu son compagnon; il était déjà loin.

Le Boër regardait Mabel dont les yeux suivaient Georges bondissant à travers les fourrés.

— Ne craignez rien, Mademoiselle, dit Cornélius devinant la pensée de la jeune fille; à cette heure et aussi près du camp, votre frère ne court aucun danger.

— Il me semble, cependant.....

— Si vous l'ordonnez, je vais le rejoindre; mais, de grâce, laissez-moi profiter des dernières heures qui me restent à passer près de vous. Des quelques jours qui viennent de s'écouler, demain, il ne me restera plus que le souvenir.

— Qui s'effacera bien vite dans le mouvement de votre vie aventureuse.

— Non; ne croyez pas cela. Notre existence, à nous, est vouée à la solitude: le jour, nous parcourons de grands espaces sans rencontrer d'autres créatures humaines que quelque misérable négresse, pliant sous une charge de bois, ou quelques bandes de noirs revenant du marché voisin; nos nuits se passent à l'affût des fauves dans le silence des grands bois. Comme tous ceux qui vivent seuls, nous pensons, et, je vous le jure, pendant longtemps ma pensée s'envolera là-bas, vers l'Amérique où vous serez... tous... Je vivrai de souvenirs, tandis que vous, vous oublierez jusqu'au nom du pauvre Boër qui fut assez heureux pour vous recevoir, pour vous garder quelques jours dans son camp.

— Oh! Monsieur, croyez que le commandant, Georges et moi, nous n'oublierons jamais votre hospitalité.

— Si vous saviez comme les souvenirs sont vivaces chez nous, et comme, à défaut d'événements à se remémorer jusque dans leurs moindres détails, il se passe dans notre esprit de singulières choses que je ne saurais expliquer, car je suis un homme des bois, moi, un pauvre chasseur, qui n'ai jamais rien appris. Imaginez-vous que j'invente des histoires, que je vois devant moi des choses qui n'ont jamais existé, que je me figure connaître des objets que je n'ai jamais vus. Je ne sais comment vous appelez ça.

— Mais, Monsieur, c'est tout simplement de l'imagination.

— Ainsi, la mer, l'océan, dont vous parlez souvent, je ne les ai jamais vus; eh bien, il me semble cependant les connaître; je m'imagine des espaces d'eau immenses, plus étendus que le désert du Kalahari, et toujours en mouvement, toujours agités de grandes ondulations semblables, elles aussi, aux ondulations du désert. Vos navires! mais j'en ai une idée confuse, et je suis certain que si j'en voyais un, je le reconnaîtrais, quoique n'en ayant jamais aperçu. Mais je vous ennuie avec mes folies, et je ne sais pourquoi je vous dis cela.

— Continuez, M. Cornélius; vous m'intéressez énormément, au contraire.

— L'autre jour, quand j'ai trouvé ce journal perdu par M. Dover, ce nom de Gérard m'a frappé; pendant toute la nuit, j'ai cherché où je l'avais entendu, et voilà que, au lieu de me rappeler l'homme qui le portait, mon imagination, ainsi que vous appelez cela, a échafaudé toute une histoire ; je voyais un homme couché dans un lit, près de lui un marin, puis une scène de lutte, de coups échangés avec un autre homme, puis encore la mer.

— C'est en effet fort curieux, dit Mabel toute pensive.

— Eh bien! Mademoiselle, reprit le jeune homme, quand vous serez partie, c'est de votre souvenir que je vivrai ; c'est votre personne, votre visage, vos traits, que j'évoquerai ; c'est votre voix qui résonnera doucement à mon oreille ; et pas un fait, pas une circonstance de votre séjour, si insignifiante soit-elle, ne s'effacera de ma mémoire... Ah! je reverrai souvent ce dernier entretien, et, tout seul, vous croyant là, devant moi comme vous y êtes maintenant, j'oserai vous dire...

— N'achevez pas, M. Cornélius, ne troublez pas, par des paroles... inconsidérées, le calme de ce dernier entretien, comme vous appelez cette causerie. Vous avez l'imagination vive, M. Cornélius, et vous prenez pour des réalités ce qui n'est que le produit de cette imagination.

— Vous vous trompez, Mademoiselle; mais vous avez raison de m'arrêter, j'allais dire des folies.

— Vous le reconnaissez ?

— Oui; de même que je reconnais que j'oublie trop souvent — hélas! c'est là un de mes grands défauts — que je ne suis qu'un pauvre chasseur d'éléphants, et, de plus, un homme sans nom, sans famille, élevé vaille que vaille par un misérable fermier.

— Mais il me semble que votre nom en vaut bien un autre, et que vous avez pris soin de l'illustrer, si j'en crois ce que l'on dit de votre bravoure.

— Peuh!... la belle affaire que d'être brave, de ne pas craindre la mort et de faire son devoir devant l'ennemi ! Il y a des milliers d'hommes qui en font autant.

— Vous êtes trop modeste.

— Non, et je sais ce que je vaux; mais, je vous en prie, ne parlons pas de moi.

— Eh bien! donc, parlons d'autre chose.

— Pourquoi vous moquer? Pourquoi abuser de la supériorité de votre éducation de femme civilisée? Croyez-vous donc, parce que je suis un demi-sauvage, que je ne sais pas, tout

Mabel et Cornélius causaient.

comme un autre, apprécier la grâce et la beauté?... Eh bien! oui, je veux vous le dire, dussiez-vous en être fâchée: avant de vous avoir rencontrée, je n'avais jamais rêvé, même dans mes rêves les plus fous, d'une femme aussi belle, aussi séduisante que vous; je n'avais jamais pensé, moi qui n'ai vu que nos jeunes filles au teint hâlé par le soleil, aux mains calleuses, au corps déformé par le travail, je n'avais jamais pensé qu'il existât des créatures aussi parfaitement adorables que vous, et, du premier moment que je vous ai vue, je vous ai adorée.

— Monsieur Cornélius, c'est mal ce que vous faites; vous

profitez de ce que je suis seule avec vous pour me faire entendre un langage...

— Que vous n'avez jamais entendu peut-être ? Allons donc ! vous êtes trop belle pour qu'on ne vous l'ait jamais dit; et ce M. Dover, qui s'attache à vos pas, qui vous rencontre dans un hôtel à Prétoria, vous rejoint à Soul's-Port et vous suit jusqu'ici, avait-il un autre but que celui de vous voir, de vous admirer ?

— M. Cornélius !

— Oh ! laissez-moi continuer ; je ne suis pas un homme civilisé, moi ; je n'ai pas à ma disposition, pour dire les choses, un langage raffiné, et je vous dis tout crûment que je vous trouve belle, que je vous admire, que... je vous aime !

Mabel s'était levée.

— Je ne puis vous écouter plus longtemps, Monsieur ; je rentre au camp et vous prie de ne pas m'y suivre.

— Pardonnez-moi, dit Cornélius en se plaçant devant la jeune fille ; pardonnez-moi, je suis fou. Je vais me taire, mais ne vous en allez pas, et surtout ne partez pas fâchée contre moi : j'en souffrirais trop.

— Alors promettez-moi de ne plus me parler de la sorte.

— Je vous le promets.

— Je retiens votre parole.

Les deux jeunes gens reprirent leur place, mais ils restèrent longtemps silencieux : Cornélius un peu surpris de ce qu'il avait osé dire à la jeune fille, et Mabel toute émue de l'aveu qu'elle venait d'entendre, et qui, bien qu'il la froissât dans sa forme un peu rude, ne laissait pas que de lui causer un sentiment de joie profonde, car elle aimait Cornélius, elle aimait cet homme très beau, très brave, très fort ; et il lui plaisait de dompter, d'assouplir cette nature un peu sauvage, dans laquelle elle découvrait des délicatesses, des raffinements d'homme très civilisé.

Elle résolut, néanmoins, de détourner la conversation.

— Vous me parliez tout à l'heure des créations de votre

imagination, reprit-elle après un instant. Ne seraient-ce pas
plutôt des souvenirs confus que votre mémoire évoque et qui
se présentent incomplets, faute d'un fil pour les guider?

— Des souvenirs?

— Oui; qui vous dit que les événements que vous croyez
inventer, vous ne les avez pas vécus? Tenez, cette histoire
d'homme couché dans un lit, avec un marin près de lui, je la
connais, moi; voulez-vous que je vous la raconte?

— Vous!

— Oui, moi; écoutez.

Et Mabel raconta la mort de M. Gérard à l'hôtel de Port-
Natal, la lutte de Pierre avec le commis du consulat et son
emprisonnement, puis elle ajouta:

— L'homme malade se nommait Paul Gérard; le matelot
assis près de son lit s'appelle Pierre Aubert, c'est celui-là
même qui nous accompagne.

— Ce borgne à la figure balafrée?

— Lui-même.

— Mais c'est bien étrange ce que vous me dites là, Mademoiselle; et comment se fait-il que vous connaissiez justement un
fait semblable à celui que mon imagination a créé?

— Peut-être mon oncle pourra-t-il répondre à cette question.....mais, dites-moi: vous parlez très correctement l'anglais;
où l'avez-vous appris?

— Je n'en sais rien; je crois que j'ai toujours su cette langue;
et la première fois que j'ai entendu un Anglais, je l'ai compris,
bien plus facilement que, dans les premiers temps de mon
arrivée chez celui qui m'a recueilli, je ne comprenais ceux qui
vivaient autour de moi, car, j'avais oublié de vous le dire,
quand le vieil Operboum m'a trouvé, je ne savais pas le hollandais.

— M. Cornélius, nous allons retourner au camp où mon oncle
doit être rentré maintenant, et vous lui direz ce que vous venez
de me raconter. Je suis certaine qu'il vous expliquera bien des
choses.

— Allons, Mademoiselle; mais tout ce que vous me dites me trouble et m'inquiète singulièrement.

— Et Georges? demanda tout à coup Mabel.

— Je vais le chercher.

Cornélius jeta son fusil sur son épaule et s'enfonça dans le bois, laissant Mabel toute rêveuse et toute pensive.

— Serait-ce lui? se demandait-elle. Cet enfant recueilli par un Boër serait-il celui que cherche mon oncle?

Un bruit derrière la jeune fille attira son attention; elle se retourna.

M. Dover, debout, appuyé sur le canon de son fusil, la considérait en silence.

— Je ne vous savais pas ici, Monsieur, dit-elle un peu embarrassée.

— Je m'en doute, répondit Dover en souriant d'un air moqueur.

Mais Mabel pensa que si l'Anglais avait été à cette place, Cornélius l'aurait vu en la quittant : elle fut rassurée et reprit son sang-froid.

— Avez-vous fait bonne chasse? demanda-t-elle d'un ton dégagé.

— Excellente.

— Vous avez tué?

— Ce n'est pas ainsi que je l'entends, je n'ai rien tué; mais j'ai appris ce dont je me doutais déjà, du reste, que M. Cornélius vous aime et que vous l'aimez.

— Monsieur !

— Oui, Mademoiselle, et j'ajouterai même que pour un demi-sauvage, il a une manière tout à fait galante de tourner une déclaration.

— Vous nous écoutiez donc !

— Qu'il vous suffise de savoir que je vous ai entendus.

— C'est, vous l'avouerez, d'une délicatesse douteuse.

— C'était pour moi le seul moyen de m'assurer que mes soupçons étaient fondés! Vous aimez cet homme; et moi, quand je vous ai parlé d'amour, vous m'avez repoussé! Eh bien, sachez-le, je vous aime malgré cela, plus encore peut-être maintenant qu'avant d'avoir acquis cette certitude.

— C'est lâche ce que vous faites là, Monsieur; vous profitez de ce que je suis seule pour me faire entendre des paroles que je considère comme une insulte.

— Mais que vous acceptez fort bien dites par le beau Boër.

— Vous savez que ce n'est pas vrai, que je lui ai imposé silence.

— En vérité, Mademoiselle, me prenez-vous pour un enfant Il est beau temps d'imposer silence aux gens quand ils ont dit tout ce qu'ils avaient à dire.

— Je ne puis en entendre davantage, Monsieur; laissez moi.

— Pas avant que vous ne m'ayez écouté : je vous ai dit que je vous aimais, que c'était pour vous voir que je vous avais suivie. Eh bien! je ne suis pas homme à me retirer devant un rival, quel qu'il soit. Aujourd'hui je veux de vous une réponse catégorique: est-ce lui ou moi que vous aimez ?... Vous allez partir! Vous ne verrez plus cet homme, vous l'oublierez; voulez-vous être ma femme? Me permettez-vous de demander votre main à M. votre oncle et de lui dire que j'ai votre consentement?

— Il ne me plait pas de répondre à votre première question, Monsieur; quant à la seconde, je vous réponds : non. Jamais je ne serai votre femme.

— C'est votre dernier mot?

— C'est mon dernier mot... De grâce, Monsieur, réfléchissez et ne me laissez pas regretter la reconnaissance que je vous ai d'avoir sauvé mon oncle de la mort.

— Je n'ai que faire de votre reconnaissance, Mademoiselle, si elle vous pèse trop; je me retire, mais je ne me tiens pas pour battu; du reste, vous réfléchirez.

— Mes réflexions sont faites.

— Nous verrons.

Puis, saluant très courtoisement:

— Mademoiselle, je vous présente mes hommages.

Et il s'éloigna rapidement dans la direction du camp.

Mabel resta un instant comme atterrée ; de grosses larmes coulaient de ses yeux, elle se reprochait son imprudence.

— Je dirai tout à mon oncle, pensait-elle ; peut-être pourra-t-il me débarrasser de cet homme.

Quelques instants après, Cornélius et Georges revinrent. Le jeune homme pliait sous le poids d'un jeune antilope qu'il portait sur ses épaules, et tous trois reprirent le chemin du camp.

CHAPITRE XVIII

HENRY GÉRARD.

Le commandant était de retour du camp depuis quelque temps déjà quand les jeunes gens arrivèrent ; il se promenait devant la tente, causant avec M. Dover.

Georges jeta la bête qu'il avait tuée aux pieds de son oncle, et Mabel s'approcha de M. Parr pour l'embrasser.

— J'étais en train de rassurer M. votre oncle, Mademoiselle ; il commençait à s'inquiéter de votre longue absence, et je lui disais que je vous avais rencontrée en bonne compagnie.

— Tu sais, ma chère enfant, que je n'aime pas te savoir loin de moi.

— Il n'y avait pas le moindre danger, commandant, dit Cornélius en s'avançant ; Monsieur, — il montrait Dover — aurait pu vous le dire, car il a battu le bois une partie de l'après-midi.

— Mon oncle, j'ai à vous parler, reprit Mabel.

— Quel air grave ! dit le commandant en souriant.

— Voulez-vous me suivre un moment dans ma tente ?

— Une véritable audience ! Allons, ma nièce.

Tous deux entrèrent ; et la toile servant de porte retomba sur l'ouverture.

— Est-ce qu'elle va lui dire ?... se demandait M. Dover ; cela ne ferait pas mon affaire... Décidément, l'amour rend imbécile, et je me suis comporté comme un enfant.

Et M. Dover s'éloigna de quelques pas.

— Mᵐᵉ Mabel va-t-elle se plaindre de moi au commandant ? pensait Cornélius. J'en serais désolé... J'ai eu tort de lui par-

ler comme je l'ai fait; elle partait, j'aurais dû garder mon secret; mais c'était plus fort que moi !

Lui aussi s'éloigna de quelques pas, mais pour prendre le
bras de Georges et causer en se promenant avec lui.

Pierre survint sur ces entrefaites, et dit à Georges en français, oubliant qu'il ne parlait plus à son ami le Boër :

— Tonnerre à la voile ! M. Georges, ça me chagrine tout de
même de partir. Jamais appareillage ne m'a autant coûté.

— Quelle langue parlez-vous là? demanda Cornélius; n'est-
ce pas du français?

— Du français, et du bon, je m'en flatte, répondit Pierre en se
rengorgeant. C'est ma langue maternelle, M. Cornélius.

— Connaissez-vous le français? demanda Georges.

— Non, mais je l'ai déjà entendu parler, et il m'est agréable
de l'entendre encore.

— C'est une belle langue, M. Cornélius, s'écria Pierre, et je
n'ai jamais pu comprendre qu'on en parlât une autre; ça devrait
être le langage de tout un chacun et de tous!

Georges et Cornélius rirent de la boutade du marin et continuèrent leur promenade. Un instant après, le commandant
sortit de la tente et s'approcha des deux jeunes gens. Il semblait singulièrement ému.

— M. Cornélius, dit-il, j'ai à vous parler; vous plairait-il de
venir dans la tente ?

— Je suis à vos ordres, Monsieur.

Le commandant souleva la toile et fit passer devant lui le
Boër.

Mabel était assise dans le fond, sur le petit lit de camp. Elle
était très rouge, ses beaux yeux brillaient étrangement.

Le commandant appela Georges.

— Dis à Pierre de se tenir près d'ici, mon enfant ; j'aurai
besoin de lui dans un instant, et tu viendras nous rejoindre.

Ces paroles inquiétèrent encore Cornélius. M. Parr lui fit
signe de s'asseoir, et lui-même prit place sur un pliant, tandis que
Georges, sa commission faite, alla se mettre à côté de Mabel.

— Vous savez, Monsieur, commença lentement le commandant, les raisons qui m'ont amené dans ce pays : je cherche un
enfant du nom de Henry Gérard, perdu, il y a vingt-cinq ans, à
Port-Natal, dans des circonstances particulières.

— Je le sais, commandant. Vous me l'avez dit lorsque j'ai
trouvé le journal contenant une annonce...

— Parfaitement. Je désespérais de le trouver jamais, et j'allais abandonner ma poursuite ; mais ma nièce vient de me
raconter la conversation qu'elle a eue avec vous cette après-
midi, et je crois que, dans vos souvenirs, je puis recueillir de
précieux renseignements.

— Je serai très heureux, Monsieur, si je puis vous servir en
cette circonstance.

— Veuillez donc m'écouter avec la plus grande attention, et
me dire si ce que je vais vous raconter évoque, dans votre
esprit, la souvenance de faits et d'événements dont vous avez été
témoin.

« Il y a vingt-cinq ans, un Français du nom de Paul Gérard
quittait New-York sur un navire appelé le *Roanoke* ; c'était un
grand vapeur portant de chaque côté d'énormes roues, qui battaient l'eau, mues par une machine à vapeur. M. Gérard était
très souffrant quand il s'embarqua ; il passait presque tout son
temps couché dans sa cabine, avec son fils auprès de lui, et
l'enfant s'ennuyait. Après deux jours, il survint une horrible
tempête ; le navire était secoué terriblement, et le père avait
pris son fils dans son lit. Quand l'enfant se réveilla, la cabine
était sombre; il était seul dans sa couchette ; il eut peur : il
monta sur le pont et vit le navire qui sombrait au milieu
des grandes vagues. Son père le prit dans ses bras, et le
consola, puis il le fit coucher de nouveau, et l'enfant s'endormit. »

Le commandant se tut un instant.

Cornélius, les sourcils froncés, concentrait toutes les forces
de son esprit à fouiller dans sa mémoire.

— Ce que vous me dites là, Monsieur, on me l'a déjà raconté, sans doute quand j'étais enfant, et d'une façon moins claire, car j'en ai comme un vague souvenir.

— Je continue. « Quand l'enfant se réveilla, il était dans une petite barque, perdue au milieu de l'Océan avec son père et un marin. Au bout de quelque temps, ils montèrent sur un grand navire, qui ne ressemblait pas au premier; il y avait de grandes voiles, beaucoup de grandes voiles, et, pendant que son père restait couché, toujours malade, l'enfant jouait sur le pont avec le marin. Vous souvenez-vous?

— Cela, Monsieur, je me le rappelle; j'ai revu bien souvent le grand navire avec ses voiles et ses mâts dans lesquels des marins grimpaient comme les singes de ces forêts montent après les lianes des grands arbres.

— Et puis, reprit le commandant, le navire s'est arrêté dans un port; le père de Henry Gérard est descendu à terre avec son fils et le marin; ils sont allés dans un hôtel. Un soir le père a appelé le marin, il lui a parlé longtemps, puis il a embrassé l'enfant, et il s'est endormi pour toujours. Il était mort....

« L'enfant a beaucoup pleuré, et, pour le distraire et le consoler, le marin l'a emmené se promener dans la ville, qui se nomme Port-Natal; et l'enfant regardait curieusement les nègres et les négresses qu'il rencontrait dans les rues. Et puis, ils sont allés dans une maison où le matelot s'est battu avec un homme; d'autres hommes sont venus et ont emmené le marin, et l'enfant ne l'a plus revu.

— Je me souviens parfaitement de cela.

— Vous vous souvenez, Monsieur: est-ce donc que vous croyez être cet enfant? demanda le commandant en feignant la surprise.

— Je ne crois rien, Monsieur; et, comme je le disais tantôt à Mademoiselle, il se passe en moi une chose que je ne saurais expliquer : quand je pense à ces choses, il me semble que je les invente; quand vous me les racontez, pour certaines parties, il me parait que c'est un récit que j'ai déjà entendu, puis pour d'autres, pour les moins importantes surtout, je m'imagine les avoir vécues ; il y a une foule de petits détails qui me reviennent à l'esprit, apportant avec eux une impression de chose ressentie. Je ne sais pas si je me fais bien comprendre ; mais je vais vous donner un exemple : vous me parliez tantôt d'une barque où l'enfant était seul avec son père et un marin ; eh bien ! je m'imagine le sentiment de crainte que devait éprouver cet enfant, et je l'ai ressenti dans une descente du Zambèze, là-haut, près des grandes cataractes, non pas comme une chose nouvelle, mais comme une sensation pénible déjà éprouvée.

— Georges, dit le commandant, appelle Pierre.

Puis, s'adressant à Cornélius :

— Pierre est le marin qui accompagnait l'enfant dont je viens de vous dire l'histoire.

Le matelot entra.

— A vos ordres, commandant, dit-il.

— Je viens de raconter à Monsieur l'histoire de Henry Gérard et de son père ; mais je n'ai pu entrer dans les détails ; dis-nous donc ce qui s'est passé depuis le moment où vous avez quitté le trois-mâts norvégien , jusqu'à ton entrée en prison.

Pierre fit un récit fidèle et très mouvementé de tous les faits, n'omettant aucune circonstance, si futile et insignifiante fût-elle ; puis, sans même qu'on l'en priât, il revint sur les deux journées passées en canot, rappela les espiègleries du petit Henry, disant combien il était turbulent, quelle peine lui, Pierre, avait à le faire tenir tranquille. A mesure que le marin avançait dans son récit, Cornélius devenait de plus en plus attentif ; sa physionomie prenait une expression rêveuse ; et quand le matelot se tut, il resta longtemps silencieux, comme absorbé par ses pensées. Enfin, lentement, et comme si les souvenirs évoqués se présentaient clairement à sa mémoire, il dit :

— Oui, je me rappelle ; il me semble que tout cela je l'ai vu, je l'ai senti, je l'ai éprouvé. Maintenant que vous me racontez ces choses, je sens bien que je ne les inventais pas quand elles me venaient à l'esprit, et que ce que je croyais une imagination, n'était qu'un souvenir... Serais-je donc cet enfant, cet Henry Gérard?...

— Si c'est vous Henry Gérard, mon garçon, vous avez rudement grandi ! s'écria le marin.

—Je crois fermement que vous êtes Henry Gérard, dit le commandant ; mais il nous faut une autre preuve que des souvenirs : il faut que le Boër qui vous a recueilli nous dise où et comment il vous a trouvé, et surtout, à quelle époque exactement. Si sa déposition concorde avec les dates et les faits que nous connaissons, nous la lui ferons rédiger par écrit, et je pense qu'alors votre identité sera suffisamment établie et que vous pourrez venir avec nous en Amérique pour vous faire mettre en possession de l'immense fortune qui vous appartient.

— Mon père était donc riche ?

—Très riche ; sa succession est estimée à vingt ou vingt-cinq millions de dollars ; et ses gisements de pétrole, source de sa fortune, donnent encore chaque jour d'énormes bénéfices.

— Mais comment se fait-il, Monsieur, que vous vous soyez mis à ma recherche ?... Par quel concours de circonstances avezvous été appelé à venir chercher cet enfant au centre de l'Afrique ?

— Je vous expliquerai cela plus tard, Monsieur.

— Je comprends ! s'écria tout à coup Cornélius : 500,000 dollars de récompense !

A ces mots, le commandant devint très pâle ; il se leva, fit un pas vers le Boër et lui répondit, d'une voix que l'émotion faisait trembler :

— Vous vous trompez, Monsieur... Si je me suis mis à votre recherche, si j'ai sacrifié une partie de ma fortune pour vous trouver et vous faire rendre l'héritage qui vous appartient, j'obéis à un autre mobile que celui de toucher la récompense offerte par votre cousin ; j'accomplis un devoir que je me suis imposé, librement, de ma propre volonté, pour obéir à un scrupule de ma conscience que beaucoup trouvent exagéré, parce qu'ils sont incapables de le comprendre.

—Pardonnez-moi, Monsieur, répondit Cornélius ; j'ignorais....

— Je ne vous en veux pas ; les apparences sont contre moi, j'en conviens, et plus tard, vous saurez. Actuellement, il s'agit de réunir les preuves de votre identité. C'est ce que nous allons faire au plus vite. Où habite votre famille adoptive ?

— Fort loin d'ici, dans une ferme isolée.

— Nous allons nous y rendre.

— Immédiatement? demanda Cornélius dont la voix trahissait l'anxiété.

— Nous partirons demain matin, comme cela est convenu.

— Déjà !

— Si vous le désirez, nous pouvons retarder d'un ou deux jours, pour vous permettre de prendre vos dispositions.

— Quelles dispositions ?

— Laisser le commandement de votre camp à quelqu'un, prévenir le colonel Serpa Pinto..... Que sais-je, moi ?

— Impossible, Monsieur.

— Comment ?

— Je ne puis quitter ce camp, abandonner la cause que je sers.

— Vous ne nous accompagnerez pas ?

— Non ; j'ai juré.....

— Les circonstances vous délient de votre serment, et le colonel lui-même, s'il connaissait les motifs qui vous font agir, serait le premier à vous dire de partir.

— Non, Monsieur, c'est impossible. Mais, vous n'avez pas besoin de moi ; Frantz peut vous conduire.....

— Je ne partirai qu'avec vous.

— Restez donc, Monsieur.

Le commandant éprouvait une déception cruelle. Il était intimement convaincu de l'identité du jeune Boër ; pour l'établir d'une façon certaine, il ne lui fallait plus que le témoignage du vieil Operboum, et il pourrait emmener le fils de M. Gérard à New-York, le faire rentrer en possession de sa fortune ; et voilà que cet homme refusait de quitter le camp, de le suivre !

— Soit, nous resterons, dit enfin M. Parr, malgré ce que ce

séjour dans votre camp peut avoir de pénible pour une jeune fille. Nous resterons et nous vous suivrons partout où vous irez.

Un éclair de joie brilla dans les yeux de Cornélius, et son regard se porta sur Mabel, qui rougit et détourna la tête.

— Permettez-moi de me retirer, reprit Cornélius après un instant ; j'éprouve le besoin d'être seul pour mettre un peu d'ordre dans mes idées..... Laissez-moi vous dire, commandant, combien je regrette de ne pouvoir vous suivre ; mais vous me comprendrez, vous, un soldat, un homme d'honneur, qui avez toujours été esclave du serment, ainsi que vous venez de m'en donner la preuve. Je suis le chef, ici ; puis-je quitter mon poste et abandonner des hommes qui ont mis en moi toute leur foi ?..... A ma place, commandant, le feriez-vous ?...

M. Parr fit un geste.

— Ne me répondez pas..... Je sens que vous m'approuvez.

Sans ajouter un mot, Cornélius sortit.

CHAPITRE XIX

Le commandant, Mabel et Georges restèrent longtemps silencieux, songeant aux dernières paroles de Cornélius, bien convaincus, du reste, que cet homme n'était autre que le fils de M. Gérard. Enfin, M. Parr se leva, en murmurant :

— C'est un homme !... et un homme de cœur! Il mérite le bonheur qui lui arrive. — Puis, se tournant du côté de Mabel : Je suis désolé, ma chère enfant, de t'imposer ce surcroît de séjour ici ; mais, tu le vois, il m'est bien difficile de faire autrement. Il est certain que nous pourrions aller seuls, guidés par Frantz, trouver le Boër qui a élevé Cornélius ; mais je ne serais pas tranquille de laisser ce jeune homme ; c'est un garçon aventureux, qui ne connaît pas le danger. Ah! Dieu veuille que nous ne nous soyons pas trompés, et qu'une nouvelle déception ne nous attende pas à notre arrivée chez cet Operboum!

— Ne vous inquiétez pas de moi, mon oncle, répondit Mabel ; je me suis, vous le savez, associée et dévouée à la même cause que vous, et pourvu que nous réussissions, qu'importent quelques jours de fatigue de plus ou de moins?

— Merci, ma chère Mabel.

— Voulez-vous me permettre un conseil, mon oncle?

— Qu'est-ce que c'est, mon enfant ?

— A votre place, je verrais M. Frantz, et je lui demanderais d'envoyer au colonel Serpa Pinto une lettre dans laquelle je lui expliquerais la situation, et je prierais le colonel d'intervenir lui-même auprès de M. Cornélius pour le décider à nous accompagner.

— Tiens, mais c'est une idée, cela ; de ce pas je vais consulter Frantz.

Le commandant sortit, et se mit à la recherche du guide. Chemin faisant, il rencontra M. Dover qu'il n'avait pas vu depuis son retour.

— Eh bien ! commandant, demanda l'Anglais, tout est-il prêt pour notre départ ?

— Tout est prêt ; mais j'ai décidé de retarder notre voyage de quelques jours.

— Ah !...

— Oui ; j'ai tout lieu de croire que j'ai enfin trouvé l'enfant que je cherche.

— Ah ! dit encore M. Dover, mais cette fois sur un ton tellement joyeux que M. Parr crut devoir remercier l'Anglais.

— Cette nouvelle semble vous être agréable, je vous en remercie, car je ne doute pas de l'intérêt que vous prenez à mon entreprise.

— Plus heureux que vous ne sauriez croire, Monsieur. Depuis que le hasard nous a fait nous rencontrer et voyager ensemble, j'ai pris en effet un grand intérêt au succès de vos recherches, et je vous félicite bien sincèrement.

— Merci, répondit le commandant en tendant la main à Dover. Mais je ne voudrais pas vous imposer un plus long séjour ici, et si vous désirez retourner aux établissements, je crois que je puis vous en donner le moyen.

— Si vous le permettez, Monsieur, je vous attendrai ; les raisons qui m'ont fait vous accompagner existent toujours ; le moment de nous séparer définitivement viendra bien assez tôt, laissez-moi le retarder autant que possible.

— Comme vous voudrez, Monsieur.

Les deux hommes se quittèrent après un nouvel échange de poignées de main.

— Il ne m'a pas dit qui est cet enfant qu'il a retrouvé, pensait Dover ; mais je le saurai bientôt ; tout cela me semble fort extraordinaire et m'a toute l'apparence d'un coup monté. Pour toucher les 500,000 dollars de récompense, cet excellent commandant a, sans doute, arrangé une petite histoire... Ce serait en effet assez habile.... Je vais aux informations.

Et M. Dover alla flâner devant la tente où il savait trouver Mabel et Georges, attendant que l'un des deux sortit.

Bientôt il vit apparaître Georges. Il n'eut pas de peine, feignant d'être renseigné par le commandant, à obtenir de Georges le récit de ce qui s'était passé.

— C'est tout à fait certain, dit M. Dover au jeune homme : pour moi, l'identité de M. Cornélius et de Henry Gérard ne fait aucun doute. Puis, après un instant, il ajouta :

— Qu'en pense Mˡˡᵉ Mabel ?

— Ma sœur est d'autant plus convaincue, que c'est elle qui a fait cette découverte, tantôt, pendant que nous chassions sous bois.

M. Dover n'en demanda pas davantage et sous un prétexte s'éloigna.

— Il est décidément moins habile que je ne croyais, ce commandant ; ce n'est pas à lui que revient l'honneur de cette découverte : c'est à Mˡˡᵉ Mabel. Cornélius lui plait, il l'aime, il le lui a dit ; j'ai entendu la fin de leur duo d'amour ; or, on n'épouse pas un Boër qui n'a pour toute fortune que son cheval et son fusil ; mais on épouse l'héritier d'une grosse fortune. La demoiselle a fait la leçon au jeune homme, tous deux ont joué leur petite comédie devant cet excellent commandant qui s'y est laissé prendre, ou qui feint de s'y laisser prendre, et qui ne pourra refuser son consentement à un mariage aussi avantageux sous tous les rapports !... Oui, décidément la demoiselle est très forte !... Mais tout n'est pas fini, je n'abandonne pas la partie, je ne me soumets pas ainsi au rôle d'amoureux évincé.

Cependant M. Parr avait rejoint Frantz et s'entretenait avec lui de l'événement et de ses projets.

— Il ne m'est pas possible de vous satisfaire, dit le guide au commandant : d'abord, je ne suis point le chef ici, et n'ai pas

le droit de disposer d'un homme sans l'autorisation de
Cornélius. Ensuite mon ami ne me pardonnerait pas cette
démarche ; il ne me pardonnerait pas d'avoir demandé au
colonel de lui rendre sa liberté parce qu'il sait bien que,
lui parti, ces hommes qui se sont dévoués à la cause du
Portugal s'en iront un à un. Cornélius vous l'a déjà dit,
commandant : c'est bien moins le colonel Serpa Pinto et ses
intérêts que nous servons, que notre haine des Anglais. Si le
chef s'en va, qui retiendra les soldats ?

— Vous, M. Frantz.

— Moi !... Non, commandant. Assurément tous les Boërs
m'aiment et ont pour moi une grande affection ; mais je ne jouis
pas à leurs yeux des qualités nécessaires pour commander ; de
plus, le colonel a fait confiance à Cornélius et non à moi. Sans
l'autorisation de mon chef je ne puis, je ne dois rien faire.

— Mais si j'envoyais quelqu'un, moi ?... Si je chargeais un de
mes Zoulous ?...

— Vous pouvez faire cela, assurément ; mais Cornélius vous
en saura mauvais gré. Et permettez-moi de vous le dire, commandant : je m'étonne qu'un homme comme vous ait eu
cette pensée. Qu'auriez-vous dit, vous, lorsque vous comman-
diez un corsaire, si un ami avait demandé à votre amiral de
vous permettre de rentrer chez vous pour y recueillir un héritage ?... Même autorisé par votre chef, votre départ eût singulièrement ressemblé à une désertion. Nous, commandant, nous
sommes les irréguliers, les corsaires ; nous avons librement
mis nos courages et nos existences au service d'une cause ;
l'abandonner, surtout à cette heure où elle est à la veille
d'entrer dans la période aiguë, serait une désertion !

Que répondre aux arguments de Frantz ? Rien : c'est ce
que fit le commandant. Il se retira désolé, mais décidé à
attendre quelques jours encore, à conduire Mabel et Georges
dans un établissement portugais des rives du Zambèze et à
revenir s'attacher aux pas de Cornélius. Mais il se garda de
communiquer ses projets à personne.

Cinq jours se passèrent pendant lesquels M. Parr, Mabel et
Georges virent à peine Cornélius ; il quittait souvent le camp
escorté d'une dizaine d'hommes et allait pousser des recon-
naissances dans l'intérieur. A son retour, il affectait de se
tenir à l'écart, comme s'il eût redouté l'influence de ses amis.
En réalité, il était fort épris de Mabel ; les révélations du commandant l'avaient singulièrement troublé ; il ne doutait pas
qu'il ne fût le fils de M. Gérard, c'est-à-dire un homme ayant
un nom, une fortune et pouvant prétendre à la main de Mabel ;
or il craignait de ne pouvoir résister à la tentation et aux supplications de la jeune fille, si elle lui demandait d'abandonner
son poste et de la suivre.

Cependant, la situation pouvait se prolonger indéfiniment ;
le commandant résolut d'y mettre un terme. Profitant d'un
court séjour de Cornélius dans le camp, il lui demanda un instant d'entretien.

— Vous avez eu l'obligeance, dit-il au jeune chef, de me pro-
mettre de me donner les moyens de retourner à Prétoria, c'est-
à-dire de me fournir un guide et deux ou trois hommes d'escorte. Je viens vous prier de le faire.

— Quoi ! s'écria Cornélius, vous voulez partir ?

— Oui ; je ne puis rester plus longtemps dans votre camp ;
il faut, ne serait-ce que pour ma nièce, que je retourne dans un
établissement où Mabel puisse mener une existence moins
pénible ; le sacrifice et les fatigues que je lui ai imposés sont
déjà trop grands. Je vais donc retourner à Prétoria ; de là, j'irai
chez votre père adoptif, puis je me rendrai à Port-Natal, je
m'embarquerai sur ma goëlette et je viendrai vous attendre à
Senna, sur le Zambèze.

— Soit, commandant, répondit Cornélius.

— Car je n'ose plus vous demander de m'accompagner.

— Vous me forceriez à vous répondre par un refus.

— Je le sais, et veuillez croire, Monsieur, que je comprends
et que j'approuve votre manière d'agir.

— Quand voulez-vous partir, commandant ?

— Dans deux jours.

— Dans deux jours Frantz et quatre hommes seront à vos ordres.

— Merci, Monsieur ; je n'attendais pas moins de vous.

— A Prétoria, les quatre hommes vous quitteront et reviendront ici ; Frantz, si vous le permettez, vous accompagnera jusqu'à Senna, et vous voudrez bien lui remettre une réponse à la demande qu'il vous fera de ma part à ce moment.

— C'est entendu. Mais cette demande, ne pourriez vous me l'adresser maintenant ?

— Non, commandant, et peut-être ne vous l'adresserai-je jamais ; cela dépendra de ce que vous apprendrez chez Petrus Operboum.

— Je respecte votre secret, et n'insiste pas. Donc, après-demain matin, de très bonne heure, nous nous mettrons en route.

— Tout sera prêt.

— Ne nous ferez-vous pas l'amitié, pendant ces deux derniers jours, de prendre vos repas avec nous ? C'est à peine si nous vous avons vu quelques heures depuis cinq jours.

— Je ne quitterai le camp, ni aujourd'hui, ni demain, et j'accepte avec le plus grand plaisir votre invitation.

Le lendemain matin, tandis que M. Parr s'entretenait avec Pierre et Frantz des dernières dispositions à prendre, Georges et Mabel quittèrent le camp un instant ; comme ils franchissaient la ligne des wagons, Cornélius les rejoignait et demanda à Mabel la permission de l'accompagner.

Ils marchèrent tous trois en silence pendant un moment, puis le jeune Boër dit à Georges :

— Pourquoi êtes-vous sorti sans votre fusil ? Je vous ai déjà dit que vous ne deviez jamais quitter le camp sans armes.

— Nous ne comptions pas nous éloigner.

— Allez le chercher.

Georges s'éloigna rapidement.

— Pardonnez-moi, Mademoiselle, dit le Boër en souriant, le

grossier subterfuge que j'emploie pour éloigner votre frère ;
mais je voulais être seul un instant avec vous.

Mabel fit un geste.

— Oh! ne protestez pas. Nous allons nous séparer, pour
longtemps, pour toujours peut-être ; ne refusez donc pas de
m'écouter.

— Ne pouviez-vous parler devant mon frère?

— Non; mais, soyez sans crainte, ce que j'ai à vous dire ne
sera pas long : M. votre oncle et vous-même supposez qu'au
lieu d'être Cornélius le Boër, je suis Henry Gérard, riche héritier. Je ne sais ce qu'il peut y avoir de fondé dans cette supposition, et la déclaration de mon père adoptif pourra seule nous
fixer sur ce point. Supposons que vous soyez dans le vrai, et
qu'il soit prouvé que je suis bien le fils de M. Gérard: me permettrez-vous, quand cette preuve sera faite, de... demander votre
main à M. Parr? Permettrez-vous à Henry Gérard de vous dire
ce que Cornélius le Boër n'eût osé faire, c'est-à-dire qu'il vous
aime, que, depuis qu'il vous a vue, il n'a plus qu'une pensée,
qu'un désir: vous voir encore, vous voir toujours?

— Avez-vous parlé à mon oncle?

— Non, Mademoiselle. Si vous vous êtes trompés, si je ne
suis pas l'homme que vous croyez, le commandant ne saura
jamais rien ; et vous, vous oublierez bien vite qu'au désert, vous
avez rencontré un pauvre chasseur d'éléphants qui a osé lever
les yeux sur vous et vous le dire. Si, au contraire....

— Pourquoi parler ainsi, M. Cornélius? Je suis certaine,
moi, que vous êtes Henry Gérard.

— Alors, reprit timidement le jeune homme, vous..... me
permettez?.... ..

— Puis-je vous en empêcher? répondit Mabel en souriant.

— Ne me répondez pas ainsi, Mademoiselle; parlez-moi
franchement, comme je le fais moi-même. Ne voyez-vous pas
que je souffre horriblement; que, depuis cinq jours, je passe
par toutes les alternatives de la joie la plus grande et du désespoir le plus profond ? J'étais heureux, vivant libre et indépen-

dant, me souciant peu de la fortune et des richesses, lorsque
vous m'êtes apparue. Alors, subitement, j'ai souhaité d'être
riche, et, vous l'avouerais-je. j'étais presque résolu à tenter la
fortune dans une mine de diamant pour pouvoir venir mettre à
vos pieds un monceau de pierres précieuses, et voilà qu'au
moment où je caressais ce rêve, vous êtes venue m'apprendre
que ces richesses que je souhaitais pour vous les offrir, je les
possède, que je n'ai qu'à vouloir pour en être le maitre; à ce
moment-là, j'ai éprouvé une joie bien grande, plus grande que
je ne saurais le dire. Mais, aussitôt, un doute est entré dans
mon cœur: s'ils se trompent? me suis-je dit; si je ne suis pas
l'homme qu'ils supposent? si les déclarations de Petrus Operboum leur prouvent que je ne suis pas cet Henry Gérard qu'ils
cherchent?..... Et jugez de mon désespoir! Jugez de la vie que
je vais mener jusqu'au jour où je saurai !....

Profondément touchée des paroles de Cornélius, Mabel hésitait encore à répondre; mais, comme le jeune homme la pres-
sait, elle lui dit :

— Je comprends, Monsieur, le sentiment qui vous fait agir ;
mais, qui a pu vous faire penser que, si j'accepte l'offre que
me fait Henry Gérard, je l'accepte uniquement parce qu'il est
riche?.... La réponse que vous me demandez, c'est à Cornélius
que j'entends la faire: je vous autorise à demander ma main à
mon oncle.

— Ah!... vous m'aimez donc ?..... Vous m'aimez donc pour
moi ?.........

— Assez, M. Cornélius; voici mon frère.

Georges arrivait, en effet, en courant.

— M. Cornélius, dit-il, venez vite; on vous cherche au camp.

— On me cherche?

— Oui ; il vient d'arriver un messager porteur d'une lettre
pour vous.

— D'où vient-il?

— De Tété; c'est un métis portugais.

— Un envoyé du colonel Serpa Pinto, sans doute, dit Cornélius.

Tous trois reprirent rapidement le chemin du camp.

Devant la tente, le messager attendait, fort entouré par les
Boërs qui l'accablaient de questions auxquelles le métis ne
pouvait répondre.

Il tendit une large enveloppe à Cornélius qui brisa le cachet,
et lut le contenu du pli ; c'était une lettre du colonel, ainsi conçue :

« Têté, le 5 novembre 1889.

« MON CHER CORNÉLIUS,

« Je viens de recevoir, via Mozambique, la dépêche suivante
« que je transcris fidèlement :

« Le comte de Lacerda, ambassadeur du gouvernement por-
« tugais à Londres, vient de signer avec Lord Salisbury les
« préliminaires d'une convention réglant définitivement les
« relations des sujets du Portugal et de la Grande-Bretagne
« dans la région qui s'étend entre le Zambèze, le Chiré et les
« grands lacs. Cessez toute hostilité, que le gouvernement ne
« pourrait que désapprouver.

« Vous comprenez, mon cher Cornélius, que ces ordres sont
« formels, et que je dois, à mon grand regret, m'y soumettre.
« Licenciez donc votre troupe, passez sur l'autre rive du Zam-
« bèze et dispersez vos hommes.

« Croyez que mon cœur saigne, en écrivant ces lignes ; c'est
« la ruine de mes espérances et de tous les projets que j'avais
« formés pour l'agrandissement des possessions de ma patrie ;
« c'est la ruine de l'œuvre à laquelle je m'étais consacré, pour
« laquelle j'aurais lutté jusqu'au bout, aidé et soutenu par des
« auxiliaires aussi dévoués que vous et les braves gens que
« vous commandez.

« Laissez-moi vous remercier du fond du cœur, et vous dire
« qu'il vous reste en moi un ami véritable qui a su vous ap-
« précier, vous estimer et vous aimer.

« Colonel SERPA PINTO. »

Pendant un instant, Cornélius resta comme atterré, tenant toujours dans ses doigts la lettre du colonel ; puis il appela Frantz et lui tendit la dépêche. Frantz la lut et la rendit à son chef.

— Que l'on enlève ce drapeau portugais, dit Cornélius en montrant le pavillon qui flottait au-dessus de la tente. Désormais nous ne sommes plus les soldats du Portugal ; le colonel Serpa Pinto nous rend notre liberté, et je vais vous lire la lettre qu'il m'adresse.

Tous les hommes s'étaient rassemblés autour de leur chef.

D'une voix forte, Cornélius donna lecture du message, puis il ajouta :

— Mes amis, vous êtes libres ; je vous remercie de votre dévouement, et si plus tard les circonstances nous permettent de reprendre cette œuvre, je compte sur vous.

Les compagnons de Cornélius saluèrent ces paroles d'un vigoureux hourrah et retournèrent à leurs occupations habituelles.

— Je pense que maintenant vous n'avez plus de raisons pour refuser de nous accompagner, M. Cornélius? demanda le commandant.

— Non, Monsieur: aussi partirai-je avec vous.

— Le diable est avec eux ! murmura M. Dover.

Le reste de la journée fut employé par Cornélius à licencier ses hommes, à leur payer ce qui leur était dû et à répondre à la lettre du colonel Serpa Pinto.

Dès le soir même, plusieurs wagons se mirent en route, et, le lendemain, quand le commandant et ses compagnons s'éloignèrent vers le Zambèze, il restait à peine deux ou trois voitures dont les propriétaires se disposaient à partir aussi.

CHAPITRE XX

UNE FAMILLE DE BOERS.

Le voyage de retour s'accomplit dans des conditions particulièrement faciles : jusqu'au Limpopo, le convoi, qui se composait maintenant de trois wagons, suivit presque exactement le chemin qu'avait pris le commandant en allant.

Cornélius, Georges et M. Dover chassaient beaucoup ; le commandant tenait compagnie à Mabel, qui ne quittait guère son wagon pendant la marche ; Pierre, très heureux de rentrer et de retrouver la *Reine-Mab*, se montrait d'une gaîté expansive, qui contrastait un peu avec le sérieux de ses compagnons.

En effet, plus on approchait du but, plus l'inquiétude des intéressés augmentait : quelle serait en effet la déclaration du vieil Operboum ?

M. Dover ignorait que l'on dût aller chez le père adoptif de Cornélius, et il ne comprenait rien à la préoccupation générale, qu'il attribuait à une tout autre cause :

— Leur plan, si habilement échafaudé, ne leur parait pas bien solide, maintenant, pensait-il ; ils en sentent la faiblesse et les défauts ; ils voient que, devant un tribunal, leur histoire ne résistera pas. On les accusera, ce qui est vrai, du reste, d'avoir fait la leçon à leur homme.

Lorsque la caravane eut traversé le Limpopo, il sembla à M. Dover qu'on ne suivait pas le même chemin qu'en venant. Il en fit l'observation au commandant.

— C'est vrai, répondit M. Parr ; nous obliquons vers le sud-est.

— N'allons-nous pas nous arrêter à Soul's-Port, chez cet excellent M. Price ?

— Ce n'est pas mon intention.

— Je le regrette.

— Pourquoi?

— M. Price nous a offert une hospitalité si large et si généreuse, que j'aurais aimé l'en remercier encore; et puis, je crois qu'il eût été heureux de connaître le résultat de vos démarches.

— J'ai de fortes raisons de le tenir dans l'ignorance de ce résultat, qui n'est rien moins que certain, tant que je n'aurai pas vu le père adoptif de M. Cornélius, celui qui l'a recueilli et élevé.

— Est-ce donc chez lui que vous vous rendez?

— Parfaitement, Monsieur, et je vous serai reconnaissant de nous y accompagner, car votre témoignage nous sera précieux : vous pourrez affirmer par écrit et au besoin prêter serment que les déclarations du vieillard ont été faites librement, qu'il n'a obéi à la pression ou aux insinuations de personne. Je suppose, Monsieur, que vous ne refuserez pas de nous rendre ce service.

— Comment donc, Monsieur? trop heureux de vous être agréable.

— Diable, pensa M. Dover dès qu'il fut seul; cela se corse et mes gens ont plus d'une corde à leur arc. Mais ont-ils retrouvé aussi les fameux papiers dont parlait le marin?... Non, sans doute; sans cela, il n'y aurait plus d'hésitation possible, et ils n'en sont encore qu'aux probabilités... Témoigner en leur faveur!... Ah! elle est bien bonne!...

Deux jours avant d'atteindre l'endroit où vivait le vieil Operboum, Cornélius voulut prendre les devants pour annoncer à son père la visite du commandant.

Celui-ci l'en empêcha.

— Non, mon cher ami, lui dit-il; il ne faut pas que vous voyiez M. Operboum seul et avant nous, car, en cas de contestation, ceux qui ont intérêt à ne pas admettre votre identité avec le fils de M. Gérard, ne manqueraient pas d'insinuer que vous avez eu tout le temps de le prévenir et de dicter les réponses qu'il devait nous faire.

— Soit, Monsieur ; je comprends.

Le surlendemain, dans l'après-midi, les wagons firent halte auprès d'un goupe de maisons.

— Nous sommes arrivés, dit Cornélius ; mais nous pouvons attendre quelque temps encore avant de nous rendre chez mon père ; il ne doit pas être rentré.

Autour du groupe de maisons, toutes habitées par les enfants et les petits-enfants du vieil Operboum, régnait une immense étendue de champs cultivés, puis de grandes prairies où paissaient de nombreux bestiaux. Quelques instants avant la chute du jour, Cornélius donna le signal du départ, et tous, y compris Pierre et Frantz, se dirigèrent vers le hameau.

La présence des étrangers était signalée depuis longtemps, car les femmes et les enfants se tenaient sur le pas de leur porte, pour saluer les voyageurs.

A mesure que les habitants reconnaissaient Cornélius, ils accouraient au-devant de lui pour lui souhaiter la bienvenue ; son nom courait de bouche en bouche, et quand la petite troupe s'arrêta devant la maison d'Operboum, le vieillard, prévenu, attendait sur le seuil de sa porte.

Il introduisit les voyageurs dans une salle assez grande, élevée, aux murs blanchis à la chaux, percés de deux fenêtres se faisant face. Au centre de la pièce, une grande table massive entourée de bancs, et à l'une des extrémités, sur un petit pupitre, une Bible ouverte attendait l'heure de la prière.

Petrus Operboum était un homme de soixante-dix ans environ, encore très vert ; près de la cheminée se tenait sa vieille femme occupée des préparatifs du repas, et deux fillettes, vêtues de robes d'indienne et coiffées de bonnets blancs.

Pendant que le vieillard saluait les étrangers, Cornélius embrassait Mme Operboum, puis il alla ensuite s'incliner devant le chef de la famille qui l'embrassa au front.

Le commandant et ses compagnons prirent place autour de la table ; le vieil Operboum alla s'asseoir au haut bout et interrogea Cornélius.

— Nous causerons plus tard, dit le jeune homme ; il faut d'abord que vous répondiez aux questions de ces étrangers.

— M. Operboum parle-t-il anglais ? demanda le commandant.

— Non, Monsieur ; mais Frantz, qui n'a aucun intérêt dans l'affaire, pourra vous servir d'interprète.

— C'est entendu ; nous allons donc exposer à votre père le but de notre visite.

Frantz traduisait les questions du commandant au vieil Operboum et rapportait ses réponses.

En quelques mots, le vieillard fut au fait de ce qu'on attendait de lui. Après avoir réfléchi un instant comme pour rassembler ses idées, il dit :

— C'est une bien vieille histoire que vous me demandez là, Monsieur ; mais je me la rappelle fort bien, ma vieille femme aussi, et je crois que je vais pouvoir vous la raconter comme si elle datait d'hier :

« C'était l'année de la naissance de mon fils Jacobus, en 1853. J'étais allé à Port-Natal pour chercher des bœufs que mon cousin Van Staad amenait de Madagascar. Nous sortions de la ville, conduisant le troupeau pour rejoindre mes wagons, quand, sur le bord du chemin, le cousin Van Staad aperçut un petit garçon qui dormait profondément. Nous le réveillâmes. A notre vue, il se mit à pleurer et à crier, et à appeler en anglais, je ne le comprenais pas : mais mon cousin me dit qu'il demandait papa et Pierre. A ce que Van Staad put comprendre, il disait que son papa était mort, et Pierre en prison. Je pensai que c'était quelque enfant de vaurien, et je l'emmenai plutôt que de le laisser vagabonder. Pendant le voyage, on n'eut pas le temps de l'interroger ; le cousin nous quitta deux jours avant d'arriver pour retourner chez lui ; et comme nous ne savions pas l'anglais, ni les uns ni les autres, on ne pensa pas à le questionner.

« Quand il sut le hollandais, le petit, que nous avions nommé
Cornélius, nous racontait un tas d'histoires ; mais on prenait ça
pour des idées d'enfant. Cependant il faut que je vous dise que
le petit a toujours été bien obéissant, bien doux et bien brave, et
qu'il ne nous a donné que du contentement. »

Quand le vieillard eut terminé son récit, le commandant lu
posa encore quelques questions sur la date de son voyage à
Port-Natal et sur le costume que portait l'enfant.

Le vieil Operboum déclara ne pas se souvenir de ce détail ;
mais sa femme put donner une description complète du vête-
ment et parler surtout de la finesse du linge de l'abandonné.

Pierre, interrogé à son tour, confirma les dires de Mme Operboum quant à la couleur de la veste et de la culotte.

— Ceci me semble tout à fait concluant, observa le commandant ; et je ne crois pas qu'il soit possible de mettre en doute
l'identité de Henry Gérard.

Puis, s'adressant à Frantz :

— Voulez-vous demander à M. Operboum d'écrire ce qu'il
vient de nous dire ? Il signera sa déclaration ainsi que sa femme,
puis vous la contresignerez en votre qualité d'interprète, et
M. Dover comme témoin.

Frantz transmit au vieillard le désir exprimé par le commandant ; mais M. Operboum déclara ne pas savoir écrire.

— C'est fort regrettable, répondit M. Parr au guide ; mais vous
voudrez bien tenir la plume et rédiger ce que le père adoptif
de Cornélius nous a dit. M. Dover voudra bien ensuite en écrire
une traduction sous votre dictée.

Pendant que Frantz écrivait de mémoire la déclaration de
M. Operboum et la dictait en anglais à Dover, Cornélius servait
d'interprète au commandant, pour expliquer au vieillard que
l'enfant qu'il avait recueilli était le fils d'un très riche Français
établi aux États-Unis et mort à Port-Natal dans les circonstances
qu'il indiqua.

— Alors, mon fils, dit le vieillard quand M. Parr eut terminé,
tu vas nous quitter pour toujours ?

— Non, mon père, répondit Cornélius; je vais accompagner Monsieur à New-York, et je reviendrai, sinon pour m'installer auprès de vous, au moins pour quelque temps. J'aurai beau être riche, je n'oublierai jamais ce que vous avez fait pour moi; je n'oublierai jamais que vous et ma chère vieille mère vous m'avez traité comme votre fils, que vous m'avez aimé à l'égal de vos autres enfants.

— Tu es un bon fils, Cornélius, et nous sommes bien heureux du bonheur qui t'arrive; tes frères aussi se réjouiront quand ils sauront la nouvelle.

Lorsque Frantz eut terminé, il lut tout haut ce qu'il venait d'écrire, puis M. Operboum signa ainsi que sa femme, le guide et M. Dover.

Ces formalités accomplies, le commandant remit la pièce à Cornélius.

— M. Henry Gérard, dit-il en tendant le papier au jeune homme, ceci vous appartient, car c'est avec cette pièce que vous ferez reconnaître vos droits devant les tribunaux, si le détenteur de votre fortune refuse de la remettre entre vos mains.

Henry — c'est ainsi que nous le nommerons désormais — prit le papier qu'il serra soigneusement, puis, très ému, il dit au commandant :

— Recevez, Monsieur, mes remerciments et l'assurance de ma gratitude. Vous avez, pour me faire rendre mon nom, entrepris un long voyage, une expédition dangereuse; je m'en souviendrai, de même que je n'oublierai jamais ceux qui se sont associés à votre entreprise: M⁰ Mabel, qui a supporté sans se plaindre des fatigues qui eussent effrayé une autre femme ; mon ami Georges, brave comme un homme, et mon cher compatriote Pierre qui m'a sauvé quand j'étais tout petit.

Puis, s'adressant à M. Dover:

— Quant à vous, Monsieur, je vous dois des remerciments particuliers, quoique je sache bien que ce n'est pas pour me retrouver que vous avez accompagné le commandant.

— Il est vrai, répondit l'Anglais ; mais je n'en suis pas moins

très heureux d'avoir coopéré au succès de l'entreprise de
M. Parr; plus heureux même que vous ne pouvez le supposer.

Quoique dites sur un ton tout à fait naturel, ces paroles de
M. Dover frappèrent Mabel qui regarda l'Anglais; mais sa physionomie avait son expression accoutumée.

Après s'être entretenus encore un instant avec le vieux Boër,
le commandant se leva et donna le signal du départ.

— Rentrons au camp, mes amis, dit-il; il est l'heure de
souper.

— Vous ne partirez pas ainsi! s'écria le vieil Operboum; vous
souperez à ma table, et si le repas que je vais vous donner n'est
pas composé de mets délicats, du moins il sera copieux et offert
de bon cœur.

Le commandant remercia et voulut s'excuser; mais le vieillard insista, Henry joignit ses instances à celles du Boër, et les
voyageurs durent accepter.

Après le repas, très copieux comme l'avait annoncé M. Operboum, le chef de famille envoya quérir ses enfants qui vivaient
dans les maisons entourant la sienne; ils vinrent au nombre de
sept avec leurs femmes et leurs enfants, et remplirent la salle.

Quand tout le monde fut entré, le vieillard se leva, lut quelques versets de la Bible appropriés à la circonstance, les com-
menta, engagea l'assistance à remercier Dieu du bonheur qui
arrivait à Cornélius — le bonhomme ne pouvait le nommer
autrement — et raconta ce qu'il venait d'apprendre de la bouche
du commandant.

Ce fut une explosion de joie générale, un touchant témoignage
de sympathie donné à Henry par ses frères et sœurs d'adop-
tion, qui émurent profondément le commandant et sa famille.

Mabel était tout attendrie, son cœur débordait de joie; et, de
ce moment même, elle comprit qu'elle aimait Henry Gérard, non
pas seulement pour sa beauté, sa bravoure, les sentiments
nobles dont elle le sentait capable, mais pour sa bonté et pour
l'affection qu'il savait inspirer autour de lui.

Quant à Pierre, il était d'une joie exubérante, serrait les

mains de Henry, l'appelait son petit mousse et voulait lui répéter les histoires qu'il lui racontait dans le canot pour le faire tenir tranquille au moment où il avait aperçu le trois-mâts norvégien.

Il était tard quand les voyageurs se retirèrent pour regagner les wagons. Henry les accompagna.

Il marchait en avant avec le commandant Parr; derrière eux venaient Mabel, Georges et M. Dover, puis Pierre, tout seul, fumant sa pipe et fredonnant un vieux refrain français.

A un moment, Georges s'arrêta pour attendre le marin. M. Dover resta seul avec la jeune fille.

Mabel voulut rejoindre son oncle, mais l'Anglais la retint.

— Restez, Mademoiselle, dit-il en posant la main sur le bras de la jeune fille; j'ai à vous parler.

— Je ne veux pas vous entendre, Monsieur.

— Ecoutez-moi, je vous en prie; c'est la dernière fois, je vous le jure, que je vous demanderai un pareil entretien.

— Que me voulez-vous encore?

— Ne le savez-vous pas ?..... C'est pour vous voir toujours que je vous suis depuis Prétoria, c'est pour vivre près de vous que j'ai affronté les mêmes dangers que vous, que j'ai entrepris ce voyage qui maintenant tire à sa fin... Je vous aime !

— Encore! murmura Mabel.

— Oui ! encore et toujours tant que vous ne m'aurez pas répondu franchement... Je vous aime, je suis riche : voulez-vous être ma femme ?

— Non, répondit brusquement la jeune fille.

— Pourquoi ?

— Pourquoi ? mais, parce que je ne vous aime pas.

— Et parce que vous l'aimez, lui !... Cet Henry Gérard que vous avez fasciné, ensorcelé, et qui va vous apporter des millions ! Ah ! vous êtes habile, Mademoiselle ; je vous en fais mon compliment.

— Que voulez-vous dire, Monsieur ?

— Vous me comprenez de reste. Eh bien ! je vous jure, moi, que vous ne l'épouserez pas, votre héritier !

— Vous me menacez ! Et si j'appelais le commandant ! si j'appelais Henry Gérard ?

— Appelez-les, si bon vous semble !

— Vous savez bien que je n'en ferai rien et vous en abusez ; si je disais un mot, ils vous tueraient. Ils seraient capables d'oublier que mon oncle vous doit la vie.

— Je vous ai déjà dit que je vous tenais quitte de toute reconnaissance !... Ainsi, c'est votre dernier mot ! vous refusez d'être ma femme ?

— Oui.... Je ne vous aime pas, et, aurais-je pour vous quelque affection, que je refuserais encore, car ce n'est pas en me menaçant qu'on obtient une femme comme moi !

— Faut-il donc vous prier, vous supplier ? Faut-il que je vous dise ce que j'ai souffert, ce que je souffre depuis que, pour mon malheur, le hasard vous a fait rencontrer cet Henry Gérard ?

— Vos plaintes n'auraient pas plus de succès que vos menaces.... Tenez, M. Dover, brisons là ; cessons cette conversation pénible pour tous deux. Nous allons nous quitter bientôt, séparons-nous comme de bons amis ; le sentiment que vous dites éprouver pour moi s'effacera rapidement.

— Jamais !

— Vous oublierez tout ce que notre rencontre a pu avoir de pénible, pour ne vous souvenir que des dangers et des heures de bonne amitié. Quant à moi, je vous jure qu'outre la reconnaissance que je vous ai vouée....

— Assez, Mademoiselle ; de tout ce que vous venez de me dire, je ne retiens qu'une chose, c'est que vous ne m'aimez pas.

— Bonsoir, M. Dover, dit Henry Gérard.

— Bonsoir, Monsieur, répondit l'Anglais, tout surpris de se trouver devant son wagon.

Emporté par sa conversation avec Mabel, il ne s'était pas aperçu qu'on était au camp.

Henry quitta les voyageurs et regagna la ferme de M. Operboum. Il s'en allait tout rêveur, un peu étourdi de l'aventure
quelque peu merveilleuse dont il était le héros et presque incré-
dule. Mais la question de nom et de fortune lui importait peu,
comparée à la réalisation de sa plus chère espérance ; il avait
la parole de Mabel ; il l'aimait, et il se sentait aimé. Ce même
soir, en accompagnant le commandant, il avait été sur le point
de lui demander la main de sa nièce ; mais il avait hésité :

« Plus tard, pensait-il ; quand nous serons là-bas et que, aux
yeux de tous, de par la loi, je serai reconnu pour Henry Gérard
et que je serai possesseur de l'immense fortune que je tiens
de mon père et que je devrai à M. Parr d'avoir recouvrée. »

CHAPITRE XXI

VENGEANCE.

Sur les instances de M. Operboum et même de Henry Gérard, le commandant consentit à rester quelques jours à la ferme. Il le fit d'autant plus volontiers que Mabel logeait, pendant ce temps, dans la maison d'une des filles de M. Operboum. Malgré son courage et sa vaillance, la nièce de M. Parr commençait à ressentir sérieusement les fatigues du voyage, fatigues que les dangers courus, les émotions et les inquiétudes augmentaient encore.

Mabel se trouvait très heureuse dans le paisible intérieur de cette famille de Bo.   simples, bons, honnêtes. Il y avait là une foule de marmots qui se pendaient à ses jupes, lui parlaient hollandais, l'emmenaient visiter les jardins et les vergers, qui l'amusaient beaucoup ; et puis, n'était-il pas tout à fait naturel que Henry vint voir ses sœurs et ses petits neveux ?......... C'était là, pour les deux jeunes gens, prétexte à de longues causeries qu'ils n'eussent pu goûter au camp, sous l'œil soupçonneux de M. Dover.

Depuis son dernier entretien avec Mabel, l'Anglais, tout en affectant de vivre un peu à l'écart et très retiré, surveillait étroitement Henry et la jeune fille. Plusieurs fois, pendant qu'ils étaient assis sous la tonnelle, au fond du jardin de M. Operboum, ils l'avaient vu passer derrière la haie de cactus et d'aloès, et Henry, ayant remarqué son air jaloux, crut devoir en parler à Mabel.

— Ne faites pas attention, répondit la jeune fille ; dans quelques jours il nous quittera forcément et nous ne le verrons plus.

— Je vous assure que je ne le regretterai pas, car ce beau Monsieur m'est tout à fait antipathique.

Un matin, le fils adoptif du vieil Operboum vint trouver le commandant.

— Il faut, lui dit-il, avant de quitter ce pays, que je vous fasse tuer un animal curieux, un gemsbok.

— Qu'est-ce que c'est que cette bête-là ? demanda Georges.

— C'est une grande et belle antilope de la taille d'un âne, de couleur fauve et curieusement zébrée de noir ; sa queue est longue, sa crinière abondante et très fournie ; ses cornes ont un mètre de longueur ; elles ont des anneaux à la base et se terminent par une pointe aiguë. C'est une superbe animal qu'on ne rencontre plus guère par ici, mais dont il reste encore quelques échantillons dans les terrains pierreux qui s'étendent à l'entrée du bois que vous voyez là-bas à l'horizon.

— Je vous demanderai la permission de ne point vous accompagner, répondit le commandant ; mais vous pouvez emmener Georges ; je sais qu'avec vous il ne court aucun danger. Je vous le confie.

— Peut-être M. Dover viendra-t-il avec nous, dit Georges.

Henry fit un geste de désappointement.

— Si vous voulez, répondit-il, bien que je ne le croie pas très amateur de chasse.

— Je vais le lui demander.

— Allez ; en tous cas, nous ne partirons qu'après midi ; nous irons à cheval jusqu'à l'entrée du bois.

Vers deux heures, les chasseurs se mettaient en route, montés sur d'excellents chevaux.

— Doucement, dit Henry ; nous voici arrivés, je vais vous placer, faire un tour sur la gauche et rabattre sur vous les gemsboks, car je sais où ils se tiennent à cette heure du jour.

Georges descendit du cheval, attacha sa monture au tronc d'un jeune arbre et alla s'étendre dans un fourré bordant un chemin creux formé par un amas de roches.

— Ils passeront certainement par ici pour gagner la plaine ;

donc, Georges, ne bougez pas, et surtout armez-vous de patience.

Puis, se tournant vers M. Dover :

— Venez, Monsieur.

L'Anglais suivit Henry Gérard.

Après une course d'un quart d'heure, celui-ci s'arrêta, fit mettre pied à terre à son compagnon, et l'installa à l'entrée d'une petite clairière, traversée au centre par un sentier.

— Ce chemin a été tracé par les bêtes que nous chassons, dit-il ; c'est leur passe accoutumée. Attention, vous les entendrez venir de loin dans les cépées ; visez bien au défaut de l'épaule, un peu en avant. Moi, je vais faire le grand tour, et quand les bêtes seront lancées, je reviendrai me poster un peu plus bas, entre vous et Georges.

— C'est entendu, répondit Dover en s'allongeant sur le sol.

Henry s'éloigna dans la direction qu'il avait indiquée. Il était parti depuis une heure environ, quand M. Dover crut entendre un bruit derrière lui. Il se retourna et aperçut Henry qui s'approchait, courbé en deux, faisant, de la main, signe à Dover de ne point parler. Un instant après, le jeune Boër était allongé à la droite de l'Anglais, son fusil en joue, le doigt sur la détente, prêt à faire feu.

— Ils viennent par ici, murmura-t-il ; ils sont cinq, dont une très belle femelle ; attention !

Pendant longtemps, les deux chasseurs restèrent aux aguets, attentifs, prêtant l'oreille au moindre bruit.

— Est-ce qu'ils auraient aperçu quelque chose ou quelqu'un ? dit Henry ; ils devraient déjà être ici.

— Il me semble entendre un froissement de branches et de feuillage, répondit Dover.

— Ce sont les gemsboks sans doute.

— Je ne pourrai jamais tirer comme cela, dit encore Dover ; j'ai le bras tout engourdi. Je vais me tourner sur le côté gauche.

— Faites vite, alors.

Dover se souleva légèrement sur sa main gauche et ramena doucement ses jambes sous lui.

— Y êtes-vous ? demanda Henry sans détourner la tête.

— Voilà, répondit Dover.

Au même moment, sa main droite, armée d'un fort couteau de chasse, s'éleva dans l'air et s'abattit sur Henry avec une telle force que la lame presque tout entière disparut entre les deux épaules du malheureux.

— Voilà ! répéta Dover.

Aussitôt , sans prendre même le temps d'enlever le couteau de la blessure, Dover fouilla

Voilà ! répéta Dover.

dans les poches du Boër ; il en retira une sorte de pochette de cuir, la glissa dans sa veste, jeta son fusil sur son épaule, alla retrouver son cheval attaché non loin de là, sauta en selle et partit à fond de train dans la direction opposée de la ferme.

Cependant, toujours à sa place et toujours immobile, exécutant ponctuellement les recommandations de Henry, Georges attendait, croyant à chaque instant entendre dans la broussaille le galop des antilopes. Engourdi par l'immobilité, alourdi par la chaleur, il ne tarda pas à s'assoupir, se réveillant en sursaut au moindre bruit, puis retombant dans sa somnolence, jusqu'à ce qu'enfin il s'endormit sérieusement. Un violent froissement de branches le tira brusquement de son sommeil ; il devait être tard, car le soleil, très bas à l'horizon, disparaissait derrière les hauteurs.

Georges se leva, persuadé qu'il avait laissé passer les gemsboks, et comme son cheval hennit à ce moment, il pensa que Henry, l'ayant trouvé endormi et voulant lui jouer un tour, était rentré à la ferme.

Il sauta sur son cheval et allait reprendre le chemin de la maison de M. Operboum, lorsqu'il entendit sur sa gauche le hennissement d'un cheval répondant à l'appel du sien. Il se dirigea de ce côté, persuadé qu'il allait rencontrer M. Dover et Henry rentrant.

Bientôt, il aperçut le cheval du jeune Boër.

Georges mit pied à terre, et, suivant le sentier tracé dans l'herbe foulée par les grosses bottes du jeune homme, il atteignit la clairière; après quelques pas, il se trouva en présence du corps inanimé de son ami.

Il eut un moment de stupeur, puis, reprenant son sang-froid, il s'élança sur son cheval et se dirigea ventre à terre vers la ferme où il annonça la fatale nouvelle.

Les frères adoptifs d'Henry sellèrent leurs chevaux à la hâte et suivirent Georges, tandis que les femmes s'empressaient autour de Mabel, qui avait perdu connaissance.

A la nuit, le funèbre cortège revint à la maison du père Operboum. Le corps d'Henry fut étendu sur un lit et le commandant examina la blessure.

—Il vit, déclara-t-il au bout d'un instant, et si, comme je le pense, l'arme n'a atteint aucun organe essentiel, nous le sauverons.

Dès lors, Mabel sécha ses larmes, elle aida son oncle à faire un premier pansement et s'installa auprès du blessé.

Cependant les hommes se demandaient quel pouvait être l'auteur du crime.

— Ne cherchez pas, dit Mabel, qui à ce moment traversait la grande salle: c'est M. Dover, cet Anglais qui nous accompagnait. Il a frappé votre frère, j'en suis certaine.

— Courons après lui, s'écrièrent les hommes, et nous le lyncherons.

Les fils d'Operboum partirent ; mais quand ils rentrèrent le lendemain soir, brisés de fatigue, leurs chevaux à demi fourbus, ils n'avaient rien trouvé.

L'assassin avait disparu.

CHÂPITRE XXII

ENTRE COUSINS.

M. Atkins, dans son cabinet, se préparait à dépouiller le courrier qu'un commis venait de déposer devant lui. Avant de déchirer les enveloppes qui s'entassaient sur son bureau, couvertes de timbres de tous les pays du monde, il les prenait une à une, dans ses gros doigts courts, lisait la suscription, et, comme déçu de son attente, la reposait sur le tas.

— Pas encore de nouvelles, pensait-il, pendant que le commis, debout devant lui, attendait que M. Atkins, ayant lu chaque lettre, l'annotât et la lui rendît pour y répondre. Pas de nouvelles, et voilà un an bientôt que Dickson m'a promis de me tirer du mauvais pas dans lequel son annonce m'a fourré ; un an bientôt qu'un de ses agents — un garçon dont il m'a fait un grand éloge, cependant — s'est mis sur la piste de ce commandant — que le diable le confonde ! Et pas un mot, pas un télégramme pour me dire s'il a réussi, ou s'il espère réussir.

Et tout en songeant, en maugréant, en grommelant, M. Atkins brisait les cachets, arrachait les lettres des enveloppes qu'il froissait et jetait au panier, furieux.

Le pauvre commis tremblait de tous ses membres et s'attendait à quelque algarade, quand un de ses camarades entra et vint détourner la colère du patron.

— Qu'est-ce qu'il y a encore ? s'écria M. Atkins en frappant de son gros poing sur le bureau.

— C'est un monsieur...

— Qu'il aille au diable, le monsieur, et vous avec ! Je ne veux pas qu'on me dérange quand je lis mon courrier.

— Je lui ai dit cela, à ce monsieur; mais il m'a répondu que lorsque vous verriez sa carte...

— Donnez cette carte !

L'employé tendit un petit carton blanc au pétrolier.

Aussitôt qu'il y eut jeté les yeux, M. Atkins poussa une sorte de grognement inintelligible, et se renversa dans son fauteuil très rouge, prêt à éclater.

Les deux commis se précipitèrent.

— Laissez-moi ! cria-t-il ; laissez-moi, et faites entrer ce monsieur.

Ils sortirent, heureux d'être débarrassés pour un instant de la colère de M. Atkins.

Celui-ci se leva, fit deux ou trois tours dans son cabinet et se plantant au milieu de la pièce, les mains derrière le dos, il attendit.

Presque aussitôt la porte s'ouvrit ; un jeune homme, portant un élégant costume de voyage, fit irruption dans le cabinet e sautant au cou de M. Atkins, l'embrassa sur les deux joues à plusieurs reprises.

Le gros homme faisait d'inutiles efforts pour se débarrasser de l'étreinte ; enfin le visiteur mit un terme à ses accolades, et se reculant d'un pas, les mains étendues, il s'écria :

— Bonjour, mon cousin ! Que je suis heureux de vous voir ! Vous ne sauriez croire combien je suis heureux !

— Ah çà, Monsieur, que signifie cette plaisanterie ?

— Comment, mon cousin ! c'est ainsi que vous me recevez ? C'est tout l'accueil que vous me faites après vingt-cinq ans de séparation !... Moi qui croyais que mon retour allait vous combler de joie !

— Encore une fois, Monsieur, que signifie cette plaisanterie ? Que voulez-vous ? Je n'ai pas de temps à perdre.

— Ce que je veux ? Mais tout simplement rentrer chez moi ; reprendre possession de ma maison, de mes gisements de pétrole, de mon héritage, enfin.

— Vous êtes fou !

— Pas le moins du monde, mon cher cousin; et si vous voulez bien vous asseoir et m'écouter, vous allez voir que je suis, au contraire, un homme très sensé.

L'air calme et déterminé de ce singulier visiteur étonnait M. Atkins; il obéit et reprit sa place à son bureau, tandis que l'étranger, approchant un fauteuil, s'y installa confortablement.

— Vous n'avez pas oublié, mon cher cousin, commença le jeune homme...

— Je vous prie, Monsieur, de ne point m'appeler ainsi.

— Si l'évocation de ce lien de parenté vous offusque, je dirai Monsieur; donc, vous n'avez pas oublié, Monsieur, qu'il y a un an environ, vous avez offert 500,000 dollars de récompense à celui qui vous donnerait des renseignements sur moi; or, cette jolie somme — que vous comptiez payer avec mon argent, soit dit sans reproche — cette jolie somme a tenté un certain commandant Parr, qui s'est mis à ma recherche, m'a trouvé, m'a édifié sur mon nom et celui de mon père et m'a donné votre adresse. Comme vous le voyez, je me suis empressé d'accourir pour embrasser le seul parent que je possède au monde.

— Vous mentez, Monsieur ! Vous n'êtes pas Henry Gérard, le fils de Paul Gérard !

— Je vous demande mille pardons, cher Monsieur ; je suis Henry Gérard, et j'ai sur moi toutes les pièces qui peuvent établir mon identité, ou du moins, une copie certifiée de ces pièces, car il y a certains papiers qu'il n'est pas prudent de porter sur soi.

— Vous les avez volés !

— Vous avez, cher Monsieur, une triste opinion des membres de votre famille.

— Vos papiers sont faux !

— Regardez-les donc avant de les juger.

Henry Gérard sortit de la poche de sa jaquette une liasse de papiers qu'il déposa devant M. Atkins.

Pendant que le pétrolier les lisait un à un, le jeune homme

allumait une cigarette et suivait d'un air railleur l'effet de cette lecture sur le visage de M. Atkins.

Quand il eut terminé, le pétrolier poussa un profond soupir et murmura :

— Je suis ruiné !... Je suis perdu !...

— Oh ! le vilain mot, s'exclama Henry Gérard. Pour qui me prenez-vous donc, mon cher cousin ?... Me croyez-vous vraiment capable de vous dépouiller, comme cela, tout d'un coup ?... Non ; je suis trop bon parent, et je comprends trop bien mes intérêts pour en agir de la sorte, car, si j'en crois les renseignements que l'on m'a donnés, vous êtes un fort habile homme, et vous avez fait fructifier à plaisir les capitaux que vous a confiés mon père ; j'entends donc que vous restiez le gérant de ma fortune, car je dois vous avouer que je m'entends fort mal aux affaires et n'ai point le moindre goût pour le négoce. En outre, j'ai, en ma qualité d'homme demi-sauvage, un tas de petits vices qui ne demandent qu'à se donner jour au contact de votre monde civilisé. Donc je vous charge de veiller sur mes intérêts, de m'empêcher de manger ma fortune, et, en même temps, de continuer à l'arrondir. Que dites-vous de ma proposition, mon cher cousin ?

— Je dis que c'est celle d'un fou.

— Aimeriez-vous mieux que je vous fisse mettre en demeure de me rendre immédiatement tout mon avoir ?

— Je vous en défie !... Les tribunaux...

— Les tribunaux, qui ont décidé que vous ne pouviez hériter de moi tant que vous n'auriez pas fait la preuve de ma mort, ne sauraient vous donner gain de cause, quand je leur démontrerai que je suis bien en vie.

— Nous verrons.

— J'ai du reste consulté mes *solicitors*. Au vu des papiers dont vous avez la copie et dont ils détiennent les originaux, ils ont déclaré que mon procès n'était pas perdable.

M. Atkins ne savait que répondre. A bout d'arguments, il s'écria :

— Mais qu'a donc fait l'agent de Dickson?

— Vous avez grand tort, mon cher cousin, de rappeler cette petite particularité. Mais ne craignez rien : je me garderai, ne fût-ce que pour l'honneur du nom, de révéler cette... comment nommez-vous cela dans le monde civilisé?

— Voyons, Monsieur, avouez que tout ceci n'est pas sérieux et que vous plaisantez, fort agréablement, je le reconnais.

— Pas le moins du monde, mon cher cousin.

— Et je suis sûr que nous allons pouvoir nous entendre.

— J'en suis parfaitement convaincu ; rien, du reste, ne me semble plus facile.

— Combien voulez-vous me vendre ces papiers?

— Ceux-ci, je vous les donne.

— Non; les originaux.

— C'est vous qui plaisantez, maintenant, mon cher cousin, et fort agréablement, je le reconnais.

— Voulez-vous un million de dollars? Avec cette somme, vous pourrez aller en Europe mener la grande vie et passer pour un nabab.

— Non, mon cher cousin.

— C'est deux qu'il vous faut?

— Pas davantage.

— Alors...

— Je veux tout.

— Vous n'aurez rien.

— C'est sérieux?

— Oui.

— C'est votre dernier mot?

— Oui.

— Eh bien, mon cher cousin, vous faites une bêtise. Non seulement j'allais vous laisser la gérance de ma fortune, mais encore, comme compensation, je voulais vous indiquer une mine d'or comme vous n'en avez jamais rêvé ; une mine où le précieux métal est aussi abondant que le pétrole dans mes puits.

— Que n'allez-vous l'exploiter?

— Pourquoi me donnerais-je la peine de chercher de l'or dans la terre, quand j'ai ici des coffres-forts qui en sont bondés?... Voyons, serait-ce raisonnable ?

— Mon cher Monsieur, voici mon dernier mot : je vous offre cinq millions de dollars contre la remise des papiers dont vous m'avez montré les copies. Cela vous va-t-il?

— Je crois, mon cher cousin, que tous deux nous perdons notre temps ; n'oubliez pas que le vôtre est précieux et que c'est pour moi que vous travaillez.

Henry Gérard se leva.

— Sur ce, mon cousin, je vous quitte ; je ne partirai pour New-York que ce soir; d'ici là, réfléchissez : si vous acceptez ma proposition faites-moi prévenir et j'accours ; sinon, ce sont mes solicitors qui viendront vous rendre visite.

Le jeune homme se dirigea lentement vers la porte.

Au moment de l'ouvrir, il se retourna.

— Au revoir, mon cousin, dit-il.

— Allez au diable! répondit M. Atkins, que le ton gouailleur de son cousin mettait hors de lui.

— Cette fois-ci, murmura le pétrolier quand la porte se fut refermée, je suis perdu! bien perdu!

Et cependant, malgré l'évidence, il voulait douter encore, croire à une plaisanterie, à une gageure ; mais chaque fois que, dans sa promenade, il passait devant son bureau, la vue des papiers lui rappelait la cruelle vérité. Il les feuilleta.

Il y avait un acte de naissance du père et de l'enfant, le passeport de M. Gérard sur lequel figurait le nom de son fils Henry, des lettres, en un mot, de quoi prouver surabondamment l'identité du jeune homme, et, en outre, la traduction d'une déclaration signée par le père adoptif d'Henry et par des témoins. Que faire, devant ces preuves irréfutables ?.....

— Et dire, pensait M. Atkins, que si le train qui va l'emporter ce soir déraillait, je serais débarrassé pour toujours de cette obsession ! Mais le train ne déraillera pas, et demain, j'aurai la visite de ses solicitors, et je serai ruiné !

Un instant, M. Atkins pensa à partir pour New-York ; à aller trouver Dickson pour lui demander conseil ; mais à quoi bon ?... Que lui dirait son agent d'affaires ?... d'accepter les propositions de son cousin et d'attendre les événements. Pour apprendre cela, ce n'était pas la peine de faire le voyage ; autant rester et voir venir. Qui sait, après tout ? Peut-être que cet Henry Gérard réfléchirait et accepterait les cinq millions de dollars ?

Puis tout à coup, une idée lui traversa l'esprit.

— Comment se fait-il que le commandant Parr, qui a retrouvé mon cousin, ne soit pas venu lui-même m'apporter la nouvelle, me donner les renseignements que je demandais dans l'annonce et toucher la récompense, que j'aurais bel et bien été forcé de lui donner !... Il y a là quelque chose qui ne me paraît pas clair et qu'il faut vérifier, dussé-je donner à ce commandant maudit les 500,000 dollars, qu'il ne va pas manquer de me réclamer.

Dans la disposition d'esprit où était M. Atkins, il ne pouvait être question pour lui de continuer à dépouiller son courrier ; il sortit, espérant que l'air lui ferait du bien, car il étouffait littéralement. Mais comme le côté « affaires » ne perdait jamais ses droits chez lui, il voulut profiter de sa promenade pour jeter un coup d'œil sur ses puits les plus voisins.

La première personne qu'il rencontra, en arrivant près d'un de ses tanks, fut Henry Gérard, qui le salua de son plus gracieux sourire. Le pétrolier crut sans doute que le jeune homme avait réfléchi et allait accepter ses offres.

— Encore vous ! dit M. Atkins en l'abordant ; que faites-vous ici ?

— Vous le voyez, mon cher cousin : je me promène.

— Avez-vous réfléchi à ma proposition ?

— Oui.

— Et vous avez décidé ?

— Que je continuais à la refuser. La vue de tous ces puits, où le pétrole coule à flots, m'a confirmé dans ma décision : je veux tout.

— Encore une fois, vous n'aurez rien.

— Eh bien, nous plaiderons.

M. Atkins tourna le dos à son cousin et s'éloigna furieux, en murmurant :

— Je vais voir Dickson.

CHAPITRE XXIII

PART A DEUX.

Lorsque, un an auparavant, M. Dickson avait promis à Atkins de lui venir en aide, il avait tenu parole : informé par ses espions des faits et gestes du commandant, prévenu de ses préparatifs, il avait mis un agent à la poursuite de l'expédition. Pendant que la *Reine-Mab* traversait l'Atlantique et gagnait Port-Natal, l'envoyé de M. Dickson s'embarquait pour Londres, prenait le paquebot du Cap, qui fait escale à Natal, et arrivait à Prétoria deux jours après M. Parr.

Cet agent, débarqué depuis peu d'Angleterre, avait été recommandé tout spécialement à Dickson, par un de ses confrères de Londres, comme un garçon intelligent, actif, capable d'entreprendre et de mener à bien les besognes les plus délicates. M. Dickson l'employa aussitôt et lui confia la mission de s'attacher aux pas du commandant, de l'empêcher de réunir les preuves établissant l'identité du fils de Paul Gérard, et, au besoin, si cela devenait nécessaire, de le faire disparaître.

A la grande surprise de M. Dickson, son agent n'avait pas donné signe de vie depuis son départ. Dans les premiers temps, il ne s'en étonna pas trop : « Il cherche, se disait-il, et trouve qu'il est inutile de dépenser de l'argent en télégrammes pour me donner des nouvelles sans importance » ; mais, à mesure que les mois s'écoulaient, M. Dickson commençait à s'inquiéter du silence de son employé.

Un matin comme l'agent se disposait à donner audience aux nombreux clients qui attendaient dans l'antichambre, un commis lui apporta une carte, sur laquelle étaient écrits ces mots:

« M. Dover retour d'Afrique, désire entretenir M. Dickson aussitôt que possible. »

— Faites entrer, dit le chef de l'Agence, après avoir jeté les yeux sur le carton.

Un instant après, M. Dover, précédé du commis, pénétrait dans le cabinet.

— Enfin ! vous voilà ! s'écria M. Dickson en tendant la main au visiteur. Je commençais à être inquiet sur votre sort.

— Hé ! oui ; me voilà grâce à Dieu, sain et sauf.

— Depuis quand êtes-vous arrivé ?

— Depuis trois jours.

— Pourquoi n'êtes-vous pas venu immédiatement ?

— J'ai eu une petite affaire personnelle à régler.

M. Dickson fit un geste de mécontentement, puis il reprit :

— Eh bien ?... Où en sommes-nous ?

— Mais j'ai pleinement réussi dans ma mission.

— Vous nous avez débarrassés pour toujours de cet héritier gênant ?

M. Dover ne répondit pas immédiatement ; il semblait réfléchir

— Voyons, expliquez-vous : je vous écoute.

— C'est ce que je vais faire, Monsieur ; mais ce sera peut-être un peu long.

— Allez toujours.

— Lorsque vous m'avez confié la très délicate mission de suivre le commandant Parr, il a été convenu entre nous que, sur la somme de 500,000 dollars qui vous est allouée par M. Atkins, vous m'en donneriez 100,000. Eh bien, Monsieur, je me suis aperçu que j'avais fait là un marché de dupe et que la part que vous m'attribuez n'est pas en proportion avec les dangers courus par moi.

— Que voulez-vous dire ?

— Qu'il n'est pas juste que vous, qui n'avez rien fait, qui êtes resté tranquillement à New-York, vous touchiez autant que moi qui ai fait un voyage épouvantable.

— Vous auriez dû réfléchir à cela plus tôt; il ne m'est pas possible de revenir sur nos conventions.

— J'ai toujours pensé que vous me feriez cette réponse.

— Du reste, avant de parler de récompense, je crois qu'il serait bon que vous me rendissiez compte de votre mission.

— Eh bien, Monsieur, j'ai retrouvé Henry Gérard, je l'ai ramené sain et sauf, et il s'est déjà présenté à son cousin M. Atkins.

— Que voulez-vous dire ?

— Ce que je dis.

— Vous avez ramené Henry Gérard ?

— Oui, Monsieur.

— Où est-il ?

— Ici, Monsieur ; c'est moi.

— Vous êtes fou !

— Pas du tout.

— Cessons cette plaisanterie.

— Je ne plaisante pas. Je suis Henry Gérard; j'ai sur moi toutes les pièces nécessaires à établir mon identité, à faire valoir mes droits...

— Mais, c'est une imposture ! je vais vous faire arrêter !

— Vous n'en ferez rien, mon cher Monsieur, et même, au cas où surgiraient quelques difficultés, je compte sur vous pour les aplanir.

— C'est trop fort !... votre impudence passe toute borne !

— Peut-être feriez-vous mieux de m'écouter.

— Je n'ai pas de temps à perdre.

— Vous avez tort. Cela vous intéresserait beaucoup, croyez-moi.

— Faites vite.

— Voici que vous redevenez raisonnable. Je ne vous raconterai pas mon voyage, ni les nombreuses aventures qui l'ont traversé; qu'il vous suffise de savoir que j'ai rejoint le commandant Parr à Prétoria, que je l'ai suivi dans son expédition, et qu'avec lui j'ai retrouvé le jeune Henry qui, sous le nom de Cornélius, commandait une bande au service du Portugal.

« Tout heureux de sa trouvaille, M. Parr ramenait triomphalement l'héritier du nom et de la fortune de Gérard, quand un accident tout à fait fortuit nous en a débarrassés, en mettant en ma possession de précieux papiers. J'ai alors quitté le commandant et je suis revenu, non sans avoir encore couru toute sorte de dangers.

« En route, j'ai réfléchi longuement à la part que vous m'offriez; je l'ai trouvée tout à fait insuffisante, et je me suis dit que, puisque le hasard mettait toutes les chances de mon côté, j'aurais bien tort de n'en pas profiter. Donc, dès mon arrivée, je me suis rendu chez M. Atkins et je lui ai prouvé que j'étais son cher cousin Henry.

— Il vous a cru?

— J'ai eu, j'en conviens, quelque peine à le persuader.

— Heureusement que je suis là pour le dissuader et lui prouver que vous êtes un imposteur.

— Vous n'en ferez rien, cher Monsieur.

— Qui donc m'en empêchera?

— Votre intérêt.

— Je ne toucherai pas ma commission !

— Non, si vous n'êtes pas raisonnable ; mais si vous voulez me servir, vous la toucherez double.

M. Dickson réfléchit un instant ; puis, prenant son parti de la nouvelle situation, il répondit :

— Que faut-il faire ?

— Me reconnaitre pour Henry Gérard, et quand M. Atkins viendra vous consulter, lui conseiller de ne point porter l'affaire devant les tribunaux.

— Je comprends ; mais s'il s'obstine ?

— Lui prouver qu'il perdra et l'engager à m'offrir une transaction, que, du reste, je suis prêt à accepter.

— Et qui sera ?

— La moitié de tous les biens de Paul Gérard, moyennant quoi je consens à le laisser en paix.

— Et si le commandant vient vous démasquer?

— Nous lui prouverons qu'il est un imposteur ; il n'y songera pas, du reste ; à quoi cela lui servirait-il ? Le véritable Henry Gérard est mort ; en faveur de qui pourrait-il réclamer ?

— En faveur du droit.

— Je sais que c'est un honnête homme, ennemi de l'injustice et j'ai pour lui la plus haute estime.

— Il doit en être fier !

— Je n'en dirais pas autant de tout le monde.

— Eh bien, c'est entendu ; vous pouvez compter sur moi.

— J'en étais sûr.

— Eh ! mon cher, les affaires sont les affaires.

— A qui le dites-vous ?

Les deux hommes s'entretinrent encore longtemps de leurs projets, et M. Dover se levait pour se retirer, quand un commis apporta une carte.

— C'est Atkins, dit M. Dickson. Voulez-vous le voir ?

— Je crois qu'il vaut mieux qu'il ne me rencontre pas dans ce moment, répondit Dover ; je me retire.

— Passez dans ce cabinet et attendez ; quand M. Atkins sera parti, je vous communiquerai sa décision ; du reste, en vous tenant près de la porte, vous pourrez nous entendre et vous verrez avec quel dévouement je vais servir vos intérêts.

Dès son entrée, M. Atkins se répandit en plaintes amères ; il accusa Dickson de l'avoir mal conseillé et finit par déclarer qu'il allait porter la cause devant les tribunaux. Il soumit ensuite à son agent d'affaires les copies que lui avait laissées Dover.

Après les avoir sérieusement examinées, Dickson déclara qu'elles lui paraissaient tout à fait en règle, qu'il ne croyait pas prudent de risquer un procès dans ces conditions ; puis il conseilla au pétrolier de proposer une transaction au jeune Henry Gérard ; il ajouta même que, pour la lui faire accepter, il s'emploierait de tout son pouvoir et ne négligerait rien pour sauvegarder les intérêts de M. Atkins.

Le pétrolier fit longtemps avant de se décider ; enfin, il consentit.

— C'est le parti le plus sage que vous puissiez prendre, dit l'agent d'affaires, et je vous félicite ; maintenant, il nous reste une petite question à régler : celle des 500,000 dollars.

— Prétendez-vous avoir droit à cette somme ? demanda M. Atkins.

— Pas le moins du monde ; si j'en parle, c'est uniquement pour vous dire que vous ne me devez rien ; je vais même vous rendre le petit engagement que vous m'avez signé.

Cette marque d'honnêteté surprit fort M. Atkins et lui rendit toute sa confiance, un instant ébranlée, dans M. Dickson.

— Mon cher, vous êtes très fort, s'écria Dover en sortant de sa cachette dès que le pétrolier eut quitté le cabinet.

— En avez-vous quelquefois douté ?

— Non ; mais je ne vous croyais pas de cet acabit, tout en vous sachant excessivement habile.

— Merci ; vous me flattez.

Le lendemain, l'affaire était terminée, les conventions entre Atkins et Dover signées, et tout New-York apprenait, par un écho du *New-York Herald*, que, grâce à l'annonce insérée, le fils de Paul Gérard avait pu rentrer en possession de son héritage que l'honorable M. Atkins avait été si heureux de lui rendre singulièrement augmenté.

_____

CHAPITRE XXIV

A CANORSIE.

Depuis huit jours, la petite maison de Canorsie avait rouvert ses persiennes et repris son aspect accoutumé ; la *Reine-Mab* se balançait à son mouillage dans la baie aux eaux calmes et tranquilles; sur la plage, Pierre étendait ses filets en fumant sa pipe ; mais Georges n'était plus près de lui. Deux jours après son retour, profitant d'un ami qui partait pour l'Europe, le commandant avait envoyé son neveu pour faire un voyage dès longtemps projeté.

Dans le cabinet du commandant, Mabel feuilletait d'un air indifférent une revue française, assise auprès du rocking-chair dans lequel un jeune homme aux traits pâles, à l'air souffrant, était allongé ; M. Parr arpentait fiévreusement la pièce.

— Ce qui m'enrage, dit le commandant en s'arrêtant subitement, c'est de savoir qu'un autre peut se servir du papier qui vous a été volé après le crime, mon cher Henry.

— Je crois, mon oncle, répondit Mabel en posant le volume sur une table, que M. Dover n'aura pas joui longtemps du produit de son vol. Il sera mort de faim avant d'atteindre une ville ; il s'est enfui sans vivres.

— Tu sais bien que je ne partage pas ton avis.

— Et puis, s'il était revenu, il se serait déjà servi de ce papier.

— Qui te dit qu'il ne l'a pas fait? Qui te dit qu'il n'a pas, depuis longtemps déjà, vendu à M. Atkins la seule pièce existante pouvant établir l'identité d'Henry? Qui te dit qu'il n'a pas touché déjà le prix de son crime et de sa trahison?... Car il avait deux mois d'avance sur nous, les deux mois pendant lesquels Henry est resté cloué sur son lit, et encore, nous sommes partis trop tôt. Puis, s'adressant au malade : Vous n'étiez certes pas en état de supporter le voyage.

— Si, commandant, et je vous assure que je me sens mieux de jour en jour : mes forces reviennent rapidement et, sous peu, il ne me restera plus que le souvenir de ma blessure et celui du dévouement avec lequel vous et Mme Mabel m'avez soigné.

— Ne revenons pas, je vous prie, sur ce sujet. Votre vigueur, votre jeunesse et surtout la maladresse de votre meurtrier ont fait plus que nous.

Le commandant reprit sa promenade en silence.

Ainsi que le disait M. Parr, la blessure d'Henry, faite par une main tremblante, était moins grave qu'on ne l'avait cru tout d'abord : aucune partie vitale n'était lésée, et le jeune homme avait été promptement hors de danger; mais il avait fallu attendre longtemps avant qu'il pût supporter les fatigues d'un voyage en wagon et celles d'une traversée sur un navire mal aménagé pour transporter un malade. Enfin, ayant déclaré lui-même qu'il se sentait suffisamment fort, ils s'étaient mis en route et, depuis huit jours, la *Reine-Mab* avait jeté l'ancre dans la baie.

Le commandant était désolé : au milieu de dangers et de périls sans nombre, il retrouvait celui qu'il cherchait, obtenait une preuve irréfutable de l'identité d'Henry, et, au dernier moment, cette preuve lui échappait, passait dans des mains étrangères, qui pouvaient en faire un mauvais usage : cela le désespérait. Certes, il y avait bien un moyen : écrire à Frantz le prier d'aller chez le vieil Operboum et de lui demander une nouvelle déclaration, car, en quittant la maison du Boër, personne n'avait songé à lui faire faire un double de sa déclaration ; mais quand arriverait-elle, cette pièce? Quand la lettre du commandant atteindrait-elle Frantz, qui était remonté vers le Nord pour chasser l'éléphant?... Dans un an, peut-être!... D'ici

là, que d'événements pouvaient survenir !... Quand on le rece-
vrait, ce papier, il serait trop tard !...

Et puis, quelle valeur aurait cette espèce de duplicata, fait
après coup, sans caractère officiel ?.

Si Dover, après son crime, avait péri, tout était pour le mieux ;
mais si, au contraire, il était revenu, même à cette heure, il était
trop tard pour agir. Or, comment savoir ? En allant trouver
M. Atkins ; mais il était impossible de se présenter ainsi chez
le pétrolier : c'eût été lui donner l'éveil, le mettre sur ses gar-
des. Avant tout, il fallait charger quelqu'un de s'informer ; on
verrait alors.

De tout autres sentiments s'agitaient dans l'esprit de Mabel
et d'Henry.

Depuis le jour où l'on avait rapporté le jeune homme, mou-
rant, à la femme de son père adoptif, Mabel ne l'avait pas quitté
un seul instant ; elle s'était constituée sa garde-malade, l'avait
veillé nuit et jour ; ignorant alors que Dover eût volé le
papier, elle croyait que, poussé par la jalousie, l'Anglais n'avait
frappé Henry que pour se débarrasser d'un rival ; elle s'accusait d'être la cause involontaire de cet assassinat, de n'avoir
pas prévenu son oncle, qui, dès le début, eût pu rompre
avec le jeune Anglais et éviter un malheur à peu près irrépa-
rable.

Henry ne voyait dans la perte de la fortune qu'on avait fait
miroiter à ses yeux qu'un empêchement à son mariage. S'il
n'héritait pas de son père, s'il ne rentrait pas en possession des
biens que détenait M. Atkins, s'il ne pouvait reprendre publi-
quement le nom de Gérard, il se voyait condamné, lui, l'enfant
trouvé, ne possédant rien, pas même un état civil, à retourner
en Afrique pour y reprendre sa vie nomade et aventureuse de
chasseur d'éléphants, et tous les beaux rêves caressés depuis
deux mois s'envolaient sans espoir de retour.

La fortune en elle-même, il s'en souciait peu ! Il n'en connaissait pas la valeur ; il ignorait les satisfactions qu'elle procure ;
il ne la voulait que pour l'offrir à la femme qu'il aimait.

Telle était la situation chez le commandant Parr, huit jours après le retour des voyageurs.

Une semaine se passa encore, sans amener aucun changement, si ce n'est un grand mieux dans la santé d'Henry qui avait repris ses forces et pouvait maintenant faire de grandes promenades sans le secours d'aucun bras.

Un matin, le commandant reçut une lettre de son solicitor, le priant de passer à son bureau, à New-York ; il avait, disait-il, une importante communication à lui faire.

M. Parr proposa à Henry de l'accompagner.

— Vous voici fort maintenant, mon cher ami, dit-il ; venez avec moi. Pendant que je serai chez mes solicitors et que je ferai quelques courses, vous visiterez New-York, et cela vous intéressera, puisque vous n'avez jamais vu de grande ville.

Henry Gérard accepta, et les deux hommes se mirent en route après le dîner, promettant de rentrer le soir pour souper.

Mabel, qui restait seule dans le cottage, suivit un instant des yeux son fiancé, qui avait fort bel air sous son costume européen, moins pittoresque que celui des Boërs, mais plus de circonstance.

Quand elle l'eut perdu de vue au tournant de la route, elle rentra et s'enferma dans sa chambre, tandis que Pierre, profitant de la marée, allait tendre ses filets dans la baie.

Mabel s'assit près de sa fenêtre, qui donnait sur la mer, et se prit à songer. . . . .

Il était tard quand le commandant et Henry Gérard rentrèrent au cottage. Ils trouvèrent Mabel dans le petit salon.

— Eh bien, mon oncle, racontez-moi ce que vous a dit votre avocat.

— Rien de bon, et je crois que cette fois notre cause, ou du moins celle de notre ami, est bien perdue. Mon homme d'affaires m'a appris, ce dont je me doutais déjà, que, muni de papiers très complets, un individu s'est présenté chez M. Atkins en revendiquant le nom de Gérard. Mon solicitor a su cela par son collègue dépositaire des papiers.

— Ne soupçonnez-vous personne ?

— Si, Dover.

— Ah ! si je savais que ce fût lui, le misérable ! s'écria Henry, j'irais le trouver, et il faudrait bien qu'il me les rendit...

Après le souper, un peu fatigué par son voyage, Henry se retira de bonne heure.

Resté seul avec sa nièce, le commandant s'entretint long-temps avec elle de ce qu'il convenait de faire. Enfin, prenant une détermination subite, il dit :

— Il n'y a pas à hésiter : il faut démasquer ce fourbe !..... Henry et Pierre vont m'accompagner à Oil City ; nous irons trouver M. Atkins ; nous lui dirons à quel homme il a affaire, et quand, devant les tribunaux, les juges auront à décider entre ce voleur, cet assassin et moi, ils n'hésiteront pas !...

— Mais les papiers ?

— Je me les ferai rendre.

— Est-ce bien sage, mon oncle, ce que vous allez faire là ? Attaquer de front des hommes aussi puissants par la fortune...

— Ma chère enfant, je ne connais d'autre chemin que la ligne droite, et je croirais m'abaisser en employant des moyens détournés pour atteindre ces misérables.

— Faites donc, mon oncle, mais je veux vous accompagner ; ma présence peut vous être utile ; en tous cas, mon témoignage sera d'un grand poids, et quand je répéterai à M. Atkins ce que son prétendu cousin m'a si souvent offert.....

— Non, plus tard. Je veux faire ce premier voyage sans toi.

Le lendemain, M. Parv, Henry et Pierre se rendaient à New-York et prenaient le chemin de fer pour Oil City, où ils arri-vaient le soir même.

CHAPITRE XXV

DÉNOUEMENT IMPRÉVU.

A l'heure où le commandant entrait dans la cité de l'huile, Atkins et Dover s'entretenaient tout à fait amicalement dans un élégant fumoir, en dégustant de délicieux cigares.

— Eh bien, Henry, disait le pétrolier, commencez-vous à vous faire à votre nouvelle existence ?... Ne regrettez-vous pas trop votre vie d'autrefois ?

— On est si bien ici, mon cher cousin, qu'il faudrait être difficile pour ne point s'y plaire. N'était cette insupportable odeur..

— Ne dites pas de mal du pétrole, mon cher ami ; c'est de l'or qui coule des puits.

— Je le sais ; aussi suis-je indulgent.

— Mon cher Henry, je vais vous adresser une question : promettez-moi d'y répondre bien franchement.

— Je vous le promets.

— Comment trouvez-vous ma fille ?

— Miss Helen ? Mais elle est charmante.

— C'est une si bonne créature et une personne si instruite ; elle est avocate.

— C'est fort beau.

— Elle parle le français, l'allemand, l'italien...

— Et joue du piano.

— Comme une fée.

— C'est une jeune personne fort accomplie, que ma cousine, ajouta Dover.

Puis, tout bas :

— Mais qui a le défaut de ressembler à son père, c'est-à-dire d'être affreusement laide.

— Je suis heureux de vous entendre parler ainsi, reprit le pétrolier, car je dois vous avouer que, depuis que j'ai eu le bonheur de vous retrouver, j'ai formé un projet.

— Est-ce qu'il médite de me la faire épouser ? se demanda Dover... Au fait, cela ne serait pas maladroit... de sa part.

— Lequel, mon cher cousin ? interrogea tout haut le jeune homme.

— Il m'a semblé m'apercevoir que ma fille avait fait sur vous une grande impression ; M⁰ᵉ Atkins a eu la même pensée. Je sais, d'autre part, que vous n'êtes pas indifférent à Helen.

— Je suis vraiment flatté...

— Et je me reprocherais toute ma vie d'empêcher deux êtres qui s'aiment...

— Oh! oh!... pensait Dover ; il est temps d'arrêter mon cher cousin. Il est certain, reprit-il tout haut, que j'aime beaucoup M⁰ᵉ Helen et que ce mariage comblerait tous mes vœux ; mais je le trouve un peu prématuré ; je désire rester garçon encore quelque temps ; et tout en accueillant avec bonheur les ouvertures que vous voulez bien me faire — ce dont je vous ai une grande reconnaissance, — je vous demanderai de reprendre plus tard cet entretien.

— Je retiens votre parole, mon cher Henry, et vous la rappellerai quand le moment sera venu.

— Tu peux attendre longtemps, mon bon parent, se dit Dover. Assurément, ta combinaison ne manque pas d'une certaine habileté, mais... il y a un mais.

Les deux hommes s'entretinrent encore un instant, puis ils passèrent au salon, où M⁰ᵉ et M⁰ᵉ Atkins les attendaient.

Comme il rentrait, le lendemain matin, d'une visite aux puits les plus voisins de son habitation, le pétrolier se trouva en présence du commandant, d'Henry et de Pierre.

— Ah! pensa M. Atkins en reconnaissant le commandant ;

je savais bien que je ne tarderais pas à le voir, cet honnête homme, avec sa brute de marin. Mais qui est l'autre ?

— Monsieur, je ne sais pas si vous me reconnaissez, dit M. Parr ; j'ai déjà eu l'honneur...

— Je vous reconnais parfaitement, Monsieur. Qu'est-ce qui me vaut le plaisir ?... Vous venez sans doute me réclamer la récompense.

— Non, Monsieur ; je viens vous mettre en garde contre les tentatives d'un coquin.

— Ah çà, Monsieur, vous faites donc métier de redresseur de torts ?

— Veuillez m'écouter, je vous prie, Monsieur. Il y a un an, vous vous le rappelez sans doute, nous eûmes, ici même, un long entretien, à la suite duquel je me mis à la recherche de votre cousin, Henry Gérard ; j'ai été assez heureux pour le retrouver ; mais au moment où j'allais le ramener, un homme qui s'était fait mon compagnon de voyage tenta d'assassiner votre cousin et lui vola ses papiers. Cet homme s'est présenté chez vous et vous a persuadé qu'il était Henry Gérard lui-même, tandis qu'il se nomme Dover.

— Qu'est-ce que cela peut vous faire ?

— Je considère qu'il est de mon devoir de vous dire que celui que vous avez accueilli n'est qu'un voleur et un meurtrier.

— Ça me regarde ! je n'entends pas qu'on se mêle de mes affaires, ni vous, ni d'autres.

— J'ai un autre motif : Henry Gérard n'est pas mort du coup de couteau que lui a donné Dover ; le voici ; il vient réclamer son bien, son nom, et vous adjurer de livrer aux tribunaux le misérable...

— Si je m'attendais à celle-là ! s'écria M. Atkins. Comment, Monsieur, vous voudriez me faire croire...

— Que voici Henry Gérard.

— Avez-vous des preuves ?

— Dover les a volées.

— Pourquoi voulez-vous que je vous croie ?

— Parce que moi, le commandant Parr, dont l'honorabilité est connue, qui n'ai jamais manqué à ma parole, je viens vous affirmer sur mon honneur d'homme et de marin que Dover est un imposteur et que voici votre cousin, le véritable héritier de Paul Gérard.

— Si vous n'avez pas d'autre preuve à medonner...

— Cela ne vous suffit-il pas ?

— Vous plaisantez.

— Les tribunaux apprécieront.

— Oui ; ils se prononceront, et je vous assure qu'ils n'hésiteront pas entre des papiers en bonne et due forme et votre parole. Si c'est là tout ce que vous aviez à me dire, cher Monsieur, vous eussiez aussi bien fait de ne point vous déranger.

— Vous ne me croyez pas ?

— Non ; il serait trop facile, en vérité, de se procurer un bel héritage s'il n'y avait qu'à affirmer ses droits en se basant sur une jolie petite histoire bien arrangée comme la vôtre.

— Monsieur, fit le commandant, vous oubliez à qui vous parlez.

— Je m'adresse à un imposteur, à un calomniateur !

Pierre s'élança sur M. Atkins ; Henry et le commandant le retinrent.

— Oui, à un imposteur ! qui vient accompagné de cette brute pour me faire assommer. Vous oubliez que vous êtes chez moi, que vous m'insultez, que vous me menacez dans ma maison.

— Vous oubliez, s'écria Pierre, les jolies propositions que vous m'avez faites, ici même : dix mille dollars pour assassiner Henry. Vous avez sans doute envoyé Dover pour tuer ce garçon et vous lui payez sa récompense en le reconnaissant comme votre cousin.

— Sortez ! hurla M. Atkins ; sortez ! ou je vous fais chasser !

— Nous partons, Monsieur ; mais nous nous reverrons. Pierre a raison : Dover est votre complice.

M. Atkins, blême de rage, appuya sur le bouton de la sonnerie électrique. Mais au lieu du domestique qu'il attendait, c'est Dover qui entra.

A la vue du commandant, il hésita ; ce ne fut que l'espace d'un instant. Il referma la porte derrière lui.

A ce moment, il se trouva en face de Henry Gérard.

En présence de l'homme qu'il croyait mort, Dover eut un moment de stupeur et chancela.

— Vous voyez, s'écria le commandant, l'effet que produit sur lui la vue de sa victime.

M. Atkins regardait Dover stupéfait ; mais celui-ci se remit bientôt.

— Ma victime ! s'écria-t-il ; vous voulez dire mon assassin ! Oui, c'est lui que vous aviez chargé de me tuer pour vous emparer de mes papiers...

Dover n'eut pas le temps d'achever. Henry lui sauta à la gorge, tandis que Pierre, repoussant rudement M. Atkins qui voulait intervenir, l'envoya rouler à l'autre bout de la pièce.

Cependant, le domestique entrait. A la vue du désordre et de la lutte, il appela au secours ; des employés arrivèrent et séparèrent les combattants.

— Qu'on aille chercher la police ! hurlait M. Atkins en se relevant tout meurtri de sa chute, et qu'on maintienne ces assassins, ces voleurs, jusqu'à l'arrivée du constable !

Les employés obéirent. ·

Quelques instants après, pendant que des policemen emmenaient le commandant, Henry et Pierre à la prison de la ville, M. Atkins et Dover faisaient leur déposition entre les mains du constable, et afin que sa déclaration eût plus de poids, M. Atkins glissait dans la poche de l'honnête policier trois ou quatre bank-notes.

— Leur affaire est claire, dit le constable en sortant ; vous pouvez être tranquille, Monsieur, et ce n'est pas de sitôt que ces gredins viendront vous attaquer chez vous.

Quand les deux hommes se trouvèrent seuls, encore mal

remis, Atkins de sa frayeur et Dover de la rude étreinte de Henry, ils restèrent longtemps silencieux.

Le pétrolier se promenait à grands pas dans son cabinet, son pseudo-cousin avait pris place dans un grand fauteuil.

C'est Dover qui, le premier, rompit le silence.

— J'espère, mon cher cousin, dit-il, que vous allez user de votre grande influence pour nous débarrasser à tout jamais de ces deux hommes, de ces deux imposteurs....

— Qui voudraient faire croire que vous avez quelque peu assassiné Henry Gérard.

— Et que j'ai volé ses papiers.

— En un mot, que vous êtes l'agent de Dickson.

A ces mots, Dover tressauta.

— Mais, soyez tranquille, mon cher ami : je ne crois pas un mot de toutes ces calomnies ; je saurai les réduire à néant, et comme le disait cet excellent constable, l'affaire du commandant, de son marin et de l'autre est claire ; nous avons des témoins, nous pouvons prouver qu'ils nous ont attaqués.

— Et calomnieusement accusés de vol.

— Parfaitement.

Dover se leva et se dirigea vers la porte de sortie.

M. Atkins l'arrêta.

— Dites-moi donc, mon cher Henry, avez-vous réfléchi à la conversation que nous avions ensemble hier soir ?

— Hier soir ?... Je ne me souviens pas bien ; nous avons causé de tant de choses !

— Vous avez la mémoire courte : je veux parler de ma fille.

— Ah ! pardon : je n'y étais plus. Mais, mon cher cousin, je vous ai dit mon sentiment sur Mᶫˡᵉ Helen : je la trouve charmante, et si j'avais envie de me marier, je ne voudrais pas d'autre femme qu'elle.

— Je crains, mon cher Henry, que vous n'ayez pas très bien compris ; je sais quelles sont les qualités de ma fille : aussi ne suis-je point étonné qu'elle vous plaise; mais j'ai toute espèce de raisons pour désirer que ce mariage se fasse le plus tôt possible.

— Cependant...

— Je dirai même qu'il est indispensable.

— Comment cela ?

— Ne comprenez-vous pas la situation que vous donnera, devant un tribunal, le titre de gendre de M. Atkins ? Que vaudront les attaques dirigées par des gens, honorables, il est vrai, mais sans fortune, contre un homme que non seulement, moi, le riche pétrolier, j'ai reconnu pour Henry Gérard, mais encore auquel j'ai donné ma fille ?...

— Votre raisonnement est parfaitement juste ; mais ne vous exagérez-vous pas un peu l'importance que peuvent avoir les réclamations de ce commandant ?

— Je ne crois pas.

— Mais je vous assure, mon cher cousin, que vous me prenez tout à fait au dépourvu et que je n'ai nulle envie, moi, de me marier ; j'allais, au contraire, vous annoncer mon intention de faire un grand voyage en Europe, et notamment en France, mon pays d'origine.

M. Atkins fronça le sourcil et s'arrêta devant Dover.

— Ah ! vous voulez partir ?

— Oui.

— En tous cas, pas avant que le procès de ces misérables soit jugé.

— Ma présence est-elle indispensable ?

— Absolument.

— Soit ; j'attendrai.

— Et vous profiterez de ce délai pour épouser ma fille : votre voyage en Europe sera votre voyage de noces.

— Comme vous êtes un parent bon et dévoué ! s'écria Dover ; vous mettez à faire mon bonheur un... entêtement dont je ne saurais trop vous savoir gré.

— Il faut bien que les vieilles têtes comme la mienne pensent un peu pour les têtes jeunes comme la vôtre.

— Eh bien, soit ; vous avez ma parole : j'épouserai Mlle Helen.

— Ce n'est pas malheureux, pensa Atkins.

— Ne voyez dans mes tergiversations, mon cher cousin, reprit Dover, que la crainte de n'être pas encore mûr pour le mariage ; c'est une chose si grave que de se lier pour toujours ! Non pas que je craigne de ne pas rencontrer toutes les qualités et toutes les vertus chez ma femme ; mais je me demande si j'ai ce qu'il faut pour faire un bon mari.

— Vous serez un mari modèle.

— Tu n'as qu'à croire, mon bonhomme, se dit Dover en quittant le cabinet du pétrolier ; tu t'imagines que j'aurai combiné mes affaires depuis un an pour en arriver où je suis, et que je vais, pour te faire plaisir, abandonner tous mes projets ! Allons donc ! tu ne connais pas Dover !... Quant à tes menaces, je m'en soucie comme de mes premières bottes !

— J'y arriverai, pensait de son côté le pétrolier ; il faudra qu'il y vienne : de cette façon, je resterai possesseur de sa fortune, et ma fille l'aura après moi. Je le tiens, mes menaces l'ont effrayé... Maintenant, occupons-nous du commandant ; je vais lui apprendre à fourrer son honnêteté en travers de mes projets.

Et, s'asseyant à son bureau, le pétrolier écrivit à Dickson pour le mettre au courant des événements et le prier de venir s'entretenir avec lui.

CHAPITRE XXVI

DÉMASQUÉ !

Fort inquiète de ne point voir revenir son oncle et Henry Gérard, et surtout de ne point r cevoir de leurs nouvelles, après quatre jours d'absence, Mabel écrivit au commandant, à l'hôtel qu'il lui avait indiqué.

La lettre resta sans réponse.

Redoutant quelque complication, elle télégraphia au propriétaire de l'hôtel, qui lui répondit en lui annonçant que le commandant Parr, Henry et Pierre étaient en prison, mais sans indiquer le motif de leur incarcération, motif qu'il ne connaissait que fort imparfaitement.

Au reçu de ce télégramme, elle entassa quelques vêtements dans une valise, prit le premier train pour New-York ; le lendemain matin, elle arrivait à Oil City et se faisait conduire à *Petroleum Hotel* où était descendu le commandant Parr. Là, après bien des questions, elle apprit une partie de la vérité.

— Ah ! s'écria-t-elle, mon oncle a été trop droit, trop loyal : il est victime de son honnêteté. Je lui avais bien dit de prendre garde à ces deux hommes qui ne reculent devant aucun moyen... Il faut avant tout que je voie mon oncle.

Mabel se rendit à la prison ; mais on refusa de la laisser entrer sans une permission de l'attorney. Elle courut chez ce magistrat, qui lui déclara que les accusés étaient au secret, l'accusation qui pesait sur eux étant des plus graves ; il ne pouvait l'autoriser à les voir.

Mabel revint à l'hôtel, désespérée, se demandant ce qu'elle allait faire, à qui elle pourrait s'adresser. Il y avait bien un moyen qui sans doute ne réussirait pas, mais qu'en tout cas elle pourrait tenter : voir le faux Henry Gérard et obtenir de lui... qui sait ?... Là était le salut, peut-être.

Mabel hésita longtemps ; il lui répugnait de s'adresser à cet homme, car, s'il pouvait sauver le commandant et Henry, à quelles conditions le ferait-il ? Que lui demanderait-il en échange ?

Néanmoins, elle résolut de tenter l'aventure ; si elle ne réussissait pas, au moins elle n'aurait pas à se reprocher d'avoir rien négligé.

Elle se mit donc en route pour la maison de M. Atkins, après s'être assurée que le faux Gérard était en ce moment chez son prétendu cousin.

Comme Mabel s'adressait à un employé et demandait M. Henry Gérard, M. Atkins traversait le bureau. Il entendit prononcer le nom de son cousin et voulut savoir qui était cette jolie jeune fille. Il s'approcha d'elle.

— Vous désirez voir M. Gérard, Mademoiselle ; il est sorti, mais ne tardera pas à rentrer ; veuillez prendre la peine de venir par ici.

Ne sachant à qui elle avait affaire, Mabel suivit son conducteur, qui la fit entrer dans son cabinet.

— C'est à M. Henry Gérard lui-même que vous voulez parler ? dit le pétrolier.

— Oui, Monsieur.

— Je suis son cousin, et peut-être pourrai-je me charger...

— Vous êtes M. Atkins !

— Oui, Mademoiselle.

— Eh bien ! Monsieur, je suis heureuse de vous voir, car, pour l'affaire qui m'amène, vous pouvez autant que M. Gérard.

— Qu'y a-t-il pour votre service ?

— Je viens vous demander des détails sur les faits qui ont amené l'arrestation du commandant Parr ; je suis sa nièce.

— Ah !... Eh bien ! je puis vous renseigner parfaitement ; votre oncle est venu me présenter un individu qu'il prétend être Henry Gérard. Comme je refusais de l'écouter, il s'est ré-

pandu en invectives contre nous; il a accusé M. Gérard d'avoir
assassiné et volé le véritable Henry...

— C'est vrai, Monsieur.

— De grâce, Mademoiselle, ne revenons pas sur ce sujet... A
bout d'arguments, votre oncle, son marin et le prétendu Henry
ont essayé de nous tuer, et sans l'intervention de mes employés...

— Vous n'avez pas à craindre de violences de ma part, Monsieur; voulez-vous m'écouter un instant et me permettre de vous
raconter la vérité et d'essayer de vous prouver que tout ce que
vous a dit mon oncle est vrai?

— Je vous avoue, Mademoiselle, que je n'y tiens pas du tout;
cependant, si cela peut vous être agréable, je suis trop galant
homme pour refuser d'entendre une aussi jolie personne que
vous. Mais est-ce cela que vous veniez dire à mon cousin?

Mabel réfléchit un instant.

— Non, répondit-elle, car il sait toutes ces choses aussi bien
que moi.

— Que veniez-vous donc lui dire?

— Vous le saurez tout à l'heure, si vous voulez bien me prêter
cinq minutes d'attention.

— J'accepte; mais je vous préviens que tout ce que vous me
direz contre Henry Gérard, je n'en croirai rien; j'ai la preuve
qu'il est bien mon cousin, à tel point que je n'hésite pas à lui
donner ma fille, à faire de lui mon gendre.

Mabel fit le récit du voyage du commandant à la recherche
d'Henry et raconta l'assassinat du fils de Paul Gérard; puis elle
ajouta:

— Celui qui s'est présenté à vous comme votre parent n'est
autre que Dover.

— Votre oncle me l'a déjà dit, et je vous répète que son affir-
mation, même confirmée par la vôtre, ne me suffit pas.

— Que vous faut-il donc?

— Une preuve.

Mabel réfléchit un instant, puis elle reprit:

— Je vais vous en donner une. Avez-vous la déclaration du Boër qui a recueilli Henry Gérard? Elle est écrite de la main de Dover; il vous est facile de comparer son écriture avec celle de celui que vous vous obstinez à reconnaître pour votre parent.

— Malheureusement, je n'ai pas l'original de cette pièce; je n'en ai qu'une copie.

— Voulez-vous me la montrer?

Atkins, un peu surpris par le récit et l'assurance de Mabel, ouvrit son coffre-fort et retira le papier d'un gros portefeuille.

— C'est bien l'écriture de Dover, dit-elle; vous pouvez vous en convaincre, du reste.

— Nous verrons cela. N'avez-vous pas d'autres preuves à me fournir?

— Voulez-vous tenter une expérience, Monsieur? Voulez-vous assister, invisible, à une conversation entre M. Dover et moi? Vous serez peut-être satisfait, après cela.

M. Atkins ne répondit pas immédiatement. Les confidences de Mabel ébranlaient sa conviction, et l'honnête pétrolier cherchait un moyen de les mettre à profit pour se débarrasser de ce parent gênant, quitte à refuser de reconnaître ensuite le véritable Henry Gérard.

— Ma proposition n'a pas l'air de vous sourire, dit Mabel; auriez-vous peur d'apprendre la vérité?

— Je n'ai pas de plus grand désir que de la connaître.

— Et si je vous prouve que vous avez été joué par un imposteur; si je vous démontre que l'homme que vous avez reconnu pour votre cousin n'est qu'un voleur et un assassin, ferez-vous mettre mon oncle en liberté?

— Je vous le promets.

— Eh bien, faites venir cet homme, laissez-moi seule avec lui et tâchez d'entendre ce qu'il me dira.

— J'accepte. Restez ici; je vais vous envoyer Dover; ou plutôt, non, venez.

M. Atkins emmena Mabel et la fit entrer dans un petit salon, disposa une table, placée dans un coin, d'une certaine façon, et, indiquant un petit canapé, qu'il traîna devant la table, il dit à la jeune fille :

— Asseyez-vous là, Mademoiselle, faites en sorte que mon cousin prenne place à côté de vous et ne vous occupez pas du reste.

— Bien, Monsieur.

— Je vais envoyer chercher Henry Gérard. Veuillez attendre un instant.

M. Atkins sortit et revint bientôt après ; il passa derrière la petite table et se dissimula derrière une portière.

Mabel était fort émue ; de cette conversation dépendait le sort de son oncle et de son fiancé, et si, craignant quelque piège, Dover n'allait rien dire ?...

Un moment après, il entra.

— Vous, Mademoiselle ! s'écria-t-il.

— Moi-même. Ma présence semble vous surprendre.

— Nous nous sommes quittés, là-bas, d'une façon si brus-que.....

— Après l'assassinat de Henry Gérard et le vol de ses papiers.

— Je ne suis pas aussi coupable que vous le croyez, Mademoiselle, et quand je vous aurai dit...

— Je n'ai que faire de vos explications, M. Dover.

— Il faut cependant que vous m'entendiez :

Mabel ne répondit pas.

— Les apparences sont contre moi, j'en conviens, reprit M. Dover ; mais je ne suis pas un assassin; si j'ai tué Henry Gérard, c'était pour défendre ma vie ; c'était dans un combat loyal que je l'ai frappé.

— Vraiment ! s'écria Mabel que l'impudence et l'aplomb de cet homme révoltaient.

— Oui ; Henry vous aimait ; il avait deviné quels sentiments j'éprouvais pour vous et il était jaloux. Or, vous savez combien les passions sont violentes chez ces hommes à demi sauvages,

qui ne connaissent d'autre loi que la force. Pendant que nous
étions tous deux à l'affût, fort éloignés de M. votre frère, il me
provoqua...Je ne sais par quel hasard malheureux mon couteau...

— Assez, Monsieur! vous mentez!

— Je vous jure, Mademoiselle...

— N'ajoutez pas un blasphème à vos mensonges : vous avez
frappé M. Henry Gérard pour vous emparer du papier qui établissait sa véritable origine.

— Laissez-moi finir, je vous en prie : quand Henry Gérard
est tombé, j'ai perdu la tête, je me suis enfui; puis, comprenant
la folie de ma conduite, j'ai voulu revenir, pour me disculper ;
mais alors, j'ai eu peur ; j'ai aperçu les hommes qui me poursuivaient ; j'ai pensé qu'ils allaient me tuer, sans m'entendre,
sans me laisser m'expliquer, et je me suis sauvé.

— Tenez, vous me faites horreur! Je crois que j'aimerais
mieux vous voir avouer franchement votre crime et votre vol
plutôt que de vous entendre mentir, inventer je ne sais quelle
excuse.

— Aussi bien, vous avez raison : à quoi sert de feindre ?...
Oui, j'ai tué cet homme parce qu'il vous aimait; parce que je
savais qu'entré en possession de son immense fortune, il vous
l'offrirait... Je l'ai tué parce que je savais que cette fortune, vous
l'accepteriez, que vous deviendriez la femme de cet homme
riche, tandis que moi, pauvre, je n'avais rien à espérer ! Alors,
à la pensée que j'allais vous perdre, la tête m'a tourné, j'ai
eu un moment de folie, j'ai tué et j'ai pris le papier pour le
vendre et mettre à vos pieds les millions que l'on m'offrirait en
échange... Oui, Mabel! j'ai fait cela par amour pour vous; par
amour pour vous, je suis devenu voleur et assassin !... Osez
donc me reprocher mon crime, maintenant !...

Atterrée, bouleversée par les révélations de Dover, la jeune
fille ne trouvait pas un mot à répondre.

— Ah! ah! reprit l'Anglais d'un air triomphant, vous ne
me chassez plus maintenant ! vous m'écoutez et mon récit vous
intéresse, avouez-le.

—Je l'avoue, murmura Mabel.

Puis, après un instant elle reprit:

— Il me semble que la fortune que vous m'offrez est bien aventurée, M. Atkins pourrait apprendre...

— Que j'ai tué Henry Gérard!

— Et vous faire arrêter.

— Je pourrais prouver que je n'ai agi que par son ordre... Et puis, j'ai pris mes précautions: je me suis présenté à M. Atkins comme Henry Gérard.

— Et il vous a cru?

— Devant les preuves que je lui ai fournies il a dû se rendre à l'évidence.

— Il aurait pu nier l'authenticité de la déclaration de M. Operboum.

— Mais les autres papiers?

— Vous avez d'autres papiers? Comment vous les êtes-vous procurés?

— Je ne sais si je dois vous le dire.

— Vos hésitations me feraient croire que vous vous vantez.

— Puisque vous l'exigez, je vais vous dire comment ces pièces sont venues en ma possession : dans ma fuite après l'accident, je me dirigeai, sans m'en douter, du côté de la mission de Soul's-Port, que j'atteignis le lendemain. Grâce à une histoire de wagon volé, de bœufs morts de fatigue, j'expliquai ma présence à M. Price, qui m'offrit l'hospitalité la plus cordiale.

« Je restai quelques jours chez le missionnaire et je résolus de les utiliser et de visiter la mine où nous avions failli périr ensemble. Un noir me conduisit sur le bord du torrent; je retrouvai facilement la galerie par où N'Gumbo nous a fait sortir et je gagnai sa chambre, bien résolu de l'obliger, le revolver au poing, de me guider vers le gisement d'or.

« Je n'eus pas cette peine : N'Gumbo était mort, et son corps gisait au milieu de son taudis. Dans l'espoir de faire quelque découverte, je fouillai la chambre du noir, et sous un amas de vieilles hardes, dans la poche d'un veston de chasse, je trouvai

le portefeuille enlevé à Pierre Aubert par le commis du consulat, ce qui me fit supposer que l'homme qui est venu mourir
de faim dans les galeries, et dont nous parlait N'Gumbo, était
le voleur des papiers.

« Ma trouvaille valait une mine d'or; je ne poussai pas plus
loin mes investigations; je revins à la mission, gagnai Port-
Natal et m'embarquai pour l'Angleterre, puis de là pour New-
York. Vous savez le reste.

— Vous avez été merveilleusement servi par le hasard.

— Ou par le diable, comme vous voudrez.

— Mais je ne conçois pas que vous laissiez ces papiers aux
mains de M. Atkins.

— Il ne les a pas. Je les ai gardés et, de peur qu'ils ne tombent en
de mauvaises mains, je les porte toujours sur moi... Mais en voilà
assez, Mademoiselle; ce n'est pas pour cela que vous êtes venue?

— Non; je suis venue pour vous demander une grâce.

— Laquelle?

— Faites mettre en liberté mon oncle et Henry Gérard.

— S'il ne s'agissait que de votre oncle, je me laisserais peut-
être fléchir; mais Henry Gérard, jamais.

— Je vous en prie.

Dover sembla réfléchir un instant.

— Consentez à m'épouser, dit-il.

Mabel s'attendait à cette proposition, et malgré l'horreur
qu'elle lui inspirait, elle ne crut pas devoir la repousser immédiatement; il fallait, pour sauver son oncle et son fiancé, qu'elle
jouât son rôle jusqu'au bout; elle répondit :

— Faites d'abord sortir mon oncle et Henry Gérard de prison.

— Non, à moins que vous ne me donniez votre parole.

Mabel hésitait.

— Laissez-moi jusqu'à demain.

— Soit : contre votre engagement de devenir ma femme, je
vous promets la liberté du commandant Parr, et même de
Henry Gérard. Où vous verrai-je?

— A Petroleum Hotel; mais, demain seulement.

— Il faut encore vous obéir.

Mabel s'était levée.

— Vous partez déjà?

— Oui.

— A demain.

— Restez, ne m'accompagnez pas, dit la jeune fille en se dirigeant vers la porte.

— Vous l'ordonnez?

— Oui.

Mabel sortit et quitta la maison d'Atkins.

A quelques pas de l'hôtel, elle rencontra le pétrolier.

— Vous ne m'avez pas tenu parole, Monsieur : vous n'avez
pas écouté, dit la jeune fille.

— Quelqu'un l'a fait pour moi, Mademoiselle ; cependant, je
dois vous dire que j'ai entendu les premiers mots de votre conversation. Voici une lettre pour le sheriff d'Oil City ; je lui demande de mettre votre oncle et ses deux compagnons en liberté.

— Je vous remercie, Monsieur.

M. Atkins salua, rentra chez lui et se dirigea vers le petit
salon où Dover et Mabel s'étaient entretenus.

Le faux Henri Gérard y était toujours.

— Tiens, dit Dover, par quel heureux hasard? Je vous
croyais sorti.

— Je rentre à l'instant même.

M. Atkins, tout en parlant, déplaçait le petit canapé et avançait la table.

— Il faut que je vous montre une chose bien curieuse, mon
cher cousin, et qui va vous surprendre, vous qui ne connaissez
pas encore toutes les merveilles de la science et de la civili-
sation.

M. Atkins tendit un cornet acoustique fixé au bout d'un
tube caoutchouc.

— Mettez cela à votre oreille, et écoutez, dit-il.

Dover obéit ; mais il pâlit légèrement.

— Un phonographe ! murmura-t-il ; je suis perdu !

Le pétrolier prit lui-même un cornet, puis, appuyant sur un bouton placé sur la petite table, il écouta.

Le phonographe se mit à répéter la conversation que venaient d'avoir Dover et la nièce au commandant Parr.

— Qu'en dites-vous ? demanda M. Atkins.

— Je dis que le tour est bien joué.

— Vous avouez que vous n'êtes pas Henry Gérard ?

— Je soutiens, au contraire...

Un phonographe! Je suis perdu !

— Assez, misérable ! hurla le pétrolier que la colère étouffait et qui faisait de vains efforts pour se contenir. Assez ! vous mériteriez que je vous livrasse au constable. Voleur et assassin !...

— Assassin et voleur pour votre compte, Monsieur; j'étais payé par vous pour tuer Henry Gérard, je l'ai tué. Qu'avez-vous à me reprocher ?

— D'avoir essayé de me tromper, d'abord, et ensuite de l'avoir manqué.

— Il fallait prendre mieux vos précautions.

— Vous allez me rendre immédiatement les papiers que vous avez volés.

— Je ne les ai pas.

— Vous mentez, ils sont sur vous. Le phonographe l'a dit ; ne vous en souvenez-vous pas ?

— Je ne veux pas vous les remettre !

— Vous ne sortirez pas d'ici que vous ne me les ayez donnés.

Et M. Atkins alla se placer devant la porte.

— Vous ne les aurez pas ! Retirez-vous, que je passe !

— Non !

Dover s'approcha de la fenêtre, l'ouvrit et s'apprêta à sauter dans la cour.

Atkins était blême ; ses yeux, injectés de sang, semblaient sortir de leur orbite.

— Encore une fois, s'exclama-t-il, rendez-moi les papiers !

— Non, non, jamais !

Dover monta sur le rebord de la fenêtre ; il se disposait à enjamber la balustrade.

Il s'arrêta une seconde, se retourna et répéta :

— Non, tu ne les auras pas ! Tu ne les auras...

Dover ne put achever sa phrase.

Atkins, sortant un revolver de sa poche, fit feu.

Le faux Henry Gérard battit l'air de ses mains et tomba, à la renverse, sur le parquet du salon.

Atkins jeta l'arme encore fumante, se précipita sur Dover ç.. llait et se mit à le fouiller.

Mais, à ce moment, la porte s'ouvrit, et Dickson apparut suivi de plusieurs employés attirés par le bruit de la détonation.

Il fallut arracher Atkins de sur le corps pantelant de Dover, et l'entrainer de force.

— Qu'on aille chercher un constable, ordonna Dickson.

Puis, aidé de deux hommes, il plaça Dover sur le petit canapé afin qu'il pût mourir tranquille.

— Voilà de la belle besogne, pensa Dickson en regardant

son client ; qui est-ce qui me paiera ma commission, maintenant?

Subitement il se frappa le front.

— Peut-être ne perdrai-je pas tout, murmura-t-il.

Et, sous un prétexte, il éloigna les commis qui encombraient la
pièce, puis il fouilla Dover, et d'une poche, placée à l'intérieur
de son gilet, il retira un portefeuille qu'il ouvrit.

— Ils sont à vendre, dit-il en glissant le portefeuille dans
sa poche.

Quelques instants après, le commandant, Pierre et Henry,
conduits par Mabel, arrivaient. La jeune fille, grâce à la lettre
de M. Atkins, avait obtenu la mise en liberté immédiate des
prisonniers et les amenait pour juger de l'effet des confidences
de Dover sur le pétrolier.

— Tiens, le commandant, pensa Dickson ; voilà mon affaire.

— Il est mort ! s'écria Mabel.

— Oui ; M. Atkins l'a tué, répondit l'agent.

Puis, se tournant vers Henry :

— Monsieur Gérard, voici des papiers qui, je crois, vous
appartiennent.

Le commandant intervint.

— Qui êtes-vous, Monsieur?

— Je suis celui que M. Atkins avait chargé de retrouver
Henry Gérard ; et je remets à Monsieur ce qui est à lui... Vous
savez que M. Atkins m'avait promis...

— Nous tiendrons les promesses de M. Atkins, Monsieur
soyez sans crainte.

— Votre parole me suffit, commandant.

Et tout bas, il ajouta :

— On a tort de se moquer des honnêtes gens ; ils ont du bon.

Cependant, le constable et un médecin arrivaient. Celui-ci
examina Dover.

— Il est mort, dit-il.

Le constable recueillit les dépositions et procéda à l'arrestation de M. Atkins.

Puis Mabel s'informa de M⁰ˢ et do M¹¹ᵉ Atkins. Elle voulut aller elle-même leur apprendre la triste nouvelle, les consoler et les rassurer sur l'avenir.

— Henry Gérard, leur dit-elle, ne vous dépouillera pas, soyez sans crainte ; il vous laissera de quoi vivre honorablement.

Une heure après, le commandant, Henry, Mabel et Pierre quittaient la maison de M. Atkins et retournaient à New-York.

— Tonnerre à la voile! grommelait le marin, il était bien canaille, le cousin Atkins ; mais il a tout de même réglé le compte de cet Anglais de Dover. Ça le remonte un peu dans mon estime.

CONCLUSION

Un an après les événements que nous venons de raconter, Henry Gérard et Mabel, sa femme, s'embarquaient à bord de la *Reine-Mab*, que commandait M. Parr. Ils allaient en France.

Henry, après avoir repris le nom et la fortune de son père, avait épousé Mabel. La jeune femme désirait connaître le pays de son mari, et le commandant leur avait proposé de faire le voyage à bord de son yacht. Ils devaient retrouver Georges en France où il faisait un « tour » pour compléter son instruction.

Pierre occupait son poste de maître d'équipage et ne se sentait plus de joie à l'idée de retourner au « vieux pays ».

— Dire que voilà vingt-six ans que j'en suis parti! ils ne vont plus me reconnaître, dans mon village.

Après quinze jours d'une heureuse traversée, les voyageurs abordèrent au Havre et se dirigèrent immédiatement sur Paris.

Le jour même de son arrivée, Henry Gérard, accompagné de sa femme, se rendit à Passy, rue de la Pompe, où demeuraient Mᵐᵉ et Mˡˡᵉ Atkins. Ils avaient diverses communications à leur faire.

— Notre première visite est pour vous, Madame, dit Mabel.

— Quelles nouvelles m'apportez-vous?... Mon mari...

— Nous avons pu lui éviter un jugement public. A la suite des émotions qu'il a éprouvées, sa raison s'est un instant égarée. Nous l'avons placé dans une maison de santé où il est parfaitement soigné, et le médecin nous fait espérer que, dans le grand calme où il vit, la raison lui reviendra peu à peu.

— Et puis, Madame, ajouta Henry, nous avons réglé votre situation : je vous abandonne la moitié du revenu de mes gisements.

— C'est trop.

— Non ; votre mari a fait prospérer la fortune de mon père, il est juste qu'il en ait le bénéfice.

— Que de reconnaissance je vous ai !

— Non, Madame, je considère que je ne fais que mon devoir.

. . . .
. . . .
. . . .

Quelques jours après, Georges venait rejoindre sa sœur et son beau-frère qui projetaient une visite au vieil Operboum dans sa ferme du Transwaal, dans l'espoir de décider Frantz à venir se fixer avec eux en Amérique.

Quant à Pierre, son séjour dans son pays ne fut pas de longue durée : il vint bientôt rejoindre le commandant.

— J'en ai eu bien vite assez, dit-il en arrivant ; ça m'a fait plaisir de revoir le pays ; mais, personne ne m'a reconnu, tant ce maudit coup de hache m'a changé, et ma foi, commandant, sauf votre respect, je reste à bord de la *Reine-Mab*.

— Tant que tu voudras, mon garçon.

— Alors, commandant, ça sera pour longtemps.

FIN.

TABLE DES MATIÈRES

PROLOGUE

POITIERS. — TYPOGRAPHIE OUDIN ET Cⁱᵉ.